MEDEIA MORTA

MEDEIA MORTA

CLÁUDIA LEMES

Rio de Janeiro
2023

Copyright © 2023 por Cláudia Lemes.
Todos os direitos desta publicação são reservados à Casa dos Livros Editora LTDA. Nenhuma parte desta obra pode ser apropriada e estocada em sistema de banco de dados ou processo similar, em qualquer forma ou meio, seja eletrônico, de fotocópia, gravação etc., sem a permissão dos detentores do copyright.

Coordenadora editorial: Diana Szylit
Editora: Chiara Provenza
Assistente editorial: Camila Gonçalves
Copidesque: Mel Ribeiro
Revisão: Alanne Maria e Bonie Santos
Capa: Rafael Brum
Projeto gráfico de miolo e diagramação: Eduardo Okuno
Foto da autora: Ana Di Castro

Dados Internacionais de Catalogação na Publicação (CIP)
Angélica Ilacqua CRB-8/7057

M57L
 Lemes, Cláudia
  Medeia morta / Cláudia Lemes. — Rio de Janeiro : HarperCollins, 2023.
  288 p.

 ISBN 978-65-6005-043-3
 1. Ficção brasileira 2. Suspense I. Título.

 23-3264   CDD B869.3
                                  CDU 82-3(81)

Os pontos de vista desta obra são de responsabilidade de sua autora, não refletindo necessariamente a posição da HarperCollins Brasil, da HarperCollins Publishers ou de sua equipe editorial.

Publisher: Samuel Coto
Editora executiva: Alice Mello

Rua da Quitanda, 86, sala 218 — Centro
Rio de Janeiro, RJ — CEP 20091-005
Tel.: (21) 3175-1030
www.harpercollins.com.br

Para Leandro Lemes

There'll be times
When my crimes
Will seem almost unforgivable.

Haverá momentos
Em que meus crimes
Parecerão quase imperdoáveis.

— "Strangelove", Depeche Mode

Este livro possui cenas
fortes envolvendo abuso psicológico.
Se você é sensível a esses assuntos,
sugerimos cautela.

CAPÍTULO 1

Depois

— Era das boas, essa aí.

Miro gostaria de poder ignorar o comentário, mas um milhão de palavras inundaram sua mente, como alguém despejando um saquinho de pedras de Scrabble dentro do seu crânio. A vítima não deveria ter mais valor por ser gostosa, embora fosse, de fato, gostosa.

Depois de dezoito anos como investigador da Polícia Civil, ele já sabia que vidas eram relativas. Quanto mais jovem, maior a pontuação no placar da empatia humana. Mulheres ganhavam mais pontos, e as bonitas, muito mais pontos. "Era linda, tinha a vida inteira pela frente." Por algum motivo, ele concordava. Tinha menos simpatia pelos homens, talvez porque *quase* sempre eram os assassinos. Hoje era a mesma coisa: um homem havia matado uma mulher.

Ele deixou os olhos deslizarem pela foto da vítima daquela noite: uma professora de escola particular entre quarenta e cinquenta anos, atraente, sorrindo tímida — quase relutante — para o fotógrafo anônimo, com uma praia ao fundo. Ironicamente, foi em uma praia que ela morreu.

Só pela forma como os seus colegas enrijeceram e calaram a boca, ele sabia que a delegada havia entrado no recinto. Pegou-se sorrindo ao sentir o cheiro do perfume barato de Lenir Bruscatto e virou-se bem a tempo de vê-la colocar as mãos nos quadris largos e olhar para ele.

— Paixão, vamos lá?

Por quantos anos ele havia aguentado os risinhos dos escrivães quando ela pronunciava seu feliz sobrenome? Miro sentia certa afeição por Bruscatto. Ser delegada numa cidadezinha como Ilha das Pedras, sem recursos, sem efetivo, sem verba deveria ser tão fácil quanto escalar o Everest segurando o fôlego.

Ele a seguiu até a salinha abafada e sem janelas onde costumavam fazer os interrogatórios ou fugir para dar uma cochilada. Tinha cara de ter sido um banheiro um dia: paredes brancas arranhadas onde as cadeiras raspavam nelas, um pouco de mofo estampando o teto, piso frio do tipo dezesseis reais e noventa o metro quadrado. A mesa era um tampão de fórmica sobre pernas fininhas de metal. Quatro cadeiras. Eles se sentaram.

— Já estão trazendo ele aqui — ela murmurou, tirando um fiapo da calça de tecido sintético com stretch. Depois de um gole de café, continuou: — Sabe quem ele é?

— Tavam comentando que é filho daquele deputado que foi assassinado um tempo atrás. Alguma coisa Torres, né? Não sigo política, não tenho mais saco. É verdade?

— É verdade.

— Chegaram a pegar quem matou o pai dele?

— Ninguém foi preso, mas foi execução política daquelas encomendadas por gente grande. Todo mundo sabe, mas com um cara desses quem se importa?

— E agora o filhinho mata uma mulher? Que ano para a família.

Lenir o fitou com aquelas olheiras. Usava uma peruca curta. Depois de ter vencido o câncer nos ovários, ela nunca mais foi a mesma; vivia como se fosse morrer no dia seguinte, engordara uns vinte quilos e gastava todas as economias com o único neto.

— A gente tem que conseguir logo essa confissão e determinar a materialidade do crime. Esses advogados dele vão dar trabalho, gente acostumada a livrar rico da prisão, amigos de juízes, você conhece bem o tipo. Povo lá de São Paulo. Por sinal, feliz Natal.

Miro soltou um "hm" como confirmação. Quase se esqueceu que era 25 de dezembro. Estava prestes a perguntar a Lenir se ela estava bem, sem acrescentar que parecia cansada, quando a porta se abriu. Um rapaz entrou, acompanhado de um advogado *nível hard*. Ilha das Pedras era uma cidade minúscula no litoral de São Paulo, e Miro calculou que o advogado bonitão de terno feito sob medida devia ter avançado muitos sinais vermelhos para estar ali pelo seu cliente naquela manhã.

Miro e Lenir se levantaram. Enquanto ela apertava a mão do engravatado, ele inspecionou o rapaz: havia chorado, mas não estava cabisbaixo.

Como a polícia não tinha motivos para algemá-lo, suas mãos estavam livres.

O menino encarou Miro com um ódio que ele não via todos os dias, os olhos escuros cintilando, e a mandíbula tensa dava a impressão de ter sido colada ao crânio. Era atlético e forte, embora longe de ser musculoso, e a camiseta de listras cor de goiaba e azul-turquesa estava manchada de sangue seco. O rapaz era o completo oposto de Miro, um homem negro de cabelo branco, no auge dos seus cinquenta anos, mais alto do que parrudo.

Depois de instalados e de o advogado perscrutar a salinha em busca de um ar-condicionado que pudesse ligar, Lenir começou:

— Ian Torres, eu sou a delegada Lenir Bruscatto. Este é o investigador Miro Paixão; somos responsáveis pelo inquérito. Você tá bem, precisa de alguma coisa?

Ela sempre começa dócil. Miro deixou os olhos pousarem nas mãos do rapaz, um punho girando numa palma aberta, como se fosse saudar um juiz antes de uma luta de caratê. Havia sangue seco debaixo das unhas, como se tivesse lavado as mãos com pressa, provavelmente escoltado por um policial. A falta de resposta e a maneira como olhava com raiva para Bruscatto e para o próprio advogado liberaram um pouco de adrenalina na corrente sanguínea de Miro.

— Seu advogado já deve ter falado com o senhor sobre seus direitos, mas gostaria de deixar claro que o senhor pode permanecer em silêncio. No entanto, é aqui que você pode apresentar sua versão e sua defesa... porque sua situação não está muito boa. Começa contando pra gente o que aconteceu, vai ser melhor para você. — Lenir secou o copo de café.

— Já falei para aqueles merdas de PMs... — saiu espremido entredentes, com esforço. Os músculos do pescoço de Ian estavam retesados. — O ex-marido dela fez isso. E deve estar fugindo pela praia enquanto vocês tão aqui tomando café.

O advogado fez um movimento contido da cabeça num claro "pare de falar". A delegada continuou:

— Então me explica onde ele estava, porque a casa pegou fogo, duas viaturas da PM estavam lá e ninguém viu esse ex-marido. Só viram você coberto de sangue e, segundo o seu vizinho, o corpo dela...

— Eu já falei, puta merda!

O advogado colocou a mão no ombro do cliente, e o berro ecoou pela sala.

Miro se inclinou para a frente:

— Se falar mais uma vez com a doutora desse jeito, você vai se encrencar. Tu não tá no pátio da escola, e nós não somos seus amiguinhos.

Inspirando ofegante, Ian continuou com a voz mais baixa.

— Ela falou comigo antes de des... de desmaiar... — Ele espremeu os olhos e uma lágrima escapou entre os cílios. Era um homem, Miro notou, mas chorava como uma criança. O advogado se mexeu na cadeira, que rangeu.

— Meu cliente...

Ian olhou para cima, fixando-se em Lenir e, depois, em Miro.

— Eu amava a Me... a Maria Clara. — O garoto apertou os dentes, o rosto avermelhado, duas trilhas de suor contornando o rosto. — *Ele* fez isso. Eu não ligo se vocês vão me prender, eu não tô nem aí pra porra nenhuma mais. Ele é louco. — Ian pareceu perder o fôlego, balançou a cabeça e, como quem não tem mais forças nem para falar, sussurrou: — Vocês só precisam pegar esse desgraçado. Eu quero... só quero ela aqui. Só quero ela aqui.

Miro observou Ian se entregar a um pranto tremido, audível. O advogado estava visivelmente desconfortável. Lenir detestava assassinos de mulheres e não estava comovida com a performance. Miro estava ansioso para seu dia de folga, incapaz de se importar com o drama.

Quando chegara à Praia da Brisa na noite anterior, o céu escuro estava acinzentado de fumaça, e as chamas consumiam a casa. Ele nunca havia visto um incêndio tão grande, de tão perto. Algumas pessoas — os vizinhos da casa ao lado — assistiam a tudo enquanto a casinha era engolida pelo fogo, escurecendo com a fuligem.

Os bombeiros chegaram mais para ficar olhando do que para tentar fazer alguma coisa. Desistiram antes de começar. A PM já havia tomado um depoimento desleixado do menino e pareceriam aliviados ao entregá-lo para a Civil. Não se viam assassinatos com frequência em Ilha das Pedras. Era uma cidade de furtos, batidas de carro épicas, violência doméstica, estupros.

Ian insistia que alguém tinha matado sua namorada, que ficara dentro da casa em chamas. Mas a PM só chamou a Civil quando os vizinhos, em especial o que tinha tentado entrar na casa, disseram que havia uma mulher desfalecida e ensanguentada lá dentro. Foi aí que o incêndio virou um possível homicídio.

Lenir devia estar preocupada, com medo de fazer alguma cagada que seria jogada na cara dela pelos advogados do rapaz e pelo Ministério Público. Se estava, no entanto, não demonstrava. Quem olhasse para ela agora acreditaria que lidava com homicídio todos os dias.

Miro sabia de muito pouco ainda: a vítima, Maria Clara, telefonara para a emergência dizendo que havia um homem tentando entrar na residência. Quando os policiais chegaram, a casa — coisa de rico, à beira-mar — já estava em chamas. O rapaz tossia violentamente, chorava, berrava, fazia que queria voltar lá para dentro, mas era impedido pelos policiais. Falava sobre ela estar lá, que tinham que tirá-la da casa, que talvez não fosse tarde demais, que ela poderia estar viva.

Miro coçou o queixo, pensando nos restos chamuscados que os bombeiros recolheriam com pás da cena... o que sobrara da mulher que aquele menino havia matado, mas dizia amar.

Ian balançava a cabeça, retendo um desalento e um ódio tão grandes que pareciam emanar dos seus poros. *Aí tem coisa*, o investigador pensou com uma pontada de incômodo. *O que aconteceu naquela casa?*

CAPÍTULO 2

Antes
São Paulo

Faltavam quinze minutos para a quarta aula do dia terminar, e Medeia já sentia pontadas nas têmporas. Em dias de prova, especificamente, a sensação era de que sua vida acontecia debaixo d'água: os ponteiros do obsoleto relógio na parede se arrastavam como se pesassem quilos, os alunos movimentavam-se como se suas pilhas estivessem descarregando e tudo tinha uma qualidade pastosa. Medeia desrosqueou a tampa de uma garrafinha de água morna e tomou um gole só para *fazer alguma coisa*.

Mais cedo, uma aluna do segundo ano saíra da sala numa corridinha afetada, chorando, e as amigas anunciaram sem cerimônia que ela estava "deprê" pelo fim do namoro com Júlio. Meia hora depois, dois alunos trocaram insultos a suas mães, e uma briga irrompeu no exato momento em que Medeia discursava apaixonadamente sobre a Semana de Arte Moderna. Entre uma aula e outra, a coordenadora do Ensino Médio trocou poucas palavras com ela no corredor, avisando que "tem uma mãe furiosa querendo falar com você na saída".

Medeia ergueu os olhos quando ouviu os sussurros. Os alunos estavam imóveis, com exceção das mãos rabiscando as provas. Ela reprimiu um sorriso. *Podem colar, eu não me importo.*

Lembrou-se de um conto de horror que lera aos dez anos, no qual um jornalista decide passar a noite em um museu de estátuas de cera, logo na galeria dos assassinos. Na história, ele tinha a sensação de estar sendo observado pelo boneco de cera de um antigo *serial killer* que cortava as gargantas de suas vítimas com um bisturi. A menina Medeia havia suado frio ao ler os últimos parágrafos, nos quais a estátua finalmente se mexia e o jornalista, paralisado de medo, sentia o corte na jugular. Os alunos, movimentando-se vigorosamente quando ela baixava os olhos e congelando assim que ela olhava para cima, lembravam bonequinhos de cera malignos; seres com intenção, com uma agenda própria.

Um aluno chamou sua atenção, mas não pela primeira vez. *Ah, Ian.* Ela estudou a postura encurvada, o cabelo escuro espetadinho como o de um soldado, as pálpebras caídas e as mãos escondidas no bolso frontal do moletom do uniforme. Ele olhava para a prova como se fosse uma receita médica indecifrável. O silêncio da sala 23 era quebrado a cada poucos segundos por uma tosse, um suspiro frustrado, o zíper de um estojo.

Medeia antecipou sua noite, massageando a têmpora direita quase sem perceber. Um apartamento minúsculo, abençoadamente vazio, a aguardava. Um templo onde ela podia adorar a solidão e nutrir fantasias de liberdade enquanto deixava seriados dramáticos a ninarem no sofá, onde serviços de streaming a hipnotizavam até que os comprimidos fizessem efeito e ela escorregasse para o sono.

Havia sempre um momento, quando as ondas cerebrais se ajustavam de theta para delta, em que ela imaginava uma mão misteriosa girando uma roda, como em um programa de auditório. Havia apenas duas opções: uma noite de sonhos ou uma noite de pesadelos. O ponteiro batia, frenético a princípio, nos pinos. A roda perdia momentum e girava cada vez mais devagar. Onde antes havia só um borrão, agora ela discernia cores. Todas as cores. Tic, tic, tic... tic... a roda girava devagar. *Sonhos, por favor, bons sonhos. Sonhos em que estou fazendo compras ou comendo ou rindo ou sendo abraçada por alguém que me ama. Sonhos seguros.* Tic... O ponteiro parava em PESADELOS. Ela aceitava, porque o sono induzido por narcóticos era implacável.

Alguém tossiu, e Medeia percebeu que estava prestes a cochilar. Ela se empertigou na cadeira de plástico e correu os olhos pelos adolescentes. Havia uma dúzia de rapazes que sempre tinham cheiro forte e olhares curiosos. Ela frequentemente os flagrava a observando e, quando isso acontecia, eles baixavam a cabeça rapidamente para disfarçar. Dava para ver que todos carregavam um mundo inteiro dentro de si e que tentavam parecer relaxados e seguros, mas carregavam um medo constante de que suas fraquezas fossem descobertas e vocalizadas por algum amigo inconveniente ou por uma garota mais maldosa. A outra dúzia era de meninas que já pensavam e agiam como mulheres, que venciam as próprias inseguranças ao verbalizarem provocações e afrontarem os professores.

Apenas para quebrar o tédio, Medeia anunciou, forçando uma entonação de voz alta e forte:

— Dez minutos, pessoal.

Uma onda preguiçosa de "ah, não...", "caralho..." e gemidos de pavor. Ela caprichara nessa prova, com perguntas que carregavam trechos dos seus livros preferidos.

— 'Sora.

Medeia reprimiu um suspiro ao reconhecer o tom agudo da voz de Michelle. *Lá vem. Fique calma, não importa o que ela diga.* A menina havia erguido o braço, a ponta do dedo alongada por uma unha postiça. Medeia anuiu com a cabeça, e a aluna anunciou:

— Tem um erro no trecho do livro da quarta questão.

Duas meninas no fundo da sala trocaram olhares e alguns dos garotos riram baixo.

— Olha só, tá escrito: "Dona Paula fazia um prato típico brasileiro, estrogonofe de frango com ketchup, creme de leite e...", mas todo mundo sabe que esse é um prato típico da Rússia e não se faz com creme de leite ou frango, e sim com leite e carne...

— É ironia, anta.

Medeia chegou a achar, por um milésimo de segundo, que ela mesma havia pronunciado aquelas palavras, encontrando alívio absoluto ao ver metade das cabeças da turma se virando para trás, para Gustavo. Ele trocou olhares com Michelle:

— Lê o texto inteiro. Mais pra frente vão pedir exemplos de metáfora, aliteração e ironia no trecho. Deixa de ser imbecil.

Medeia levantou as mãos.

— Gente, se concentrem na prova, por favor. Gustavo, pega leve nos xingamentos. Michelle, realmente, desta vez você está enganada, querida.

Michelle odiava errar. Seu mais absoluto prazer na vida era corrigir tudo e todos, o tempo todo, o que a tornava uma das alunas mais odiadas da escola. Esse era um erro atípico para a menina. *Está tão louca para afirmar sua inteligência que foi afobada desta vez.* A turma se aquietou e Michelle baixou a cabeça, murmurando alguma coisa.

Medeia prendeu o olhar em Thiago, preocupada com sua nota. O menino havia reprovado o segundo ano e, na certeza de que "no terceiro não dá para bombar", simplesmente desistira de estudar naquele ano. Com o olhar preguiçoso e a pele oleosa, ele se contentava em se manter acordado durante as aulas, criando um contraste com o único aluno do terceiro ano que era mais velho do que ele, Ian Torres.

Medeia lembrava-se bem de ter achado que havia algo seriamente errado com Ian quando corrigiu sua primeira redação e encontrou bizarrices como "*feixe* na água" e "*acrossar* a rua". Ao confrontá-lo, dócil, o menino havia ficado vermelho, murmurando: "A Silvia não te contou? É que eu faço umas cagadas em português, 'sora. Eu morei fora um tempo".

Medeia lembrava-se da forma humilde como ele havia dito aquilo, quase com vergonha. Aos poucos, entendeu a história: Ian voltara da Austrália havia dois anos. Por causa do português péssimo e do conhecimento zero do conteúdo de história e geografia, repetiu o segundo ano. Estava finalmente ajustado e cometia poucos erros, mas era diferente dos colegas. Aos recém-completados dezenove anos, mostrava-se entediado com a imaturidade dos amigos, mas, ao mesmo tempo, ansiava pela companhia e amizade deles. Às vezes, entrava nas brincadeiras, mas quase sempre se limitava a balançar a cabeça com vergonha alheia.

Um dia, numa brincadeira besta, Gustavo perguntou: "'Sora, é cl*i*toris ou clit*ó*ris?", extraindo gargalhadas da turma. Medeia respondera: "Quando eu não sei uma palavra, Gustavo, eu procuro no dicionário". Foi quando Ian murmurou: "Ele não conseguiu encontrar".

Medeia sorrira discretamente, enquanto Michelle dizia: "Genial, Torres, genial".

O tédio levou Medeia a tirar o celular da bolsa, sem movimentos bruscos, e checar o aplicativo de mensagens. Três conversas imploravam por sua atenção, mas uma nova mensagem de um número desconhecido foi o suficiente para seu sangue gelar e sua barriga se contrair involuntariamente. *De novo. Ele conseguiu de novo.*

O mundo não rodopiou ao seu redor e ela não ficou tonta. Seu horror era treinado, contido, como tudo o que sentia sem demonstrar. Ela focou na respiração, em acalmar-se. *Respira, olha em volta. Você está segura.*

Ele está longe. Otávio havia escrito: "Nossa hora tá chegando, Clarinha. Tá tudo pronto. Borrifei seu perfume no travesseiro. E o meu? Você tá conseguindo farejar no ar? Estou perto".

Com as bochechas queimando, ela empinou a cabeça como se fosse possível algum aluno ter ouvido aquelas palavras cáusticas. Os bonecos de cera continuavam iguais, no entanto.

Medeia engoliu a náusea ao baixar novamente o rosto para o celular, forçar os dedos — que não pareciam mais pertencer a ela — a bloquear o contato e descartar o aparelho na bolsa. Ele não sabia onde ela estava, a única coisa que tinha era seu número de celular, o que ele sempre conseguia não importava quantas vezes ela o trocasse. *Não deixe ele te afetar, não dê esse poder a ele. Ele* não *está perto.*

Benjamin, um rapaz esquálido uns vinte centímetros mais alto do que ela, levantou-se e, arrastando os pés para deixar claro seu desdém pela educação paga pelos pais, largou a prova na mesa da professora.

— Mó difícil aê essa prova, 'sora. Mancada.

— Obrigada, Ben — ela forçou a voz a sair firme e açucarada, enquanto em sua mente as palavras gritavam: *Tá tudo pronto.*

A porta da sala de aula se abriu, distraindo os alunos por um segundo, e Medeia se levantou ao ver Silvia, a coordenadora, acenando para que ela se aproximasse. Carregando as palavras do ex-marido consigo em cada passo, como se fossem grilhões, Medeia obedeceu.

— Vamos ter que liberar o Torres mais cedo — a coordenadora sussurrou.

O rosto abatido e os olhos arregalados de Silvia mostravam que a coisa era séria. Medeia teve alguns instantes para analisar a postura curvada dentro do terninho azul-marinho, os dedos se enroscando no colar de pérolas falsas. A voz da mulher saiu num murmúrio quase inaudível:

— O pai dele morreu. A mãe acabou de ligar, está histérica, coitada.

Medeia levou a mão aos lábios para conter sua reação.

— Em alguns minutos, acho que todo mundo vai ficar sabendo, mas ela prefere dar a notícia a ele, tadinho. Nossa, dezenove anos... — Silvia balançou a cabeça. — O motorista está esperando na porta; eu acompanho ele, você pode chamar?

Assentindo, Medeia caminhou entre as carteiras, os sapatos baixos ecoando no piso frio, o sol pleno daquela manhã de outubro batendo nas superfícies azuis e brancas da sala, refletindo na tinta extrabrilho num tom de cinza-claro. Quando ela parou ao lado de Ian, o rapaz olhou para cima como uma raposa assustada. Havia algo ali, uma ansiedade, um temor, como se tivesse sido pego fazendo algo errado. Medeia curvou o corpo, aproximando o rosto do dele, e, embora notasse que ele não havia respondido a uma única pergunta da prova, apenas disse:

— Você vai sair mais cedo hoje, pode fazer a prova substitutiva depois. Pegue suas coisas, vamos, querido.

Ele não reagiu de imediato, tentando ler o rosto da professora. Medeia capturou aquela expressão como se tirasse uma fotografia: contra o sol, seus cílios pretos ficavam avermelhados. O rosto tinha propensão para a vermelhidão, principalmente onde já raspava a barba rala, no pescoço. Seria bonito quando virasse um homem, ela deduziu. O nariz era ossudo, mas combinava com o queixo forte, o maxilar quadrado, o pescoço musculoso. Ian mexeu a cabeça num gesto de concordância e se levantou, guardando a caneta inútil na mochila e entregando para ela a prova em branco, sem encará-la.

Medeia teve tempo de notar uma troca de olhares entre alguns alunos quando Silvia escoltou Ian para fora da sala. Ela sentiu pena dele, mas a mente reagiu rápido, puxando-a de volta para os próprios problemas. Otávio estava sempre perto, não importava a distância. Cada mensagem era um toque, uma carícia odiosa. Cada palavra era uma promessa de que, mais cedo ou mais tarde, ele a encontraria. De novo.

Ela pulou quando o sinal, histriônico, rasgou pela caixa de som e inflou o ambiente. Os alunos gemiam de decepção, corriam para preencher o cabeçalho, conferiam as respostas e recuperavam seus smartphones da caixinha na mesa dela. Medeia posicionou-se na porta, recolhendo as provas e despedindo-se da turma do terceiro ano C, a caminho do merecido intervalo.

Já estava escuro quando Ian abriu os olhos. Finalmente, a casa estava em silêncio. As luzes do quintal batiam em sua janela, penetrando no amplo quarto o suficiente para que ele reconhecesse o quanto se sentia pequeno dentro dele.

Sentando-se, ele espremeu o rosto quando uma pontada no estômago o dominou. Não comera absolutamente nada naquele dia de merda e havia dormido a tarde inteira para não ter de lidar com a atmosfera de morte e desolação; seu corpo cobrava o preço. Os pés pousaram no carpete felpudo. Ele procurou o celular pela colcha, mas não o encontrou.

Bitcoin, seu Golden Retriever, o olhava, deitado na cama, como se soubesse o que estava acontecendo.

— Ian?

Ele reconheceu a silhueta da mãe na porta. Não queria falar com ela porque tudo ficaria mais real. Naquela manhã, a mãe o apertara contra si por uns três minutos, trêmula e soluçando, antes de anunciar: "Eles mataram seu pai, meu anjo. Ele se foi, ele se foi. Eles levaram seu pai, amor".

Seus tios Fábio e Murilo, assessores de imprensa, e o advogado da família, Giovani, haviam tentado acalmar a viúva, oferecendo sussurros, afagos frágeis, frascos de comprimidos. Ian viu a mãe entornar umas três pílulas com uma garrafa d'água, mas, conhecendo a propensão de dona Fabíola Torres à bebedeira, não ficaria surpreso se aquilo ali fosse vodca.

Caminhando sem rumo nem ânimo pela gigantesca sala de estar da casa, vestindo uma calça branca de aspecto cremoso, joias grossas de ouro e uma blusa de seda que mostrava os peitos tremelicando quando ela gesticulava, a mãe esfregava o rosto, chorava e olhava para o teto em súplicas silenciosas. Quando Ian se retirou para o quarto, ninguém tentou impedi-lo.

— Tô acordado, mãe. Tá tudo bem? Eles já foram embora?

Ela acendeu a luz, fazendo Ian piscar. Sentou-se ao lado dele na cama, ainda cheirando a Chanel Nº 5 e álcool, e abraçou o filho. Ele fechou os olhos, procurando tristeza e encontrando apenas pena da mãe. Não achava que os pais se amavam, mas havia entre eles uma lealdade, uma cumplicidade, que Ian sempre achara curiosa. Era como se estivessem juntos em uma missão para dominar o mundo. Gritavam coisas horríveis um para o outro, tinham casos extraconjugais, mas na hora de eleger o marido, de se posicionar contra seus rivais, de defendê-lo de acusações cada vez mais frequentes, estavam juntos.

— Escuta, não, eles ainda estão aqui, vários amigos do seu pai, seus tios, e lá fora tá cheio de carro da imprensa. Então fica em casa, não abre janela nem nada, tá? E não pede comida pelo aplicativo porque vai pegar mal. A Magda tá na cozinha, pede pra ela uns sanduíches.

Ian concordou, observando o rosto sem maquiagem e os olhos vermelhos da mãe. Queria poder sentir falta do pai, mas não importava o quanto procurasse por aquele sentimento, simplesmente não o encontrava. Sua mãe sabia disso, estava claro no rosto dela. Ela apertou os lábios contra a testa dele deixando um filete minúsculo de saliva, o suficiente para a região ficar gelada. Exalando uma respiração que a fez murchar, Fabíola se ergueu e saiu do quarto, deixando a porta aberta. O papel de viúva lhe caía bem.

Eu não deveria pensar essas coisas. A culpa o inundou. Ele sabia o que veria se acessasse as redes sociais: memes sobre seu pai, a turma da esquerda comemorando a morte de mais um corrupto de direita, os aliados de Raí Torres fingindo dor, todo aquele show de horrores. Sabia que alguns amigos haviam enviado mensagens de condolências e que ele seria obrigado a respondê-las, e, mesmo assim, as mãos procuravam o aparelho, que não apareceu. *Ah, droga, deixei na caixa da 'sora Medeia.* A professora de literatura fazia os alunos depositarem os celulares dentro de uma caixa de sapato durante a prova. Na pressa de sair da sala, ele havia se esquecido de recuperá-lo.

A próxima sensação foi de pânico: ela veria o conteúdo do celular! *Não.* A professora não conseguiria desbloqueá-lo. Certo? Também, mesmo se pudesse, o que ela veria? Algumas trocas de mensagens entre amigos, claro que cheias de vídeos pornográficos, mas nenhum enviado por ele. As próprias buscas por conteúdo assim, quando aconteciam, eram feitas no modo anônimo e não deixavam rastros. O que ela pensaria sobre ele se visse aqueles vídeos? *Que eu sou um tarado, maníaco, doente.* Não era nada daquilo, ele só tinha curiosidade. Tentava resistir, mas era mais forte do que ele.

Medeia não conseguiria desbloquear o aparelho, fato. Ian suspirou de alívio e foi até o banheiro para mijar e lavar o rosto. O estômago reclamou de fome de novo, e aquele sanduíche evocado pela mãe agora lhe parecia quase mitológico.

Talvez fosse bom que o celular não estivesse com ele, pensou, optando por tirar o uniforme e entrar no banho. Era uma oportunidade para se isolar, para não ter que falar com as pessoas.

Uma imagem do pai tal como o vira pela última vez, dois dias antes, se formou em sua mente: um homem com corpo abarrilado, sem barriga graças a uma lipoaspiração recente, de rosto grosseiro e pele que teimava em exibir um brilho oleoso não importava a quantidade de sabonetes faciais especiais e caríssimos que a mãe testasse nele. "Faz parecer que está suando, o que significa que está mentindo ou, pior, que você é sujo!", ela dizia, rasgando a embalagem de plástico com os dentes e enfiando o *cleansing oil* na cara dele.

Naquela última vez, o pai estava tomando café da manhã, trocando mensagens de áudio pelo celular, enquanto Magda lhe servia uma salada de frutas. Ian lembrava-se de como o relógio Rolex (para quê ser criativo?) robusto captava a luz do sol e de como a mãe havia demonstrado revolta quando Raí despejou um quarto de uma bisnaga de mel na salada de frutas. "Aí agora ele acha que as coisas são assim?" O pai ria, puto da vida, o celular acusando que já entrava no sexto minuto do áudio. "Que a gente vai aceitar essa merda como se ainda estivesse devendo alguma coisa pra ele? Quem tinha que pedir desculpas era ele, cacete. Né, não? Ou tô falando alguma besteira, Sales?"

Ian sempre se surpreendia com suas lembranças, a forma que tinham de simplesmente aparecer sem nexo, sem serem convidadas, como se seu cérebro estivesse fazendo malabarismos com memórias aleatórias. Duas lembranças competiram por sua atenção, e ele as agarrou simultaneamente.

Uma delas era boa — uma viagem para Portugal, seus pais felizes, interessados nele, perguntando sobre sua vida e sobre o que ele queria fazer no futuro, num restaurantezinho com cheiro de pão velho e vinho ácido. A outra, seu pai o forçando a entornar uma latinha inteira de cerveja quando ele tinha apenas doze anos, num churrasco com os amigos políticos, um deles o atual governador do estado. "Tá na hora de começar a beber, moleque", o amigo do pai havia dito, um cara cuja pele era toda pintada de manchas rosas. "Você já tá dando umas metidinhas, não tá?"

Ian esfregou o rosto com água quente, incapaz de querer que o pai voltasse. Chegou a apertar os dentes quando uma onda de raiva o invadiu. *Não pensa isso, é uma coisa horrível.* Estava lá, não estava? Uma espécie de... alívio? Quando Ian sentiu o nariz queimar e lágrimas relutantes arderem nos olhos, foi pela culpa de pensar que, talvez, sua vida seria melhor sem o pai por perto.

Vinte e cinco de outubro. Pelo resto de sua vida, seria o aniversário da morte de seu pai. Ele sempre associaria as decorações de Halloween nas escolas e no comércio àquele evento: o assassinato de Raí Torres.

Quando saiu do banho, ele se lembrou de que havia deixado o aplicativo de mensagens aberto no notebook. Rezando para que seu celular ainda estivesse ligado, sentou-se à escrivaninha e procurou o grupo da turma. Estava prestes a perguntar quem tinha o contato da professora, mas desistiu. Caso se manifestasse, teria de responder às mensagens de "meus sentimentos" e não estava pronto para aquilo. Contra sua vontade, buscou o contato de Michelle — representante da turma, que tinha o telefone de todos desde as aulas on-line na pandemia — e escreveu: "Mi, tem o contato da sora Medeia? Ela acabou ficando com o meu celular. Preciso pegar de volta".

Em segundos, Michelle respondeu: "Nossa, Ian, eu estava prestes a fazer uma visita, mas minha mãe me pediu para esperar um pouco. É horrível o que aconteceu, e eu sinto muitíssimo. Seu pai era um cara muito querido aqui no condomínio. Vai fazer falta. Se precisar de qualquer coisa, estou aqui".

Ian não respondeu. Era mentira. Ninguém gostava do pai dele. Ela passou o contato da professora. Envergonhado, Ian escreveu: "Sora, me desculpa, mas a senhora ficou com meu celular. Tem como eu buscar?".

Então, Ian desceu as escadas preparando-se para enfrentar aquelas pessoas que o tratariam com falsidade e condescendência, falando coisas belas sobre o homem horrível que o criara.

Chegando ao térreo, instintivamente desviou da sala, de onde vinham vozes exaltadas e o tilintar de copos de cristal, e foi até a cozinha. Magda não chorava, mas estava abatida, supervisionando duas outras mulheres uniformizadas que a mãe de Ian devia ter contratado para servirem aos convidados naquele momento delicado.

Magda abriu os braços para ele, e Ian lutou para não desabar contra toda aquela gordura calorosa e maternal, cheirando a farinha e óleo de rosas. Ela sussurrou:

— Ah, criança, isso vai passar, sabia? Dói, mas passa.

Ele não duvidava que ela sabia do que estava falando. As marcas da dor estavam estampadas no rosto rechonchudo de Magda. O que ela vivera? O que tinha visto?

Ian se afastou dela contra a vontade, mais por medo de ser pego pela mãe "confraternizando com os empregados de novo". Ela lhe deu um sorriso intenso e cheio de emoção e ergueu um paninho de copa para revelar um prato com o doce preferido dele: pé de moleque.

— Guardei pra você, de uma festinha que teve lá em casa. Come antes que tua mãe veja.

Em minutos, Ian devorou os três pés de moleque e bebeu um copo de água gelada. O estômago não gostou da refeição, mas ia aguentar. Ian virou os olhos gratos para Magda e ela gesticulou como quem diz: "Vá, aguente todas aquelas pessoas e aquela situação". Ele tomou fôlego e se arrastou até a sala.

CAPÍTULO 3

Antes

Tudo perfeito para uma noite de sexta-feira. Todas as provas haviam sido corrigidas, todas as aulas da semana seguinte estavam prontas, e Medeia poderia fazer o que quisesse no fim de semana.

No sábado pela manhã, ela faria uma faxina perfeita. A vantagem de morar num apartamento minúsculo era que podia deixar tudo organizado, limpo e desinfetado em menos de cinco horas. Saber que estaria em um ambiente imaculado e cheiroso a fez sorrir antecipando a faxina, o odor forte dos produtos que tanto amava: água sanitária, sapólio, desinfetante de limão e eucalipto. O álcool, que ela gostava de passar em cada superfície como toque final, era como uma espécie de sobremesa.

A noite era dela; o jantar, quase artesanal, prepararia ao sair do banho, que tomaria depois de duas ou três horas de leitura. O livro novo estivera esperando por ela na portaria do edifício, na embalagem de plástico. Comprara *Tabloide americano*, de James Ellroy, por apenas doze reais e trinta centavos num sebo online. Considerando o tamanho absurdo do tomo — o frete saíra o dobro do valor do livro —, era uma pechincha.

Depois do livro, um pouco de carinho, né, Medeia? Ela sorriu ao abrir o box e puxar a toalha do gancho, antecipando que sim, aquela noite ela merecia um pouco de prazer, e havia um vibrador esperando por ela naquela caixinha escondida no fundo da gaveta de calcinhas. Fazia semanas que não o usava e receava que a pilha tivesse vazado e corroído os pedaços de metal que faziam com que aquele aparelho fosse tão rápido em excitá-la, em abrir suas camadas para aceitar o orgasmo sem culpa, sem conflitos.

Ela estava enrolando a toalha nos cabelos quando viu aquela *coisa* no azulejo branco. O corpo reagiu num reflexo enlouquecido, correndo até a porta numa explosão de movimentos, enquanto a garganta soltava um grito seco arranhado.

Medeia conseguiu bater a porta, arrancar a toalha da cabeça e enfiá-la no vão entre a porta e o piso de cerâmica. O coração esmurrava o peito. A porra de uma barata.

Ela não gostava de imaginar nem a palavra, geralmente usava "bicho". Claro, com a sorte dela, o inseto era enorme e ameaçador, com as longas anteninhas dançando como árvores durante uma ventania. Como qualquer pessoa que tem fobia daquele verme desgraçado, ela estava equipada com latas e mais latas de veneno. O que faltava, sempre, era coragem para enfrentar o bicho. Nua, com o corpo molhado, ela se sentia ainda mais vulnerável, ainda mais suja de estar no mesmo ambiente que *aquilo*.

Anda logo! Ela deu uma corrida até a cozinha e abriu o armarinho. *Eu fechei todas as janelas, como ela entrou? Como ela entrou?* Puxou uma lata de inseticida e reuniu coragem para se aproximar da porta fechada do banheiro. Só de saber que aquilo estava do outro lado, tinha vontade de berrar. Engoliu em seco, puxou ar para o peito e se ajoelhou. Precisava acabar logo com aquela angústia. *E se quando eu puxar a toalha, ela sair junto? E se ela pular em mim?*

Medeia sentiu o queixo tremer e não teve vergonha de estar chorando. Ela encarava qualquer coisa, exceto aquele inseto asqueroso. Não tinha medo de lagartixa, besouro, abelha, cobra, nada. Não tinha medo de altura nem do escuro, nem de espaços apertados. Mas aquilo, não, aquilo era horrível e podre e maléfico e ela não conseguia acreditar que teria que voltar a usar aquele banheiro.

Seu passado ameaçou voltar, mas o pânico a ajudou a bloqueá-lo.

Só faz isso logo, Medeia. Ela queria se secar e colocar um pijama de frio, embora o apartamento estivesse um forno. Queria se enrolar num cobertor e dormir, porque a presença daquele bicho tinha acabado de matar seu tesão pela tão esperada noite de sexta-feira. Foi o ódio gerado por essa constatação que permitiu que ela agisse; arrancou a toalha e apertou o spray no vão. Medeia tossiu e seus olhos arderam, mas ela só interrompeu o jato de veneno quando a lata engasgou com ar, e ela percebeu que a havia descarregado por completo.

Com os olhos molhados e o cheiro do veneno queimando a garganta, ela voltou a socar a toalha no vão e se afastou. *Morre, morre, morre.*

Medeia chorou, lembrando-se da sensação de dezenas de baratas rastejando sobre ela, enlouquecidas. Lembrou-se do olhar punitivo de Otávio ao sujeitá-la àquilo. Ela deu passos para trás até sentir a porta do apartamento contra suas costas. Dobrando os joelhos, sentou-se no piso frio e abraçou as pernas.

Como vou entrar lá? Como vou usar o banheiro agora? Quem poderia tirar aquele bicho dali? Ela não queria pedir ajuda a um vizinho. Morria de medo de deixar alguém entrar e acabar dando confiança demais. Era uma mulher morando sozinha, e aquele não era um dos melhores bairros de São Paulo. A solidão que Medeia tanto amava se virou contra ela naquele instante. *Eu não tenho ninguém*, pensou, os olhos presos à porta do banheiro, imaginando se a droga do inseto já estava morto.

Quem, quem, quem? O pé direito de Medeia batia contra o piso. Mesmo que ela tivesse que se constranger, precisaria chamar alguém para entrar naquele banheiro e tirar aquilo dali. Ela pagaria o que fosse, mexeria até em seu dinheiro de emergência, caso necessário, para que outra pessoa limpasse — não, *desinfetasse, esterilizasse* — o piso, as paredes, o teto, os armários, os puxadores, a pia, a torneira, o vaso, tudo, tudo, tudo daquele banheiro. Mesmo assim, entrar lá depois daquela noite seria uma tortura. Com o tempo ela esqueceria, claro. Com o tempo.

Como ela entrou? Medeia deixava todos os ralos fechados quando não estavam sendo usados. Ela nunca abria as janelas, exceto pela manhã, para ventilar a casa, mas sempre fechava todas antes de sair. A porta do apartamento tinha vedação justamente para evitar que um inseto entrasse. *E se veio com as compras?* Isso significava que ela havia passado pelo menos uma hora com aquilo dentro de casa. *Vou jogar tudo fora.* Por sorte, só havia comprado o suficiente para aquele jantar e uma sobremesa. Um medalhão de filé mignon, 150 gramas de camarão e um pedaço de queijo gorgonzola. Duas latas de Heineken e um pequeno cheesecake. *Ela fodeu meu jantar perfeito, minha única autoindulgência semanal. A pequena fortuna que eu me permito gastar.*

Ela estava sozinha com aquele inseto na casa. Teria que comer alguma coisa, e não tinha mais coragem de tocar nas compras. Poderia pedir comida pelo aplicativo, mas não mudava o fato de que, mais cedo ou mais tarde, antes de dormir, teria que usar o banheiro. Morava muito perto do shopping — podia até ir a pé até lá, mas as lojas e, por consequência, os banheiros fechavam às dez. Ou os banheiros ficavam abertos? Ela não sabia, nunca tinha estado num perrengue desses antes. *Não no cinema*, pensou. *Os banheiros do cinema ficam abertos até o fim da última sessão.*

Medeia conhecia bem demais seu medo de baratas. Sabia que, agora que tinha acabado de ter um encontro com uma, seria incapaz de ficar em um lugar escuro como uma sala de cinema, imaginando uma delas subindo por sua perna, dentro da sua calça jeans. Não, o cinema não era uma boa ideia. *Posso jantar no shopping, usar o banheiro e voltar só para dormir aqui.* Conseguiria dormir, sabendo que o bicho estava lá dentro? Não.

E se chamasse o porteiro? Ela podia se vestir, descer e chamá-lo. Mesmo se tivesse que esperar seu expediente acabar, ela esperaria. *Tudo bem, aí você convida um homem estranho para dentro do seu apartamento, e depois?* Ele criaria algum tipo de expectativa em relação a ela? Era boa ideia ficar devendo favor para um homem que não conhecia bem? Podia chamar uma vizinha, mas já conseguia imaginar a vergonha de ter que cruzar com a mulher no corredor por meses (se tudo desse certo na vida nova, anos) depois de ter feito um escândalo por algo que todo mundo considerava uma frescura.

Precisava da ajuda de um homem ou mulher que não representasse risco. De alguém que não veria mais. Ela esticou a mão e arrancou o celular do carregador. As mensagens mais recentes eram de Silvia, convocando todos os professores para um amigo secreto, e de um morador do prédio reclamando no grupo do condomínio que, mais uma vez, o morador do 318 havia deixado o cachorro sozinho o dia inteiro e o latido constante do bichinho não deixava ninguém trabalhar em "homi ofice".

E lá estava, a mensagem que ela lera três dias antes e esquecera de responder:

"Sora, me desculpa, mas a senhora ficou com meu celular. Tem como eu buscar?"

Medeia virou a cabeça para o gancho na parede, onde sua bolsa — uma competente falsificação de uma Michael Kors — estava pendurada. *É ridículo, mas é o que tem para hoje.* Ela se levantou e caminhou até a bolsa sem querer pensar demais, caso contrário sabia que iria desistir. Achou o iPhone do aluno com facilidade.

Ian Torres. O único da turma que parecia ser sensível, vulnerável e não ameaçador. O único que talvez não fosse contar para ninguém. *O que eu estou fazendo?* Ela mordeu o lábio, sem conseguir pensar em mais ninguém capaz de manter aquilo em segredo. Além do mais, tinha uma ótima desculpa para telefonar. Encontrou com facilidade a planilha com o contato dos pais dos alunos.

Antes que pudesse mudar de ideia, discou o número da casa dele. Estava prestes a desistir quando uma mulher atendeu com um "Alô?" desanimado. Medeia umedeceu os lábios e mentiu sem planejamento algum.

— Boa noite, meu nome é Medeia, sou professora do Ian. Eu só estou ligando para informar à família que o celular dele está comigo, ele esqueceu na escola e como... como não foi às aulas nos últimos dias devido ao... luto... — Ela soava estranha, como se estivesse aprontando alguma coisa. Firmou a voz: — Enfim, estou com o telefone dele.

Silêncio do outro lado. *A ligação caiu. Talvez seja melhor, isso é besteira. E você pode se encrencar. Silvia deixou claro que não devemos entrar em contato com estudantes sem a autorização da coordenação.* Antes que Medeia pudesse encerrar o telefonema, já pensando que teria de elaborar outro plano, a voz grossa do aluno soou no aparelho.

— *Alô, 'sora?*

— Oi, Ian. — Ela percebeu que sorria, talvez de alívio. — Meus sentimentos. Como você está?

Medeia fechou os olhos. Nunca havia feito algo do tipo, sua carreira no colégio Machado de Assis era imaculada. Precisava daquele emprego, precisava que sua vida desse certo em São Paulo.

— *Valeu. A senhora tá com o meu telefone?*

— Isso, isso, foi por isso que liguei. Desculpa não ter respondido à sua mensagem, ela chegou quando eu estava no meio de um compromisso e acabei esquecendo de retornar. Lembrei agora, só... — Ela colocou a mão no peito. *Por favor, vem pra cá e tira essa* coisa *de dentro do meu apartamento.* — Se quiser buscar, eu estou saindo agora pra jantar no McDonald's do Shopping Lazer. Sabe onde fica?

— *Sei, sim, tô indo pra lá então, 'sora, valeu mesmo.*

E ele desligou. Medeia deixou os olhos repousarem na tela. Fazia sentido, as pessoas não viviam mais sem seus telefones e, depois de três dias, um adolescente devia estar enlouquecendo sem o aparelho. Ela se perguntou se Ian não havia ido à escola por medo de precisar encarar os amigos depois da morte do pai ou por estar destruído emocionalmente. Ela sabia que Raí Torres não valia um real, todos sabiam, mas isso não significava que ele não fosse um bom pai. *Isso é possível?*, ela se perguntou. *Um homem orgulhosamente corrupto, racista, misógino como aquele ser um bom pai?*

Sentiu um pouco de pena do garoto, mas tinha que ser prática. Ainda precisava pensar em uma desculpa plausível para levá-lo ao seu apartamento — outro risco absurdo — para que tirasse aquela porra de inseto do banheiro sem parecer ridícula. Ele entenderia se ela simplesmente falasse a verdade? Será que também tinha seus medos irracionais, suas fobias sem sentido? Com vergonha, raiva de si mesma e nojo de estar no mesmo apartamento que aquela barata, Medeia se vestiu.

Lá estava a professora. Ian não sabia se estavam quebrando algum tipo de protocolo, mas não via nada de tão estranho em se encontrar com aquela mulher num lugar público para buscar seu celular. Por que a sensação de estar fazendo uma coisa errada, então? Ele ficara surpreso ao entrar no táxi e perceber-se animado por estar saindo de casa pela primeira vez desde terça-feira. Era bom estar longe dos olhares tristes da mãe, dos comentários dos tios sobre as notícias e das perguntas do delegado sobre o inquérito.

Até agora, ninguém havia sentado com ele para explicar o que acontecera. Ele colhia informações através das TVs ligadas em diversos cômodos, das conversas na ilha da cozinha, da gritaria que às vezes irrompia entre a mãe dele e os tios.

Raí Torres levara três tiros ao sair de um prédio empresarial na avenida Berrini naquela terça-feira. Câmeras capturaram as imagens de dois homens em uma moto com placa falsa, os capacetes cobrindo os rostos. Segundo a polícia, o atirador estava na garupa e disparou sete vezes contra seu pai, acertando três balas: duas no peito e uma no estômago. Os detalhes, como calibre das balas, testemunhas, motivo para Raí estar no edifício, tudo isso escapava de sua memória, embora ele soubesse que deveria se importar.

O shopping estava lotado e o barulho da praça de alimentação parecia mais alto do que deveria ser, como se alguém tivesse aumentado o volume ali. O *blend* de odores de pizza, hambúrguer e comida chinesa deixava o ar mais pesado. Ele sinceramente achou que poderia enlouquecer num lugar daqueles casos ficasse mais dez minutos. A professora Medeia estava muito diferente, e ele levou um tempo para achá-la. O cabelo estava molhado e preso num rabo de cavalo, e ela não usava sua característica maquiagem.

Na escola, Medeia usava roupas formais e discretas — calças pretas, sapatos baixos, blusas de tecidos fininhos em tons neutros, cobrindo os ombros e o colo. Uma vez ela usara uma blusa de gola alta, sem mangas, bem justa ao corpo, e Ian ouvira os sussurros e risadinhas dos seus amigos no fundo da classe.

Era uma mulher muito bonita, ele havia notado diversas vezes, como se sempre se surpreendesse com ela. O olhar da professora, no entanto, o deixava nervoso. Medeia parecia estar sempre lendo seus pensamentos. Ele nunca pensara que as roupas, a maquiagem, o jeito delicado de falar pudessem compor uma máscara que ela usava para que os alunos a respeitassem, mas ao vê-la fora do ambiente escolar, teve certeza disso. Uma vez, o professor de história, Nilton (apelidado pela turma de Comunilton, por suas apaixonadas citações de Karl Marx), proclamou para a turma que "professor também é gente". Vendo Medeia ali, de jeans e uma blusa de alcinha, mordendo um hambúrguer em meio a tanta gente barulhenta e feia, Ian precisou concordar.

Sem graça, ele se aproximou. Ela olhou para cima e sorriu com a boca fechada, mastigando rápido e cobrindo os lábios com a mão. Quando ele se aproximou, sentiu o cheiro de xampu.

— Oi, Ian, desculpa. — Ela parecia tão sem graça quanto ele. — Olha, aqui tá o seu celular. Aceita uma batatinha ou alguma outra coisa?

— Eu acho que vou comer também, ainda não jantei. — Ele olhou para o aparelho que ela depositou em sua mão. Estranhamente pesado. Não parecia ser dele, embora fosse. Correu o dedo pela capinha com a borracha um pouco suja e desgastada, a tela estampada por impressões digitais borradas. Havia se certificado, em buscas pelo Google, que uma pessoa leiga, como ele deduzia que Medeia fosse, não seria capaz de desbloquear aquele iPhone. Mesmo assim, sentiu as bochechas queimarem imaginando que ela pudesse ter visto suas mensagens, suas buscas, seus aplicativos.

Ele se sentou, e Medeia pareceu feliz que Ian não tivesse simplesmente virado as costas para ela. Ela bebeu um pouco de refrigerante por um canudo e forçou um sorriso.

— Tudo bem?

— Tá, tá tudo bem — ele falou, ainda sentindo-se estranho por estar ali. — Eu e ele não éramos muito próximos.

Saiu tão formal, tão frio. *E se ela achar que sou um daqueles caras mimados, ingratos?* Ele manteve os olhos na fórmica bege enquanto complementava:

— Tipo... ele era muito ocupado. Tá tudo bem. Alguém da sala falou alguma coisa?

— Eu não vi mais a sua turma depois da prova, lembra? Que, aliás, você vai poder refazer. Sei que você não respondeu nada.

Ian não quis olhar para ela. Debaixo da mesa, a perna balançava. A verdade era que nem havia lido as questões. Gostava de ler, até, muito mais do que qualquer outra pessoa que conhecia, com exceção dos seus professores. Havia lido outros livros para a escola sem muito esforço: *Harry Potter e a pedra filosofal*, *Dom Casmurro*, *Capitães da areia* e até *Extraordinário*. Só que fazia meses que não conseguia se concentrar. Seria um insulto confessar isso a uma professora de literatura?

— Eu vou comprar minha comida, já volto. — Ele se levantou e caminhou direto para o McDonald's, sem considerar outro lugar. Não porque tivesse preferência por aquele fast food, mas queria comer o que a professora estava comendo. Observou o mar de gente em busca de colegas da escola antes de se lembrar que seus amigos nunca frequentariam um shopping popular como aquele. Ele estudava com filhos de famosos, empresários e CEOs. Não pisariam naquele bairro e muito menos no Shopping Lazer, o que o preencheu com a mistura de conforto e segurança que o anonimato oferece.

Quando voltou, Medeia já havia acabado de comer, mas ainda bebia seu refrigerante. Com a boca salivando, ele desembrulhou seu sanduíche e o mordeu, despertando para os sabores tão familiares. Ela estava sentada contra o banco de madeira em forma de sofá, os braços cruzados.

— Eu gosto muito de McDonald's — a professora confessou. — Nunca como besteiras, tento me alimentar bem, mas... como não pude jantar em casa, usei isso como desculpa.

Ian assentiu, achando estranho que ela olhasse para ele como se esperasse alguma coisa. Ela continuou:

— Eu ia fazer um filé mignon com molho de queijos e camarão. Eu gosto muito de cozinhar, mesmo que só para mim. Talvez justamente porque seja só para mim. É como se eu estivesse me dando um presente, entende?

Ian parou de comer e prestou atenção no que ela dizia. Havia alguma coisa no olhar dela. Uma súplica, um nervosismo. *Talvez ela não tenha te chamado aqui para devolver o celular.* Ele estudou Medeia. Ela parecia prestes a confessar um assassinato.

— Ahm, a senhora não é casada?

— Não, não. — Ela engoliu algo que iria acrescentar. — Ai, que merda.

Ian nunca imaginou que Medeia falasse palavrão. Ele sorriu, mas logo se conteve. Alguma coisa estava acontecendo ali. Ela descruzou os braços e baixou a voz.

— Olha, você tem pavor de alguma coisa? Alguma coisa que todo mundo acha exagero, acha bobo? Tipo dentista, palhaço, aranha?

— Eu tenho muito medo de tubarão. Sonho muito com eles, quase toda semana. Eu sempre estou no mar ou numa piscina grande ou outro lugar e sei que eles estão lá embaixo, mas não consigo ver nenhum. Só que, assim, eu sei que eles estão lá.

Medeia o olhava intensamente, os olhos acesos, espertos. Quando ela sorriu, foi de alívio. Ele notou que seus dentes eram bonitos, bem cuidados.

— Eu morro de medo de... eu não consigo nem dizer a palavra. Começa com "b", termina com "a", mas, por favor, não fala.

— Entendi. — Aonde aquela conversa estava indo? Tudo aquilo parecia um sonho sem sentido.

— E eu moro sozinha e tem uma no meu apartamento.

Ela falou aquilo como se dissesse: "Eu abandonei meu filho num ponto de ônibus". Ian começou a entender. Sentiu pena dela. Medeia lhe pareceu a pessoa mais solitária do mundo naquele momento. Nunca imaginou que ela pudesse não ter amigos, um namorado, colegas que viriam correndo matar uma barata caso ela chamasse. Dava para ver que ela sabia o que Ian estava pensando, no entanto, ela manteve o queixo erguido, seu olhar cheio de esperança.

— 'Sora, se você quiser eu posso matar a...

— Por favor, não fala.

— Tudo bem, mas eu mato. A senhora mora aqui perto, é isso?

— É, aqui do lado. Nossa, Ian, isso é ridículo, me perdoa. Eu não deveria nem pedir uma coisa dessas para um aluno, mas eu não sei o que fazer.

Ian não conseguiu conter o sorriso. Era bom poder ajudar alguém. Ele não era um daqueles caras que se sentiam superiores quando se deparavam com uma mulher em estado vulnerável, não era isso. Mas passara os últimos três dias jogando PS5 e sentindo-se culpado por encontrar um segundo de paz na rotina fúnebre daquela casa e poder finalmente focar no problema de outra pessoa era reconfortante de um jeito bizarro.

— 'Sora, por favor, nem pede desculpas. Você guardou meu celular e sempre foi muito maneira comigo, é claro que eu mato a... o bichinho pra você.

Medeia mordeu o lábio.

— Na verdade, ela tá morta, eu só preciso que alguém tire ela de lá. Eu não consigo nem ficar no apartamento sabendo que ela tá lá.

— Você tem tanto medo assim?

— Tenho. Nem é medo, sei lá, é um nojo extremo, um pavor, uma...
— Ela calou-se, novamente contendo alguma informação adicional. Com certeza tinha história por trás daquilo, mas a última coisa que ele queria

era acionar nela algum tipo de lembrança. — Você... você veio com sua mãe ou seu motorista?

— Não, eu vim de táxi, chamei pelo telefone como antigamente. Minha mãe ficou até aliviada que eu saí de casa. Eu tenho carro, mas não quis dirigir.

— Ah, verdade. Eu me esqueço de que você é o mais velho da turma, às vezes. Sua mãe não fica preocupada de você sair por aí?

Ela estava falando do assassinato do pai dele. Como explicar para ela aquele mundo? Como explicar que ninguém naquela casa estava realmente interessado em descobrir quem mandara executar seu pai, como se já soubessem? Que sua mãe e seus tios se trancavam no escritório e falavam sobre contas offshore, partilha e bens? Ele precisava ter cuidado com o que dizia. A verdade era que ele sabia que a mãe, os tios, os amigos do pai e assessores já deviam ter uma ideia de quem havia encomendado aquela execução. Havia algo no ar, algo que todo mundo sentia, mas nunca verbalizava, como os casos extraconjugais dos pais, a lavagem de dinheiro, a compra de votos, toda aquela podridão. Ian deduziu que uma pessoa precisava ter crescido naquele meio para entender. Medeia obviamente não entendia.

— Não, eu não sou alvo. — A melhor coisa era mudar de assunto. — É... deixa eu perguntar uma coisa que sempre achei esquisita? Seu nome...

Ela fez uma expressão acanhada, mas divertida. Colocou uma batata frita na boca, e ele percebeu que era dele. Com aquelas roupas, naquela luz, ela parecia ter uns trinta anos, no máximo, embora ele soubesse que era bem mais velha.

— Mamãe gostava de mitologia grega. Minha irmã era Aretuza Andrea. Meu nome é Maria Clara Medeia.

— Tipo aquela *aliteração* que você falou na aula. Como nos quadrinhos: Bruce Banner, Lex Luthor, Stephen Strange, Lois Lane, Matt Murdoch...

— Isso. — Medeia abriu um sorriso. — Tipo uma aliteração.

— Você não gosta de Maria Clara? É *chave*.

— Eu sei, eu até que gosto, sim. — Ela esfregou as mãos lentamente olhando para baixo, como se tentando evitar o assunto. Ficou quieta por um microssegundo e ele pensava em algo para falar, porque o silêncio era esquisito, quando ela disse, num fôlego de coragem:

— É que eu não gosto de parecer fraca. Umas coisas rolaram na minha vida e eu achava que, se parecesse mais agressiva, eu iria me proteger, entende?

— Saquei. Medeia mete medo. Maria Clara, nem tanto.

— É isso. E o cabelo.

Ian moveu os olhos para o cabelo preto da professora. Nunca passara pela cabeça dele que pudessem ser tingidos. Agora, no entanto, tão perto dela, debaixo das luzes amareladas da praça de alimentação, era possível ver alguns fios finíssimos nas têmporas em um tom que ele não sabia se era branco ou loiro. Ele notou que as sobrancelhas grossas pareciam mais escuras do que deveriam ser. Nos cílios, muitas camadas irregulares de algo que ele sabia ser rímel porque a mãe vivia falando essa palavra.

— Você pinta?

— Sim, eu sou loira.

De imediato, um silêncio incômodo desabou sobre eles. Ian não conseguiu não imaginar como seriam os outros pelos do corpo dela e esperou que sua face não demonstrasse aquele pensamento deslocado. Ele mordeu o sanduíche, e Medeia fez o favor de continuar falando.

— Posso te perguntar uma coisa?

— Claro, 'sora.

— Você não leu os livros do semestre. Por quê?

Ian encolheu os ombros. Notou que havia parado de balançar o pé debaixo da mesa. Estava mais à vontade. Só de pensar em voltar para casa, ele sentiu o ânimo murchar.

— Nem sempre tenho vontade de ler. Eu gosto de ler, juro, só que às vezes é difícil me concentrar, parece que eu leio, leio, e não consigo...

— Agarrar as palavras. Como se elas fossem bolhas de sabão, né?

— É, mas eu nunca falaria dessa maneira. — Ele riu. Ela também.

— É mais ou menos isso, sei lá. Quando eu comecei a ler *O cortiço*, como a senhora pediu, até achei interessante e tal, principalmente as palavras que ele usa, bem mais fácil de entender que *Dom Casmurro*. Mas eu não conseguia ler.

— Eu tenho alguns livros que nunca consegui ler.

— Duvido, 'sora, você leu todos os livros do mundo.

— Esse é o único sonho que ninguém nunca vai conseguir realizar, menino. — Ela pegou outra batata dele, molhou no ketchup e colocou na boca. — Eu nunca fui muito longe em *Guerra e paz*, em *Finnegans Wake* e confesso que precisei lutar para terminar *Os miseráveis*. Ah, e claro, sempre fingi que li *A Paixão segundo G.H.*, por motivos óbvios.

— Posso contar isso para a turma?

— Traidor.

Ele sorriu. Ela riu um pouco.

— A verdade é que minha grande paixão são os romances policiais. Todos eles, desde os antigos até os thrillers modernos. Adoro todos. Eu queria muito colocar um deles na lista do semestre, mas vocês estão tão focados no vestibular que achei arriscado. Eu ia acabar levando bronca da diretoria. Adoraria se vocês lessem *Garota exemplar*, de Gillian Flynn, ou *Quando ela desaparecer*, de Victor Bonini.

— A turma ia gostar muito mais de um livro policial do que desses clássicos chatos.

— Eu sei, eu sei.

— E se você desse mais pontos pra quem lesse um livro policial e fizesse um trabalho?

Medeia levou o canudo à boca e puxou o refrigerante com um ruído. O gelo dentro do copo fez um barulho ao rodopiar, e ela estreitou os olhos para ele. Algo iluminava o rosto dela, e ele intuiu que a havia deixado feliz. Era a primeira conversa verdadeira e gostosa que ele tivera em meses.

— Olha — ela falou baixo —, essa foi uma puta ideia. — Percebendo o palavrão, a professora balançou um pouco a cabeça. — Desculpa.

Parecia que havia ganhado um presente, mas Ian não compreendia o porquê. Era como se aquela mulher tivesse dado um vislumbre de quem realmente era, algo que ele se sentia sortudo por ter visto.

— Que nada, 'sora, outro segredo. Um deles é que tem livro chato demais até pra você, o outro é que você não é uma mulher malvada chamada Medeia, e o terceiro é que a senhora fala palavrão como a gente.

Medeia cruzou os braços, olhando para ele.

— Então você guarda esses meus segredos e eu não conto para sua mãe o que tem no seu iPhone.

O coração de Ian afundou. O rosto ficou quente de imediato, e ele sabia que estava vermelho. Baixou os olhos para ganhar tempo, pensar em uma desculpa, imagem após imagem de peitos e vulvas e bundas entrando em colapso na sua memória, provas de que ele até podia levar uma conversa com uma mulher adulta, mas de que, no fundo, não passava de um moleque obcecado por sexo. Quando Medeia soltou um riso baixo, cheio de ar, ele percebeu que mordera a isca, passando atestado de vacilão.

— Ei, calma, eu tô zoando com você. — Ela riu, tocando a mão dele gentilmente. — Eu não saberia hackear um celular nem para salvar minha vida. Eu não vi nada, eu juro. E nunca faria isso. Invadir a privacidade dos outros é... — Ela se interrompeu, como se tivesse falado demais. Ele sentiu uma mistura de alívio com vergonha, mas, curiosamente, não ficou com raiva dela. Ele teria feito a mesma brincadeira.

Medeia abriu a porta, ainda constrangida pela situação patética na qual se encontrava. Ian foi respeitoso ao entrar, um menino que, apesar de tudo, havia recebido algum tipo de educação dos pais. Ela deixou a porta aberta, isso era fundamental para não dar a ele nenhum tipo de ideia doida. Aquela porta aberta parecia seu melhor álibi, um atestado de que ela não era nenhuma pervertida, só uma mulher desesperada para tirar a porra de uma barata do seu templo, do seu lar... do apartamento que consumia metade do seu salário.

Ele assentiu quando ela gesticulou em direção ao banheiro, um "compreendo" silencioso. Agiam como policiais invadindo o esconderijo de algum traficante. *Medeia, você tem que parar de ler esses livros.* A noite inteira lhe parecia perdida; a promessa de uma refeição gourmet, uma boa leitura e um pouco de sacanagem solo antes de adormecer. *Se eu conseguir dormir depois de tudo isso já vai ser uma vitória.*

Ela se encolheu quando ele abriu a porta, pronta para fugir. Ian mexia-se com uma confiança que a assustou, como se realmente não tivesse medo algum daquele bicho. *E não tem, sua louca, só você tem esse nível de fobia.* Ele era alto, isso era mais fácil de ver agora, à distância. Usava jeans, tênis caros e uma camiseta que alguma empregada devia ter passado. Era atlético. Bonito.

Ian sumiu de vista, entrando no banheiro, e Medeia tentou imaginar o que ele estava vendo. Ela havia deixado alguma coisa ali? *A calcinha molhada, pendurada no box.* As roupas, não, estavam no cesto de roupa suja. Ele devia estar vendo seus poucos cremes, escova de dentes, nada estranho. Uma gilete cor-de-rosa no box, talvez. Quando ele saiu, tinha um chumaço de papel higiênico na mão. Ela quase gritou, mas se conteve, afastando-se até o outro lado da minúscula sala. Fez um gesto com o queixo e Ian entendeu, levando o chumaço para fora do apartamento.

Medeia respirou fundo. *Foi embora, ela foi embora, acabou.* Como limparia aquele banheiro? Teria que criar coragem, não havia como fugir. No entanto, o alívio sedimentou dentro dela: pelo menos não estava mais no seu apartamento. Ian voltou.

— Encontrei a lixeira do prédio. Você tá salva, 'sora. Ela tava muito morta, e o cheiro lá tá insuportável, você tem que ligar uns ventiladores.

— Obrigada, eu não sei como agradecer. Acho que você não sabe o quanto me ajudou.

Ele fez um gesto que dizia "besteira, que exagero" e colocou as mãos nos bolsos, olhando em volta.

Medeia gostava de Ian, mas a cada segundo percebia o quanto sua presença ali era comprometedora, perigosa. Se pedisse para ele nunca mencionar aquilo a alguém, estaria piorando as coisas, admitindo que ele estar lá era problemático? *Só pessoas culpadas pensam o que você está pensando.* Ela de fato se sentia culpada.

— Eu vou ligar o ventilador — falou, querendo que ele fosse embora.
— Muito obrigada mesmo.

Ele pareceu sem graça.

— Valeu pelo celular, 'sora. Melhor eu ir, então.
— Você vai para a escola na segunda-feira?
— Acho que sim.

Sem saber o que dizer, Medeia chamou um Uber para ele, que esperava constrangido, olhando ao redor. Ian então sorriu.

— Você não tá pensando que ela pode sair do lixo e voltar pra cá, né?

O pior é que sim, Medeia considerava aquela possibilidade. Seu pai costumava dizer que insetos fingem que estão mortos. E se uma lata de Baygon...

— 'Sora, ela tava muito, muito morta. — Ian riu. — Não morta tipo *Game of Thrones*, ela tava morta *pra sempre*, de verdade. Prometo.

Ela quis rir com ele, mas ainda se preocupava em ter que entrar no banheiro mais cedo ou mais tarde. Ele deu um sorriso e, por um segundo, o silêncio foi constrangedor. Antes que pudesse ficar pior e Medeia tivesse que inventar um motivo para colocá-lo para fora, ele disse:

— Tchau, 'sora. Obrigado por uma noite que me ajudou a... — Ele pareceu subitamente tímido, até achar as palavras certas:

— Esquecer um pouco das coisas ruins.

Medeia sentiu vontade de abraçá-lo, de confortá-lo fisicamente. Impediu-se a tempo e retribuiu o sorriso, despedindo-se.

CARTA 1
Amour

Às vezes, eu imagino a gente como um casal, Ian. Em uma viagem qualquer, num jantar, tendo que responder à pergunta clichê: "Como vocês se conheceram?". O que responderíamos? É fácil ver seus olhos se voltando para os meus, seu sorriso cúmplice e uma mentira deslavada saindo dos nossos lábios. Nunca poderíamos contar a verdade, que nos conhecemos na sala de aula, porque, bem... isso soa imoral.

Não vou mentir: eu só precisava de alguém para tirar aquela coisa do meu apartamento. Você era diferente dos outros alunos, claro, mas nunca havia passado pela minha cabeça que um dia poderíamos nutrir sentimentos verdadeiros um pelo outro. Sei que você acha que a idade é só um detalhe, mas não é. Ela é um abismo entre nós.

Bem, qual seria o objetivo de escrever sobre coisas que você já sabe, coisas que vivemos juntos? Não sei, mas me faz bem, me ajuda a organizar os pensamentos, a memória, os sentimentos. Estou escrevendo estas cartas freneticamente com a esperança de que você nunca tenha que as ler, embora, a cada dia que passa, eu sinta as paredes se fechando ao meu redor e a certeza de que vou morrer nas mãos do Otávio. Se você encontrou essas cartas, meu plano deu certo e você entendeu meu código.

Por que nunca lhe contei tudo sobre o Otávio? Porque com você eu estava começando a reescrever minha história. Parte de mim queria muito que você soubesse do meu passado, porque, se você aprendesse sobre onde estive e lutasse para que eu nunca voltasse para aquele lugar, isso significaria que era o homem certo para mim e não uma criança que eu acabei, sem querer, seduzindo.

E se você não entendesse?

Percebe o quanto era frágil? Se eu lhe contasse sobre quem fui, as coisas que fiz, o que senti por um homem como o Otávio, e você me rejeitasse... que sentença isso seria, não é? Não, Ian, eu sabia que o tempo estava contra a gente e quis me deliciar com nossos encontros furtivos, os beijos que roubamos um do outro, nosso amor tão proibido, enquanto pude.

Então estas cartas, que escrevo aqui na casa em que tivemos poucos momentos de paz, são as confissões que não fiz em vida. Porque, se eu morri mesmo, foi ele que me matou. E, se ele me matou, certamente vai se safar disso, porque o Otávio se safa das coisas. Ele é o Rollo Tomassi, o cara que sai impune. E, desta vez, não estou disposta a permitir. Eu aguentei tempo demais. Ele nunca me deixou viver. Ele tirou tudo de mim.

O Otávio já me achou outras vezes, mas desta vez foi diferente. Agora ele entendeu que eu prefiro morrer a voltar a viver como antes, juntos. Ele já sabe onde estou e está chegando a qualquer momento para acabar comigo, porque morta não posso mais rejeitá-lo. Como ele já fez com outra pessoa, vai me transformar em um fantasma com quem conversará para sempre, uma Medeia que vai responder como ele quer. É assim que ele se protege, psicologicamente, dos seus crimes.

Você vai rasgar esta carta em mil pedaços e espalhá-los por lixeiras diferentes, mas precisará guardar as próximas para ler e reler cada dica que vou lhe dar. Espero direcioná-lo sendo sutil o suficiente para que a polícia, caso as encontre, não perceba minhas dicas, ou, se perceber, pelo menos não possa usá-las como prova contra você, porque você está prestes a cometer um crime.

Como boa professora, deixo minha última lição: como encontrar aquele desgraçado e se vingar. Por mim.

CAPÍTULO 4

Depois

Miro abriu a geladeira anciã e deixou a luz iluminar a cozinha escura. *O que você esperava? Que a comida tivesse magicamente aparecido aí dentro?* Ele repetia o mesmo ritual diariamente: chegava do trabalho, guardava o coldre, tomava a dose de medicamentos da noite e abria a geladeira. Então, desistia de encontrar alimento ali e pedia comida pelo aplicativo, depois jantava assistindo à TV.

Fazia quinze dias que sua esposa, Helena, havia saído de casa. Fazia quinze dias que ele tentava se acostumar com a ausência dela e não pensar naquela merda de diagnóstico.

Ele seguiu a rotina sem conseguir se fixar em um pensamento específico. Tomou uma ducha rápida, deu uma varrida no apartamento, deixando a mente gravitar em direção ao moleque assassino, Ian Torres. Pegou-se pensando nos outros inquéritos que ainda precisavam de diligências suas. Quando o interfone soou, baixo, anunciando que "tem entrega de delivery", a redundância preferida do porteiro, ele desceu as escadas com pressa para buscar a comida.

Saboreou o jantar com os olhos presos ao noticiário. A morte de Maria Clara Muniz era a chamada principal. Miro aumentou o volume.

"Apenas dois meses após o assassinato, ainda sem solução, do deputado federal Raí Torres, seu único filho, Ian Torres, está sendo investigado pelo homicídio de Maria Clara Muniz."

O rosto e o tom do apresentador diziam: *dá para acreditar?*

Dá sim, seu Carlos Pugliesi, dá para acreditar, Miro pensou.

"Ontem, 24 de dezembro, a casa de veraneio da família Torres pegou fogo. Ao chegar ao local, os bombeiros e a polícia encontraram uma cena de crime. A vítima, professora do colégio particular Machado de Assis, em São Paulo, foi encontrada esfaqueada, já sem vida, e o corpo não pôde ser retirado do local devido ao incêndio. Vamos conversar com a repórter Adriana Pelotti, em Ilha das Pedras. Boa noite, Adriana."

Miro se inclinou para a frente mordendo o quarto pedaço de pizza. Adriana estava na Praia da Brisa, a casa parecendo gravetos de carvão atrás dela.

"Boa noite, Carlos. Estou aqui onde o imóvel, registrado no nome de Fabíola Torres, a viúva do deputado federal Raí Torres, pegou fogo ontem à noite, atraindo a atenção da Polícia Militar e dos bombeiros. No momento, o que sabemos é que os bombeiros retiraram o jovem Ian Torres à força da propriedade. Testemunhas disseram que o rapaz parecia transtornado. Conversamos com o PM que atendeu ao chamado e chegou ao local antes dos bombeiros, o capitão Marcoleti."

Miro conhecia o capitão. Numa cidade como Ilha das Pedras, os rostos eram todos familiares. Era um dos poucos policiais militares de que Miro gostava. A maioria deles não era muito cooperativa com a Civil, muitos eram preguiçosos e folgados. Marcoleti ainda carregava resquícios do jovem que fora um dia, achando que se tornaria um herói ao vestir colete e carregar uma arma. O que ele definitivamente não tinha era carisma para a televisão.

"Boa noite", disse, tímido, sem saber se olhava para a câmera ou para a repórter. "Nós recebemos a chamada ontem por volta das nove da noite, chegamos ao local e constatamos o incêndio já em estado muito avançado..."

O interfone cortou a concentração dele. O porteiro anunciou Teresa, e Miro pediu para mandá-la subir. Ele diminuiu o volume da TV e estudou o apartamento. A irmã passara a visitá-lo todas as noites, provavelmente com medo de que ele surtasse e se matasse com a arma de serviço, coisa que Miro não tinha intenção alguma de fazer.

Ele se lembrou de girar a chavinha na gaveta da mesinha próxima ao sofá, onde guardava a arma. A presença da sobrinha de seis anos sempre o deixava consciente da Taurus. Uma criança nunca deveria estar no mesmo ambiente que uma pistola.

Abriu a porta ao ouvir as vozes das duas no corredor. Teresa ainda vestia as roupas do trabalho. Era enfermeira no centro médico de Ilha das Pedras. Já Vitória havia passado o dia com a tia de Miro e estava com a camiseta suja de chocolate. A menina correu para ele com os braços magricelos estendidos, e Miro sentiu uma fisgada no ciático ao pegá-la no colo. Os beijinhos molhados da sobrinha cobriram seu rosto; apesar de tudo o que ele já lera sobre HIV, não gostava que ela o beijasse. Teresa já havia explicado um milhão de vezes que não tinha problema, mas Miro ainda estava desconfiado demais para simplesmente aceitar aquilo.

Ao ser colocada no chão, Vitória correu para dentro e se jogou no sofá.

— Cadê a árvore?

Miro havia prometido, durante todo o mês de dezembro, colocar um pinheiro no canto da sala. Este ano, no entanto, ele não havia encontrado ânimo para comemorar o Natal. A irmã tivera plantão, a esposa não respondia mais às suas ligações e até a pequena Vitória tinha passado a ceia na casa da avó.

Teresa deu um sorriso exausto, fazendo questão de beijá-lo na bochecha.

— E aí, seu dia, como foi?

Ele trancou a porta. Teresa trocou o canal com uma cara impaciente, clicando no controle até achar alguma coisa apropriada para a filha, que acabou sendo um episódio dublado de *Eu, a patroa e as crianças*. Vitória se interessou imediatamente pela série antiga, mas não demorou para fuçar a bolsa da mãe, de onde tirou o celular e começou a jogar alguma coisa.

Teresa cruzou os braços e baixou a voz:

— Essa história aí dessa mulher que morreu. Caiu no teu colo, é?

— É.

Ele entendeu tudo. Via o ódio nos olhos da irmã. Ela balançava a cabeça e mordia o lábio. Murmurou:

— Se não bastasse aquele filho da puta do pai dele, o moleque também é desses. Ele vai se foder, não vai? Me diz que você vai colocar esse merda na cadeia.

— Um dia você vai reclamar que a Vitória começou a falar palavrão.

Teresa fez uma careta para ele. Miro cedeu e respondeu à pergunta:

— Se você acha que eu tenho poder de colocar qualquer um na prisão, não entendeu nada sobre o meu trabalho. Vamos apurar e montar uns relatórios que a Lenir vai apresentar ao MP e pronto, não é mais com a gente. Aí é com o promotor.

— Ou seja, um pirralho mimado pode cometer feminicídio. Ah, Miro, não faz essa cara, as coisas têm nome por um motivo. Isso é *feminicídio*, cara.

Ele colocou as mãos nos ombros de Teresa, sentindo a raiva vibrar dentro dela.

— Desliga o ativismo por um minuto, é comigo que você tá falando, não no Twitter. Por que você tá assim? Como se já não tivesse visto isso um milhão de vezes antes. Esquece essa merda.

— Acho tão engraçado quando os homens fingem que a gente pode simplesmente desligar a nossa empatia, a nossa revolta...

— Já se perguntou o que uma mulher da idade dela estava fazendo na casa de veraneio dessa família com um menino que nem tem barba ainda?

Teresa arregalou os olhos para ele. Miro soube que tinha falado merda, mas não sabia o que era. Ele não tinha razão? Forçou:

— Até onde eu sei, essa mulher tava atrás da grana desse menino.

— E por isso ela tem que morrer?

— Ah, porra, Teresa, eu não fal...

— Falou, sim, falou com seu julgamento, com o seu tom. Então ela mereceu ser carbonizada porque tava envolvida com esse rapaz? Ou você sinceramente acha que ela o forçou a tr... — Ela se conscientizou da presença da filha e baixou a voz para um sussurro:

— O que você tá dizendo?

— Nada. Eu não sei de nada ainda. Por isso vamos investigar. Veio aqui para defender uma mulher que a gente nem sabe quem era ou que ligação tinha com esses caras? Ou você tem tanta raiva de homem que tinha que descontar em mim?

— Não faz isso. Não sou a louca raivosa espumando pela boca cortando pintos pelas ruas.

Miro sorriu para ela. Teresa disparou:

— Não sou mesmo — reforçou.

— Por favor, vamos parar de falar sobre isso? Eu não apareço na sua casa perguntando se alguém morreu de câncer hoje ou se algum paciente foi humilhado por algum médico que você odeia. Para você esse caso é notícia, para mim é terça-feira.

Teresa deu alguns passos e abriu a geladeira. Fechou, decepcionada, e com mais alguns passos se inclinou para pegar um pedaço de pizza da mesinha.

— Como você tá?

Miro se encostou na parede e cruzou os braços.

— Tô legal. Tomando os remédios direitinho, enfermeira. Me fala de você.

— Cansada, porra. Cansada de gente, sabe? Eu quero cuidar das pessoas, mas elas não deixam. A Vic tá bem. Tô me preparando psicologicamente para ficar longe dela nas férias.

— Quando ela vai?

— Daqui a uma semana, ficar com o bosta do pai dela.

A ênfase no *bosta* fez o sangue de Miro esquentar. Ele conseguia odiar o pai da sobrinha mais até do que Teresa. É, dava para entender a irmã às vezes. Nunca havia se envolvido com um único homem decente. Não que tenham sido muitos, Teresa sempre foi desconfiada das pessoas, meio cínica. Umas três vezes, no entanto, a irmã baixou a guarda e se apaixonou. Pagou caro em todas elas.

— Quanto tempo a Vic vai ficar lá com ele?

— Um mês, ou seja, um bilhão de anos. — A irmã mordia a borda da pizza com uma voracidade que o fez se perguntar se ela chegara a comer naquele dia. Para cuidar da saúde dos outros, Teresa abria mão da sua.

— Ela vai ficar na casa dos pais dele?

— Pelo menos isso. A avó se importa o suficiente para cuidar dela, dar comida boa, fazer dormir cedo, essas coisas. Se não fosse por ela...

Sem mais nada a ser dito, Miro e Teresa se sentaram ao lado de Vitória no sofá. Comeram o resto da pizza e a irmã fez questão de pedir uma sobremesa por aplicativo, embora poucos restaurantes na cidade estivessem abertos, devido ao feriado e ao fato de ser domingo. Viram *Fantástico*, a irmã digitando incessantemente no celular enquanto Vitória aos poucos fechava os olhos e adormecia com a cabeça no colo da mãe.

Miro preferia ficar em silêncio ao lado de Teresa. Era uma forma de estarem juntos, de compartilharem um pouco de suas vidas, sem brigar. Teresa insistia em não parecer uma mulher raivosa, mas ambos sabiam que era fácil acionar seu modo combate. A irmã se importava com as pessoas na mesma medida em que ele não dava a mínima.

Era a irmã que sabia a data do aniversário de todos os parentes deles, que visitava a avó pelo menos uma vez por semana, que gostava de abraçar e conversar com todo mundo. Teresa gostava de fazer coisas para as pessoas, fosse um bolinho de aveia para Miro ou ajustes nas roupas das tias.

Um dia ele a chamou de "maternal" e imediatamente se encolheu de medo, achando que ela enfiaria uma colher de pau na cara dele e diria que aquele termo era errado porque... bem, ele não saberia o motivo. Em vez disso, Teresa riu, chupou um pouco de molho do dedão e disse: "Eu sou mesmo, eu adoro ser maternal. Eu cuido dos meus, Miro. Aprende comigo".

Miro não conseguia encontrar aquele amor pelas pessoas, não importava o quanto procurasse. Nem mesmo pela família. Ele olhava para as tias, reconhecia que tiveram vidas muito mais difíceis do que ele e a irmã, mas não conseguia amá-las. Eram mulheres que viviam enfiadas em igrejas e raramente falavam com ele. Idolatravam os homens que Teresa abominava, como Raí Torres. Mesmo assim, a irmã sorria para elas, beijava suas cabeças, lavava a louça sem que pedissem e ouvia quieta, por horas, suas fofocas, opiniões e causos. "Como você aguenta essas mulheres?", ele perguntara um dia. Teresa respondeu, com um suspiro: "Elas não tiveram as escolhas que tivemos".

Não, fora Teresa e Vitória, Miro não amava ninguém. Nutria carinho pela delegada Lenir, sabia disso, e sentia saudade de Helena diariamente, mesmo ciente de que a separação havia dado aos dois uma indescritível sensação de paz. Poucos eventos têm o poder de foder um relacionamento como um diagnóstico positivo para HIV.

Miro se lembrava de cada segundo transcorrido quando ele e Helena receberam os testes. Haviam se consultado com um clínico geral porque ela queria engravidar e havia lido num blog que o ideal era fazer um check-up antes. Quando foram buscar os exames, já sabiam que havia algo de errado ao serem encaminhados a uma psicóloga no hospital. Nada do que ela disse depois de "Vocês dois testaram positivo" entrou na cabeça de Miro. Ele só conseguia procurar alguém para culpar. Em sua mente, viu a foto do Cazuza na capa da *Veja* nos anos 1980. Viu a cara chupada e cheia de machucados do Tom Hanks no filme *Filadélfia* e pensou: *Eu morri, eu tô morto, sou um morto ambulante.*

No carro, os dois permaneceram em silêncio. Em casa, veio a gritaria. Raiva, medo, tudo arremessado com palavras ácidas, corrosivas. Ele saía na rua e, a cada olhar em sua direção, pensava: *Essa pessoa sabe? Ela vê isso em mim?*

Helena sofreu mais. "Sabe o que vão pensar de mim? Que eu saio por aí dando para todo mundo!" Não demorou para Miro e ela perceberem que havia apenas três associações preconceituosas que as pessoas faziam com pessoas que carregavam o vírus: gay, drogado ou puta.

Miro estava tentando entender o que Teresa havia dito: não havia nada de diferente entre ele e qualquer outra pessoa. Foi a irmã que explicou que a vida dele continuaria normal, com exceção de tomar alguns comprimidos por dia. Foi ela que explicou que a carga viral de Miro era intransmissível, ou seja, ele não podia passar o vírus para ninguém. Foi Teresa quem segurou suas mãos e disse: "É mais seguro transar com você do que com uma pessoa que nem se testa".

Miro ainda se sentia afogado pelos próprios preconceitos, embora estivesse começando a compreender melhor que ele simplesmente carregava um vírus que talvez nunca evoluísse para uma doença. Teresa insistia: "Você é muito mais saudável do que a maioria das pessoas que eu atendo diariamente".

Ele devia muito à irmã, sabia disso. Naquelas semanas desde o diagnóstico, só ela e seu jeito emotivo de transmitir informações reais o tiraram da depressão. Foi ela quem explicou que, nos dias de hoje, seria raro ele ter lipoatrofia. O diagnóstico não era uma sentença de morte, ele só tinha que cuidar da imunidade e tomar os medicamentos. Não era muito diferente de ter diabetes ou hipertensão, não fossem as associações preconceituosas e ridículas que o mundo desenvolveu em relação ao vírus.

Ele sabia que podia se relacionar sexualmente, por exemplo. Mesmo assim, não queria passar pelo estresse de, logo no começo de um namoro, ter que explicar tudo aquilo. Não queria receber aquele olhar condescendente, aquele estigma de "intocável". Não, era melhor ficar sozinho. Além do mais, apesar da briga, ainda sentia amor por Helena.

Com um olhar mais esticado, ele viu Teresa digitar algum comentário no Instagram, em uma postagem sobre o caso da tal Maria Clara Medeia Muniz. *Então, já começou*, ele pensou. *Todo mundo com acesso à internet vai ter uma sagrada opinião sobre esse caso*. Não entendia por que a irmã perdia seu precioso tempo surtando cada vez que uma mulher morria ou que alguém era vítima de racismo no Brasil. Para ele, era a receita para viver estressado e brigando com as pessoas por coisas que nunca mudariam. E quando ele falava isso, Teresa pirava. E ainda jogava na cara dele que ele não lutava "pelos seus".

Logo na época do ano em que ele mais gostava de ficar tranquilo, esse moleque tinha que matar uma mulher bem em Ilha das Pedras?

Um assassinato como esse, em uma cidade daquele tamanho, ia inflamar a revolta popular, era inevitável. Seriam três dias de fúria nas redes sociais até o próximo caso "absurdo" acontecer. A internet esqueceria, os militantes partiriam para a próxima briga, enquanto outra mulher seria enterrada. Pelo menos, o que restara dela.

Tudo parecia sólido. Ian nunca estivera tão ciente da matéria ao seu redor, de cada superfície fria e lisa, dos limites do espaço que ocupava. Era estranho estar em casa. Por que não estava preso? Eles achavam — não, eles tinham certeza — que ele havia esfaqueado Medeia. Pior: que havia colocado fogo na casa em que os dois viveram os melhores dias de sua vida.

Ele apertou as pálpebras, finalmente incapaz de chorar. Batia o pé freneticamente contra o carpete do quarto, apertava os dedos das mãos, travava a mandíbula. Cada músculo dava a sensação de estar repuxado, seu rosto queimava e o peito pesava uma tonelada. Ele conseguia ver a si mesmo socando as paredes, jogando tudo no chão, estilhaçando a tela da TV e as janelas. Queria fazer aquilo. *Mas de que vai adiantar?* A raiva presa dentro dele não passaria nem se ele destruísse o mundo inteiro.

As lembranças que o pinicavam vinham aleatoriamente, em ritmo estroboscópico. Ela ali, com os olhos molhados, o rosto contorcido de agonia, o peito trêmulo. Aquela coisa fora de lugar, tão próxima, tão molhada de sangue: uma faca comum de cozinha, uma faca que talvez ele mesmo ou ela tivessem usado para cortar o cheesecake que tanto amava ou partir uma maçã ao meio. Tudo cheirava a fumaça, os olhos dele ardiam, ele não conseguia respirar.

Ele havia explicado, não é? Havia quanto tempo estivera naquela sala na delegacia de Ilha das Pedras, com aquela delegada que não parecia acreditar em nada do que ele dizia e aquele outro cara, quem era ele?

Um policial? *O que eu disse?* Ian mal conseguia juntar os fragmentos da lembrança. Tudo estava turvo.

Sabia bem o que aqueles dois na delegacia haviam pensado dele. *Eu me encaixo certinho no tipo que eles odeiam.* Quantas vezes Ian não passara raiva vendo os amigos ricos se safando ao praticar bullying, xingamentos incabíveis aos professores e assédio descarado a colegas? Quantas vezes não havia odiado aqueles adolescentes birrentos cuspindo o clássico: "Você sabe quem meu pai é?".

E se ele fizesse um post? Se escrevesse o que queria berrar desde que voltara para o Brasil? Assim, em letras garrafais: "EU NÃO SOU O MEU PAI. Meu pai era um merda que vocês nunca chegaram a conhecer. Acham que sabem quem uma pessoa é pelo pouco que viram dela na televisão, mas não a conhecem. Nunca viram meu pai falar das mulheres negras que tiveram o azar de trabalhar aqui em casa, das mulheres que passavam por ele na rua, de qualquer negro que aparecia na TV fazendo alguma coisa errada. Acham meu pai machista? Vocês nunca o viram xingar a minha mãe de imbecil, porca, vagabunda. Meu pai achava que mulheres gordas 'não serviam para nada', que 'feminista merecia ser estuprada', 'pobre devia ser esterilizado à força', 'drogado tinha que morrer mesmo, escolha dele' e que 'viado tinha que apanhar até virar macho'. EU sei quem meu pai era, e ele era pior do que vocês imaginam. Ele já deu um tapa na cara da minha mãe na minha frente, já perseguiu amiga minha da escola, já assediou empregada aqui de casa. Ele era um lixo de ser humano. Isso porque eu nem tô falando do deputado, só do PAI que eu tive. O que me perguntou, na frente dos amigos, 'Como se faz uma mulher gozar?' e quando eu disse que não sabia, respondeu 'Quem se importa?', gerando uma gargalhada histérica dos comparsas".

— Eu não sou o meu pai.

Percebeu que tinha falado em voz alta e esfregou o rosto. *O ódio cansa*, Ian pensou. Seu corpo estava dolorido. Chegou a pensar que não conseguiria erguer o braço, se quisesse. Chegou a duvidar de que um dia se levantaria daquela cama.

Ela não existia mais. A Medeia, a pessoa, aquela pessoa, aquela mulher. Ela não existia mais. O mundo ainda existia, com todas as coisas nele, e o planeta continuava girando e a vida seguia em frente. Só que ela não estava mais lá.

— E aí, filhão?

Ian levantou a cabeça para ver o tio Fábio entrando pela porta. Ao contrário do que antecipou, o tio não se sentou ao lado dele na cama, e sim parou, enfiou uma mão no bolso da calça jeans e fez um gesto com a outra, chamando-o. Obviamente, Fábio não estava muito feliz de ter tido que pegar um avião às pressas e cortar pela metade a pré-lua de mel com Fabíola em Paris.

Seu tio era ortopedista, mas Ian sabia que tinha negócios com seu pai, negócios que ele nunca se interessou em saber o que eram. Dirigia uma Mercedes novinha, só usava roupas caras, vivia viajando. Aliás, tirava férias com mais frequência do que trabalhava. E, nos últimos meses, passava cada vez mais tempo na casa de Ian.

— Vem cá, a gente tem que conversar. Sua mãe disse para deixar você descansar, mas agora não tem mais essa, não, a gente tem que ter um papo. Vem. Não tô pedindo.

Ele acha que porque tá comendo a minha mãe tem direito de me tratar como filho. Ian engoliu as palavras amargas e se levantou, mal reconhecendo as dores no corpo. Ele seguiu o tio pelos corredores, acompanhando-o até o andar inferior da casa. Quando chegaram à cozinha, Ian se projetou para sentar em um dos bancos da ilha, incapaz de sustentar o próprio peso por mais tempo.

Fábio abriu uma das portas da geladeira e colocou duas cervejas na mesa. Ian descolou os lábios ressecados e murmurou:

— Não bebo cerveja, não gosto.

Desde que o pai o forçara a tomar uma lata inteira, até o cheiro o irritava.

— Porra — o tio murmurou, soltando um riso irritado. — Isso não existe, Ian, você só não aprendeu a beber ainda. Não tem homem que não goste de cerveja. Já viu alguma mulher que não gosta de chocolate? Não existe, porra. Cala a boca e bebe, tô mandando.

Ian engoliu o que certamente se transformaria num pranto. *Medeia não gostava de chocolate.* Ele se deixou levar, porque lutar exigiria mais do que ele podia dar. O tio olhava direto para ele ao servir as duas tulipas e empurrou uma para ele antes de dar um gole. Ian bebeu, odiando o sabor amargo e aguado, mas querendo que o álcool fizesse efeito logo e diluísse um pouco da dor que ele estava sentindo.

— O advogado tá vindo daqui a pouco para a gente conversar, todo mundo. Mas, antes, eu queria falar com você longe da tua mãe.

— Eu não matei a Medeia.

— Rapaz. — Fábio coçou a barba. Cruzou os braços, fazendo os músculos de academia esticarem o tecido da camisa Polo. — O que você tava fazendo com aquela mulher na casa? Tava comendo sua professora?

— É só isso que importa? Se eu tava comendo ela ou não? Tipo... — Até falar era exaustivo. E de que adiantaria? De que valia tentar explicar que amava Medeia? Que, sim, os dois não fizeram nada além de comer, dormir e foder por dias naquela praia, mas que o que tinham era muito maior do que aquilo. Ele se calou.

— Eu tô tentando te ajudar, mas você vai ter que jogar limpo comigo — o tio continuou. — O mundo lá fora vai destruir você, garoto. Todo o rebuliço já começou. Tem carro e jornalistas de tudo que é rede e canal aí fora do condomínio, passou até helicóptero aqui agora há pouco, todo mundo querendo arrancar um pedaço teu. As únicas pessoas no mundo que podem te ajudar somos eu, sua mãe e os advogados. Ninguém mais. Então me conta tudo, desde o começo, e sem mentiras.

Com os olhos caídos e o tom robótico, Ian contou tudo.

CAPÍTULO 5

Antes

— Oi, 'fessora.

Medeia levou um tempo para erguer a cabeça. Os olhos estavam presos às páginas de *Morte no Nilo*, talvez pela sexta ou sétima vez. Havia algo de aconchegante em ler o livro em uma biblioteca, mesmo sendo uma microbiblioteca não blindada ao som das crianças correndo no pátio da escola. Quando conseguiu se desprender do livro, notou Ian em pé, olhando para ela.

Medeia sorriu. Sentia-se cúmplice dele num segredo divertido.

— Oi, Ian, como foram as provas?

Ele se sentou à mesa redonda de fórmica azul e apoiou os braços nela. Tinha aquele cheiro ácido de suor, não desagradável, misturado com alguma colônia passada pelo menos cinco horas antes. Era fácil imaginá-lo se arrumando pela manhã para ir à escola. Medeia se repreendeu mentalmente pelo pensamento, que não pareceu certo.

— Mais ou menos. Eu mandei bem em quase todas, mas acho que fui mal em geografia e biologia. O que você tá lendo?

Ela ergueu a capa.

— Este é um dos livros mais famosos da Agatha. Eu já perdi a conta de quantas vezes li, mas ele é como um cobertor de criança, sabe? Me dá conforto.

A pergunta a pegou de surpresa:

— Por que você tá precisando de conforto?

Medeia reconheceu a vontade de contar, de desabafar. Uma vontade que ela reprimia com cada vez mais facilidade ao longo dos anos.

— Nada, meu anjo, as pessoas têm dias estressantes, às vezes.

— Mesmo quem corrige as provas em vez de fazer?

Dá para ver por que Michelle gosta desse menino. Ele sabe envolver. Nem percebe que é charmoso. Ela umedeceu os lábios:

— Para cada prova que você faz, o professor corrige trinta, quarenta, cinquenta.

— Que merda, 'sora. Enfim, eu vim me despedir, porque hoje é meu último dia.

Medeia achou estranho as palavras terem um efeito negativo nela. *Nossa, sim, já é 18 de novembro.* O terceiro ano acabava as aulas, na prática, bem antes do resto da escola. As notas saíam, os vestibulares acabavam, eles combinavam de não ir mais e era isso. Sentiu uma pontada de tristeza, que logo dispensou, pensando *é normal sentir saudade de alguns alunos.* O sorriso seguinte saiu forçado.

— Ah, que chato. Mande notícias quando entrar na faculdade. Vai estudar o quê?

Ele se mexeu, desconfortável. Deu uma coçadinha na bochecha e falou:

— Nem sei ainda. Minha mãe tá pressionando muito, ela e meu pai sempre quiseram que eu fizesse faculdade de direito ou medicina como os meus tios. Eu odeio isso. Só de pensar, fico meio entediado.

— Mas do que você gosta?

— De nada, 'sora. Sério, cada vez que eu faço um teste vocacional dá uma coisa diferente e nenhuma profissão me empolga. Você sempre quis ser professora?

Ela achou graça na ingenuidade dele. Olhou em volta. A pequena biblioteca da escola era do tamanho do apartamento de Medeia, um ambiente de paredes brancas pintadas com formas geométricas em cores primárias. As mesas e cadeiras eram de plástico e fórmica azul e branca, e as luzes eram fortes demais. Um ambiente completamente oposto às bibliotecas descritas nos livros que ela tanto amava, lugares escuros e poeirentos forrados por tapetes persas, madeira escura, livros com capa de couro e abajures de cúpula verde estilo banqueiro.

— As coisas não aconteceram assim para mim, sabe? Eu não escolhi, eu fui fazendo o que dava. Trilhei o caminho que mais me permitia ficar perto dos livros.

— Mas você podia ter virado escritora.

Ela riu um pouco.

— Não, eu nunca consegui escrever muito bem. Não sou criativa nem ousada. Ser professora não é tão ruim...

— Mas se pudesse fazer qualquer coisa, o que você faria?

— Sinceramente? — Medeia se curvou sobre a mesa. Não havia mais ninguém ali fora uma garota de uns treze anos largada num pufe, no celular, mas ela baixou a voz mesmo assim. — Nada. Se eu pudesse, eu viveria viajando pelo mundo, livre, aproveitando cada minuto da vida, porque ela é curta pra caramba. Na sua idade, eu não achava, mas hoje eu acho. Eu iria a museus, praças, parques, cinemas, restaurantes... sabe? Uma vida leve, livre.

— Será que depois de um tempo você não ia ficar entediada? Eu conheci muita gente que não trabalha, uns amigos dos meus pais. Eles vivem em lanchas, viajando, e nenhum deles parece muito feliz.

— Ah, porque provavelmente eles não fizeram por merecer, tudo foi de mão beijada. Quando essa liberdade é nossa desde que nascemos, sem termos que lutar por ela, a gente não dá valor.

— Eu nunca pensei nisso.

Medeia deu de ombros e se recostou na cadeira.

— Medeia *drops the mic*.

Ela não entendeu o comentário do qual ele parecia tão orgulhoso, mas fingiu que sim com uma erguida de sobrancelha.

— Vai viajar nas férias? — ele perguntou.

Como explicar para alguém tão rico que viajar no Brasil, para ela, era praticamente impossível? Alugar uma casinha ou apartamento em uma das praias próximas estava caríssimo; viajar de avião, então, havia se transformado em sonho.

— Não, vou ficar em casa lendo, descansando um pouco — falou. — Você?

— Minha mãe inventou de afogar as mágoas em Paris, vamos eu, ela e meu tio, mas só no Natal, lá pelo dia 21, 22... E a Copa, 'sora, tá empolgada? Brasil leva?

Medeia só se lembrava da Copa do Mundo quando era obrigada. Torcer sozinha não tinha a menor graça, e fazia mais de quatro Copas que ela ignorava o evento. Para não magoá-lo, ao ver a expectativa em seu rosto, respondeu:

— Claro que leva. O hexa já é nosso.

Quando Ian se levantou, ela entendeu que aquela despedida era definitiva. Então, ele sacou o iPhone do bolso.

— Posso te chamar no zap?

Sem saber se havia algum tipo de problema naquilo, Medeia anuiu. *Vou ter que mudar o número mesmo, mais cedo ou mais tarde, então qual é o problema?* Ele deu um sorriso antes de se virar e sair da biblioteca. Medeia olhou para a menina largada no pufe, que parecia não ter ouvido aquela troca entre eles, depois voltou os olhos para o livro.

Quando ela chegou em casa, às quatro da tarde, sentou-se à mesinha redonda de tampo de vidro e anotou na agenda tudo o que ainda faltava fazer para entrar de férias. Depois fez a limpeza rotineira da casa, tirando pó inexistente das superfícies, varrendo e passando pano no piso, passando pelo banheiro e finalmente indo à cozinha. Abriu a tábua de passar roupa e, no celular, ligou a rádio na estação que tocava as músicas dos anos 1980 e 1990 que tanto amava.

Era fácil divagar enquanto passava roupa. Ela amava o cheiro que subia com o vapor quando o ferro ardia no tecido, umedecido com a água especial que ela usava, e liberava no ar uma fragrância levíssima de capim-limão ao som de *sshh*. Era curioso ter pensado em Ian diversas vezes desde que o vira na escola. Sabia que, se não fosse o episódio daquela sexta-feira, da... do *bicho* no banheiro, ela provavelmente já teria apagado o rapaz de sua memória.

A voz melódica da locutora se sobrepunha aos últimos acordes de "Drive" anunciando as últimas quatro músicas tocadas. Medeia forçou-se a tirar Ian da cabeça e se concentrar no jantar. Era uma sexta-feira, afinal de contas, o único dia em que ela se permitia sair da programação e comer o que quisesse.

Vai ser quiche, ela decidiu, abrindo um sorriso e dobrando a calça preta que mais usava para trabalhar, ainda quentinha do ferro. *Vai ser quiche e, de sobremesa, aquele croissant de doce de leite da padaria.* As primeiras notas da próxima canção a fizeram estremecer. Medeia virou-se para a pia e desligou o celular. O silêncio se expandiu na cozinha.

Ele não achou você, imbecil, só descobriu o número do seu celular. Ele sabe que você está em São Paulo, mas e daí? É uma cidade imensa.

A música ainda estava com ela: "Strangelove", do Depeche Mode. Ela fechou os olhos, permitindo que uma avalanche de lembranças lhe contasse a própria história. Uma Maria Clara belíssima aos 22 anos, burra, irresponsável e completamente apaixonada por um Otávio cheio de promessas que ela nem ouvia mais. Faculdade de Letras pela manhã, estágio à tarde, noites pulando ao som de techno, suando sob as luzes estroboscópicas. Ela virava drinks pagos por homens cujas bocas beijava de olhos fechados, os pés ainda dançando. Ela era livre. Otávio gostava dela livre. Ele a beijava na nuca em *darkrooms* de baladas frequentadas por pessoas mais ricas do que eles enquanto ela se enroscava com o eleito da noite. *O mundo vai ser nosso, Clara*, Otávio dizia. Isso foi antes do sangue. Antes de muita coisa.

Medeia encheu um copo de água gelada e bebeu, sentindo o suor no pescoço e embaixo dos seios. Não iria mais pensar no passado. Passou mais uma camisa, calculando o tempo que levaria para se assegurar de que a música havia terminado e, quando pareceu seguro, voltou a ligar o rádio. Sorriu quando Laura Branigan invadiu o ambiente e focou em terminar a pilha de roupas.

Foi no domingo seguinte, no dia 27 de novembro, que Medeia recebeu uma mensagem de Ian Torres.

Ela estava deitada no sofá, beliscando amendoins e lendo *O jogo do assassino*, de Ngaio Marsh, quando o celular vibrou. Por um instante, seu corpo enrijeceu. Receosa de que pudesse ser outra cutucada de Otávio, ela encarou o aparelho. Abriu um sorriso que a surpreendeu quando viu que era o ex-aluno.

"Sora, vou ler 1 livro indicado por vc. Qual compro?"

Medeia se ergueu no sofá, deixando o livro cair no tapete e se fechar, e digitou:

"Vou mandar uma lista de 600 dos meus preferidos."

A resposta — rápida — foi uma figurinha de um dos alunos da turma de Ian, Benjamin, com as mãos no rosto expressando exaustão. Ela riu e refletiu um pouco sobre qual livro indicar. Digitou *Flores partidas*, de Karin Slaughter, e aguardou, ainda curiosa com sua reação: estava empolgada, com vontade de conversar com ele.

"O que vc tá fazendo?", ele perguntava. "Já de férias?"

"Quase, ainda tenho alguns papéis para entregar. E você?"

Ela gostava do fato de ele digitar imediatamente, sem esconder que estava engajado.

"N tem mta coisa p fazer fora ficar na piscina e jogar. Minha mãe n quer q eu saia mto, acho que tem medo de acharem q eu superei o luto rápido d+. E meus amgs tão viajando. Tá bem chato."

"Tão chato que você decidiu ler?" ela digitou, sorrindo.

"KKKKKKK"

Medeia balançou a cabeça. *Deixa disso, mulher, vai ler seu livro*. Ela estava prestes a desligar o celular quando outra mensagem dele apareceu na tela:

"Quer comer alguma coisa? Ou vc já almoçou?"

Medeia parou de sorrir. Ele estava confundindo as coisas. E, sim, a culpa era dela. Tinha convidado aquele menino para ir até sua casa, dado confiança demais. Embora os argumentos persistissem — *ele é maior de idade, ele não é mais seu aluno* —, ela sabia que aquela conversa não era ideal. *Como cortar isso sem machucá-lo?*

Ela reconhecia a necessidade feminina de suavizar as rejeições, porque os homens não lidam bem com elas. Era quase uma tática de sobrevivência se culpar por um término e encontrar a maneira mais delicada de dizer "não" para evitar um soco na cara ou pior. Nesse caso, no entanto, ela só não queria magoá-lo. Decidiu ser direta:

"Ian, eu não acho responsável, entende?" E apertou *enviar* com o coração dolorido. Levou alguns minutos para ele responder, e quando ela leu a mensagem, sentiu uma pressão ainda mais forte no peito.

"Vc tem razão, dsclp"

Ele deveria sair de casa. Deveria namorar aquela pentelha da Michelle por um tempo, para se distrair. *Imagine se eu tivesse uma piscina num puta sol desses, se estaria em casa tentando desesperadamente fazer uma conexão com uma professora.* Eles tinham aquilo em comum, pelo jeito: a solidão. Em um mundo mais simples, ela adoraria passar o dia na piscina com ele, conversando.

Medeia digitou um "Se cuida, anjo". E desligou o celular.

CAPÍTULO 6

Depois

— Entenda — disse Arnaldo Riveira, mãos espalmadas sobre a mesa da salinha da delegacia —, a gente tava curtindo muito a festa. Era a primeira vez que minha filha passava o Natal com a gente desde que se mudou para a Flórida e estavam os primos, a minha sogra; a véia já tá com 96 anos, porra, todo mundo. A gente nem tinha como saber do incêndio, as casas são meio longe...

Miro soprou o café, gesticulando para que o vizinho da casa dos Torres continuasse seu relato sobre a noite do crime. Era sempre melhor interrogar as testemunhas antes do suspeito, mas o seu Arnaldo tinha reagido à fumaça como um homem de mais de cinquenta e só fora liberado do pronto-socorro horas depois de Ian Torres.

— A música tava meio alta, geral já estava começando a beber. A Ana instalou um karaokê lá...

— Tudo bem, seu Arnaldo, me fala o que aconteceu quando vocês perceberam que a casa ao lado estava pegando fogo.

— A gente só percebeu por causa do cachorro, o Golden. Ele ficou latindo no portão da minha casa e, como as janelas estavam todas abertas, a gente ouviu. Foi meu filho, o Paulinho, que percebeu e foi atrás, sabe? Ele seguiu o cachorro, viu o fogo de longe e correu para chamar a gente. Foi quando a família correu lá, todo mundo querendo ajudar.

— E o que você viu?

— O rapaz tava muito doido, coitado. Chorando, passando mal, tossindo. Tentava entrar, voltava, tentava de novo. Foi a gente que segurou ele lá, porque do jeito que ele tava ia morrer.

— E quanto tempo depois o senhor entrou na casa?

— Ah, foi tudo bem rápido. Mandei alguém chamar a polícia, bombeiros, sabe. Mas ele ficou dizendo que tinha alguém na casa, e do jeito que ele estava desesperado, quis ajudar, aí eu entrei. E tinha mesmo alguém, eu nunca vou esquecer aquilo.

Ele ficou quieto e bebeu um pouco da água no copinho de plástico. Umedeceu os lábios, coçou o olho e continuou, visivelmente emocionado.

— O calor tava insuportável, mas a fumaça foi o pior. Tava tudo queimando mesmo. Eu vi ela a uns quatro metros de mim, no chão, mas não sei se tava viva ou morta. Eu acho que morta, essa é a verdade. Muito foda, a imagem não sai da minha cabeça, o corpo dela... Tinha, sim, uma ferida na barriga dela, tava sangrando. Eu lembro que usava tênis e um vestido desses leves, de praia, curto. E tênis. Era uma mulher de uns trinta e oito anos, por aí.

— Ela não se mexia?

— Ela não se mexia. Mas você precisa entender: eu fiquei pouco tempo lá, não dava para ficar, não. E foi bom que eu saí, porque a casa desabou, né? Madeira. Não aguentou. O calor não deve ter ajudado muito.

— Você se lembra de qualquer outra coisa?

— Tipo o quê?

— Qualquer coisa. Movimentação perto da casa na noite do crime, carros que você não conhece, brigas na casa, carros saindo em disparada no dia do crime, alguma coisa que o rapaz, o Ian Torres, disse ou fez...

— Seu detetive, eu não conhecia o rapaz tão bem, só conheci os pais e ele quando passaram um réveillon lá, e já faz um tempo. Acho que os pais passaram o Carnaval lá este ano, mas a gente não tinha intimidade. Minha família não é muito fã do pai dele, o falecido. E assim, de carro, eu não faço a mínima ideia do que ele dirigia. De resto... vi nada estranho, não. A gente tava ocupado fazendo comida, se arrumando pra ceia, essas coisas.

Miro esperou, sabendo que as pessoas tendem a falar para evitar um silêncio desconfortável, mas não achava que o depoimento do vizinho acrescentaria muito à história.

— Olha, eu lembro de ter visto um Papai Noel, não sei se ajuda.

Os olhos de Miro moveram-se do copo de café vazio para as pálpebras caídas e frouxas de Arnaldo.

— Papai Noel?

— É, a garotada viu, lá da piscina, um Papai Noel caminhando na praia. Deram tchau, chamaram ele pra levar presentes pra gente, até brincaram que era o Papai Noel do Brasil de 2022 mesmo, porque era muito magro.

— E esse Papai Noel... além de magro, como era?

— Era um Papai Noel... Quer dizer, nem deu pra ver o rosto, tinha capuz, barba branca... altura normal, pele branca, mas não muito branca. Como eu disse, Papai Noel tupiniquim. Ele riu, parou de andar, deu um tchauzinho, mas não falou nada. E continuou andando. Tava indo na direção da casa deles. Mas sem saco de presentes.

Miro estudou as feições do homem, a preocupação que surgia nelas. Estava pensando: "Será que eu vi um criminoso? Será que meus filhos interagiram com ele?".

— Provavelmente não é nada — falou, para acalmar seu Arnaldo. — Mas a gente vai dar uma olhada. Se você ou qualquer pessoa da família se lembrar de mais alguma coisa, por favor, avisa a gente.

— Quanto tempo isso vai levar? São quase seis da noite, eu passei o Natal inteiro em um avião e meu filho tá precisando de mim.

Lenir fez uma cara para Miro, e ele soube imediatamente que ela levaria mais tempo para interrogar Fabíola Torres do que qualquer outra testemunha ou pessoa de interesse, só de pirraça. Fabíola era uma caricatura de si mesma: uma coroa com tudo em cima, botox sem exageros, muito ouro, muita maquiagem.

— Dona Fabíola, sabemos que a senhora estava em Paris na noite do crime — Lenir começou. — A senhora está aqui para nos ajudar a entender a linha do tempo e os passos do seu filho; além disso, é uma testemunha de caráter. Quanto mais falar com a gente, mais chances tem de mostrar que Ian é inocente e não tem nada a temer.

Fabíola estava acostumada a lidar com pressão, isso deu para ver logo de cara. Cruzou os braços e os olhou com os lábios apertados, aguardando as perguntas.

— Você foi a Paris com Ian e o tio do menino, seu Fábio Torres, é isso?

— Sim. O Fábio tem me ajudado muito a superar o que aconteceu com o Raí, além de ser um bom tio e uma presença masculina forte.

Achei que seria bom para o Ian se ele fosse com a gente. O primeiro Natal depois da morte do pai... Eu não queria que meu filho sofresse.

— E vocês foram quando?

— Dia 21. A ideia era ficar até o réveillon, mas... Enfim... *isso* aconteceu.

— E por que o Ian voltou antes? Ele só passou dois dias na França.

Miro não ia interferir no trabalho da delegada, então tomou a atitude passiva de observar a mãe do rapaz.

— É, esse foi o problema. O Ian parecia estar gostando da viagem, mas pensando agora, estava meio ausente, distraído. No segundo dia, ele reclamou que estava cansado de andar, de ir a museus, essas coisas, o que não foi nenhuma surpresa, anda-se muito mesmo na Europa. Conhece?

Lenir negou com a cabeça com um sorriso sarcástico. Fabíola suspirou como quem diz "que pena..." e continuou:

— Então, no dia seguinte a isso o deixamos no hotel e fomos passear, eu e o Fábio. Ficamos o dia inteiro fora fazendo compras... o Ian até mandou mensagem dizendo que ia comer no hotel, então a gente nem se preocupou. Ele tem dezenove anos, não é mais criança, eu não fico em cima dele. Foi só à noite que descobrimos que ele fez o check-out de manhã e voltou para São Paulo. Eu fiquei furiosa, claro, mas ele não respondia às minhas mensagens, então deduzi que estava no avião. Só foi entrar em contato comigo de manhã. Isso no horário de Paris, claro, aqui no Brasil devia ser madrugada.

— Podemos ver a mensagem?

— Claro. — Fabíola mostrou o celular, correndo o dedo com a francesinha impecável para encontrar as mensagens trocadas. De fato, no dia 24, às duas da manhã do horário de Brasília, Ian e ela haviam conversado:

"Mãe, n surta, tive q voltar. Tenho umas coisas importantes p fazer. Adorei a viagem, mas vou passar o Natal aki. Te amo."

"Sem comentários. Você estragou minha viagem. Parabéns."

"Para, vai. Passa aí com o tio, vcs tão curtindo mto. Eu queria ficar um pouco sozinho. Tô em ksa já, bj."

"Olha, só vou falar com você amanhã, tô tão puta que não tô com cabeça agora."

Mais tarde no dia 24, a conversa foi mais leve.

"Onde vc tá?"

"Vou pra casa de uns amigos. N se preocupa, você sabe q sou responsável. Promete q n vai ficar preocupada comigo. Aproveita seu Natal em Paris. Te amo."

"Estou com raiva de você, mas te amo, filho."

Lenir devolveu o celular para Fabíola.

— Aí, em pleno Natal, às três horas da manhã, recebo uma ligação do meu filho chorando, contando essa história.

— Três da manhã? Por que Ian esperou tanto para te ligar?

— Já ouviu falar em fuso horário, doutora? Aqui no Brasil eram umas onze da noite do dia 24 ainda, já que não temos mais horário de verão. Lá em Paris é que eram três da manhã.

Miro e Lenir soltaram um suspiro simultâneo. Fabíola continuou:

— Pegamos um voo duas horas depois, chegamos à uma da tarde e viemos direto para cá. Tem noção de que eu não durmo há séculos? De que nem consegui tomar um banho ou comer?

— Então a senhora não conhecia Maria Clara Muniz? — Lenir não estava com saco para o melodrama.

Fabíola não escondeu seu desdém.

— Eu conheci essazinha na escola, quando fui a uma reunião no começo do ano para falar com os professores do Ian sobre o desempenho dele. Meu filho é extremamente inteligente, mas ele sofreu por minha causa, já que morou fora do Brasil por um tempão e, quando voltou, não conseguiu se adaptar tão bem à grade curricular daqui. E ele se recuperou bem, se quer saber, porque é um Torres. Mas não, nem passou pela minha cabeça que essa mulher poderia estar seduzindo meu filho. Nunca mais a vi depois daquele dia.

— Qual foi a sua impressão dela quando a conheceu?

— Normal. Mas sempre dizem isso dos aliciadores, né? São cidadãos acima de qualquer suspeita. Ela era uma mulher articulada e bonita, nada de mais, uns seis quilos acima do peso ideal. Foi simpática, mas parecia ausente, meio artificial, desinteressada.

— O Ian realmente nunca mencionou qualquer coisa sobre ela?

— Não, meu filho nunca falou dela. Se tivesse me contado, eu teria feito alguma coisa.

— E o que ele te disse agora que já sabem que ele estava envolvido sexualmente com a vítima?

Fabíola prendeu os olhos delineados em Lenir. Miro não conseguiu ler sua expressão. Odiaria jogar pôquer com aquela mulher.

— Ele não falou sobre isso ainda. Está em estado de choque. Se trancou no quarto, quase não comeu e não falou com a gente. Obviamente, o Ian não tem nada a ver com esse crime. Só queremos que isso acabe logo e meu filho tente, coitado, ter uma vida normal.

CARTA 2
Reivindicação

Mesmo sabendo que me envolver com você seria um erro, mesmo compreendendo que havia algo de impróprio entre nós, meu corpo queria que você insistisse, queria que você vencesse minhas objeções de um jeito bruto, de um jeito estúpido e violento, como o moleque mimado que muita gente enxerga em você porque não o conhece.

E não foi assim. Você não me reivindicou como algum guerreiro de romance barato. Eu me sinto idiota escrevendo sobre isso, as bochechas quentes como as de uma adolescente, mas existe algo de libertador na morte, não é? Em saber que cada respiração conta e que cada batimento cardíaco é um a menos, enxergar o quanto tudo é trivial, pequeno, insignificante.

Eu me permiti alguns pensamentos sobre você antes daquele encontro na livraria. Eles aceleravam meu coração, me deixavam molhada, me faziam ansiar por um tipo de contato que eu não tinha havia muitos anos. Manter-me virginal depois do Otávio era uma forma de me manter segura. Isso você nunca vai entender, e não é nem pela idade, é pelo seu gênero.

Mas, sabe, eram só pensamentos. Fantasias que, por serem possíveis e perigosas, possibilitavam que eu me aproximasse da mulher que eu fui um dia, de uma Medeia que você não conheceu — feliz, dona de si, livre. O que acabou comigo foi o seu beijo, meu único momento de fraqueza. Você não vai gostar de ler isso, mas eu me arrependo de ter me entregado a essa fraqueza, porque você foi isso, sim.

Ai, Ian, que droga.

Quando Otávio me encontrou em São Paulo, eu ainda tinha uma chance. Eu ia sumir, como já tinha feito tantas vezes antes. Se não fosse pela sua mãe, eu teria fugido. E nada disso teria acontecido.

CAPÍTULO 7

Depois

Miro colocou o punhado de remédios na boca e bebeu uma garrafinha inteira de água para ajudá-los a descer. A dor de cabeça despontou bem na têmpora direita, e ele enfiou o celular no bolso. A festa havia começado, e todo mundo só falava sobre o caso. Especulações, *fake news* e muita, muita revolta.

"Até quando?"

"Mulher não tem um dia de paz."

"Mais um homem achando que mulher é sua propriedade."

"Ninguém aqui *axa* estranho uma professora esta na casa de aluno?"

"E daí que ela era a professora dele?"

"Ela nem era mais professora dele, gente, o moleque se formou."

"Meu Deus do céu, uma tragédia dessas logo hoje, no Natal. Onde esse mundo vai parar?"

"Moleque como, se ele já tem 19 anos? 19 anos não é homem?"

"Ele MATOU uma mulher, parem de relativizar isso!"

"Nada haver o fato dela ser professora dele."

"Ian Torres é filho do falecido fascista Raí Torres, gente!"

"Se fosse um homem mais velho com uma aluna vcs iam tá pirando né, feministas?"

"Ninguém tá defendendo a mulher, mais ela não cometeu crime, ele, sim!"

"Dois pesos e duas medidas, sempre."

"Feminicídio e o cara ainda por cima tacou fogo na casa para encobrir o crime..."

"Feliz Natal p quem? P mulher é que ñ é."

"Tal pai, tal filho."

"Profe virou churrasco. Quem nunca desejo isso?"

Miro sentia cada músculo do seu corpo reclamar. Recebeu de Lenir uma ordem de serviço com várias diligências para o inquérito. No momento, estava levantando o que podia. Miro e Luis Filipe, o escrivão, já tinham feito as primeiras oitivas com as duas empregadas fixas da família, fora o depoimento do próprio garoto. Ainda precisava achar o caseiro da casa de praia dos Torres. A perícia estava trabalhando com o corpo de bombeiros e, até onde ele sabia, ainda estava no local coletando material. Um dos problemas da investigação era o corpo da vítima, que havia se desfeito, então o maior objetivo era a recuperação dos restos mortais de Maria Clara Muniz.

Na prática, dado o tamanho de Ilha das Pedras, só ele e o inspetor Julião trabalhavam com homicídios. Quando não havia inquéritos do tipo na cidade, eles pegavam qualquer diligência que Lenir empurrasse pela portaria para compensar a falta de efetivo. Mas ela era justa. Quando Miro e Julião tinham um homicídio em que trabalhar, dava espaço para os dois, aliviando um pouco a pressão.

Miro, no entanto, estava de saco cheio do caso antes mesmo de a investigação engatar, mas, enquanto estivesse no expediente, teria que trabalhar. Acessou o Google Maps e deu um zoom na área da casa de praia dos Torres. Ilha das Pedras era informalmente dividida em cinco áreas: o centro era a maior, onde ficava 80% do comércio da cidade e mais da metade da população. De um lado, havia duas praias: a Praia da Brisa, lugar de casas grandes e dos dois hotéis da cidade, e a Praia do Velho, menos rica, mas ainda assim um bom lugar para morar, região em que Miro, Lenir e boa parte de seus conhecidos tinham apartamentos nos prédios baixos e pequenos. Havia também o Coqueirinho, bairro de pessoas mais simples e casas de repouso para idosos, e, é claro, o morro.

A casa dos Torres tinha duas entradas: a principal, saindo da garagem direto para a estrada de terra Professor Júlio Ratz, e a secundária, localizada nos fundos da propriedade, que levava à praia pelo deque. Miro imaginou-se querendo fugir da casa: o caminho mais óbvio seria pela areia. Como era uma praia praticamente privativa, seria difícil ser visto. Ian Torres havia saído da casa em chamas pela entrada principal, para respirar. Burro? Desesperado? O que o rapaz sentira naquele momento?

Miro sabia que não estava lidando com um crime premeditado. Alguma discussão acionara um ataque violento realizado com um objeto de fácil acesso, uma faca de cozinha. Ele ainda precisava de um laudo dos bombeiros ou pelo menos de suas primeiras impressões para entender o que fora usado como combustível para que a casa queimasse daquele jeito. Qual tinha sido o foco do incêndio?

O fogo era o aspecto que mais incomodava Miro. Conhecia a história de um incêndio iniciado por uma mulher para impedir que o namorado fosse embora e ouviu mais de um caso em que um homem matara a família e ateara fogo à casa na tentativa ingênua de confundir a investigação. Até incêndios criminosos para a coleta do dinheiro de seguros eram comuns. Imaginar um menino como Ian ou até mesmo uma mulher como Maria Clara tomando tempo para atear fogo àquela residência... era difícil de acreditar.

Outro problema era a ausência de câmeras de segurança no local. A mais próxima ficava a um quilômetro da residência, na avenida Enil Reis, e era completamente inútil, mas que ele teria que checar de qualquer forma para verificar se a história do menino sobre ter ido ao centro da cidade no momento em que o crime ocorreu batia, já que, para fazer o caminho, Ian seria obrigado a passar pela avenida. O álibi do rapaz era fraquíssimo.

Quando estava desenhando sua estratégia para levantar a maior quantidade possível de informações, gostava de usar caneta e um bloco de papel. As imagens da câmera eram, inicialmente, secundárias em prioridade. O primeiro lugar que ele visitaria naquela manhã seria a farmácia. Ian ainda tinha o recibo da transação na carteira quando foi levado para a delegacia, documento que Miro prontamente envelopara como evidência. Mesmo assim, o depoimento da pessoa que o atendera e as imagens das câmeras do estabelecimento eram evidências de suporte em um caso em que cada prova material faria diferença no julgamento.

Ele desviou o olhar e deu um zoom ainda maior na parte dos fundos da casa. Havia uma canoa e um caiaque na areia, próximos ao deque com piscina. Miro lembrou-se de Ian falando que antes de Maria Clara e ele passarem alguns dias lá, a casa havia ficado vazia por cerca de oito ou nove meses. Ninguém estava usando ou cuidando daquelas embarcações, que descansavam na areia viradas de casco para cima. *Vou ter que olhar isso com calma, de perto*, ele pensou, ansioso para voltar à cena do crime. Mas, por experiência, com cautela o suficiente para não se expor sem necessidade.

Fez outra anotação em seu bloco e deu mais uma passada de olhos na fotografia da propriedade. Então, Miro virou a folha e, relendo cada depoimento colhido no dia anterior, traçou uma linha do tempo dos últimos passos de Maria Clara e Ian.

Fabíola revirou mais uma vez no colchão sabendo que não voltaria a dormir. O ar-condicionado estava forte demais, um dos muitos preços que ela pagava para ter Fábio em sua cama. Enquanto puxava os cobertores para cima, notou que os olhos dele estavam abertos. O quarto estava na penumbra, mas uma luz débil delineava alguns móveis e objetos, assim como seu cabelo bagunçado.

Ela saíra de Ilha das Pedras depois de dar seu depoimento e conferir a casa, ou o que restara dela, trazendo o filho taciturno em posição fetal no banco de trás da Land Rover. Chegaram a São Paulo às dez da noite e, sem uma palavra, cada um se arrastou para seu quarto.

Ela virou o corpo, alerta, apesar de ter dormido menos de duas horas, e acendeu o abajur. Fábio estava um lixo, os olhos molhados, o maxilar murcho.

— Eu não vou conseguir enfrentar isso se você surtar — ela falou. — Se eu não estou chorando, você não tem esse direito. É *meu* filho que está sendo investigado por homicídio.

— Porra, Fabíola, eu amo esse moleque. — Ele se sentou na cama, esfregando o rosto. Levantou-se e caminhou até o banheiro.

Ela ouviu a urina bater na água do vaso sanitário enquanto espiava o celular. Quatro e doze da madrugada. Não ousaria clicar na miríade de ícones que berravam por sua atenção no celular indicando comentários, mensagens e e-mails. A internet odiava seu filho sem ao menos conhecê-lo. Era injusto pra caralho, isso, sim. Raí merecia a revolta daqueles desocupados, mas não Ian, não o menino doce que ela havia criado.

Fábio estava vindo.

— Não lavou as mãos.

Ele parou, soltou algum palavrão em voz baixa e voltou para o banheiro. Ela ouviu a água da torneira correr. Quando Fábio se deitou de novo na cama super *king size*, cheirava a sabonete. Cruzou os braços, fixou o olhar na parede.

Ele vai me levar ao desespero com esse derrotismo, ela pensou. *Puta merda, às vezes eu sinto falta do Raí. O canalha pelo menos era otimista.*

— Tava tudo perfeito em Paris — ele murmurou.

— Eu preciso pensar que eles vão encontrar o homem que matou essa mulher, vou surtar se acreditar que existe alguma chance real do meu filho ir para a prisão. Não é possível que eles não enxerguem quem ele é... Tá na cara que não matou ninguém, o Ian não mata nem barata.

— O tribunal da internet já julgou, Faby. Mesmo saindo dessa, principalmente *se* sair dessa, a vida dele não vai ser mais a mesma. O Ian... ele não merece isso. Ele não vai superar nada disso.

Fabíola fechou os olhos. Como queria estar num pesadelo.

— Ele tava doidão por essa mulher — Fábio continuou. — Não sei se demos atenção ao Ian como deveríamos quando meu irmão morreu.

Fabíola virou a cabeça devagar, seus olhos pousando no rosto abatido do único homem que ela havia amado. Ele se intimidou, mas tentava não demonstrar.

— Você tá me julgando como mãe?

— Não, senhora.

— Eu dei amor ao meu filho do meu jeito. Não vou deixar um homem que nunca teve um bebê me julgar. — Ela coçou o buço, balançou a cabeça. — Que tipo de piranha seduz um menino como ele?

Fábio se acomodou nos travesseiros, suspirando:

— Homem é diferente, Fabíola. E daí que a mulher era mais velha? Era gostosa pra caralho. E sinceramente? Quem nunca quis trepar com um professor ou professora que atire a primeira pedra. Hipocrisia do caralho...

— Fantasiar com uma professora, isso eu entendo. Também teria feito algumas besteiras com alguns dos meus professores da escola, mas tá na cara que isso foi outra coisa. Mais cedo ou mais tarde, ela ia pedir alguma coisa, uma grana, sei lá.

— O Ian nem sabe que tem dinheiro. O moleque é desligado pra caramba.

— Ele sabe que tem uma herança das boas a caminho e, assim que a PF parar de fungar no nosso cangote, vai ter mais. Ela devia ter imaginado que tem dinheiro não declarado por aí. Não era burra. Quem matou essa mulher fez um puta favor pra gente.

Fábio a observou. As palavras dançaram no ar, pesadas.

— O que vamos fazer?

— Eu não sei. Amanhã você vai prestar depoimento e a única coisa que pode fazer é contar a verdade: estávamos em Paris, o Ian mentiu pra gente dizendo que queria passar o dia sozinho, relaxando. Nós dois passeamos e só descobrimos no dia 24 que o merdinha tinha voltado para o Brasil atrás daquela vadia. Foi o que eu disse e é o que você tem que dizer também.

— A gente tem que mostrar pra eles que o Ian não teve nada a ver com isso. Que ele nunca machucaria ninguém.

— Ah, que bom que você avisou, porque nem passou pela minha cabeça defender meu filho.

Ele se calou, já devia estar acostumado com as alfinetadas dela.

— Inútil — ela murmurou, alto o suficiente para que ele ouvisse.

Fabíola amava Fábio, queria pensar que ele também a amava, mas nunca teria certeza. Nunca teria certeza se era por ela ou pela grana que ele estava ali. Nunca dava para ter certeza de nada. A verdade é que Fabíola esperava nunca descobrir, porque não sabia se seu coração aguentaria a dor.

Eles não falavam sobre a investigação do homicídio que a transformara em viúva. Não precisavam. A polícia identificara Paçoca, um dos rapazes na moto, mas não o encontravam. Fabíola sabia que nunca encontrariam e estava em paz com isso. Só queria esquecer completamente de Raí, como se seu casamento não tivesse passado de um sonho febril.

— Às vezes eu tenho medo de você — ele falou baixinho, com uma mão na coxa dela.

Fabíola abriu o pote de plástico que continha seus *gummies* de sono, colocou três na boca e mastigou.

— Ótimo.

CARTA 3
Casa

Às vezes, eu acho que a única verdade é o sexo, o sono e a fome. Que todo o resto, que nossa parte "civilizada" é uma farsa. Que somos leões em essência, organismos que nunca deveriam ter tentado se conhecer, se autoanalisar. Eu me imagino numa pradaria, deitada nua sob o sol, minha cria pulando e brincando ao meu redor, minhas mãos pousadas no ventre e os olhos fechados, sem nada na cabeça além do contentamento por uma barriga cheia e a certeza de que a caça é iminente. Sem passado, sem futuro. Monta em mim sem pedir permissão, me faz outra ninhada e me deixa matar nosso jantar.

Nós fomos assim, mesmo que por poucos dias. Força e êxtase e grunhidos baixos. Meu Deus, como foi bom ser comida de novo depois de tanto tempo. Como foi bom ver o assombro em seus olhos, ver você se desprender da realidade por alguns segundos enquanto sentia o que certamente foi o orgasmo mais forte da sua vida, dentro de mim. Eu me virei e dormi, porque queria fugir da análise, da culpa, da bosta do certo e errado.

Foi sua ideia virmos para Ilha das Pedras. "Fica numa ilha a três horas daqui. Minha família tem mais de doze propriedades, e eu garanto que não vão me procurar lá. Pode ficar, a casa é sua. Descansa, fica na piscina lendo, faz o que você quiser."

Eu já pensei muito sobre por que aceitei vir para cá. Foi porque eu não queria encarar que teria que recomeçar em outra cidade justo agora que estava bem em São Paulo? Foi porque achei que ganharia mais alguns meses sem Otávio me encontrar? Ou foi porque eu queria mais de você, mais tempo, mais beijos, mais dessa sensação de estar mordendo o fruto proibido? Não precisa ter sido um desses motivos, porque foram todos. E assim eu vim para Ilha das Pedras. Para morrer.

Quem é Otávio Feffer? Por que o homem que eu amei com todas as minhas forças me apavora tanto? Nem se eu tivesse todo o tempo do mundo conseguiria explicar nosso passado, mas vou contar o que você precisa saber. E vai doer, porque são lembranças corrosivas. Só que você precisa saber o que vai enfrentar e que não deve, em hipótese alguma, subestimá-lo. O Otávio não é um gênio maluco, é bem pior do que isso: ele é obcecado.

E não é só por mim, é por uma ideia que ele plantou na cabeça dele de tudo o que queria ser. Só que a fantasia só faz sentido se eu fizer parte dela. Você vai entender melhor em breve.

P.S.: Você já leu *Death of a Bookseller*, de Bernard J. Farmer, mas queria que lesse *O colecionador de ossos*, de Jeffery Deaver. Parecem muito diferentes, mas, acredite, esses livros têm uma grande coisa em comum.

CAPÍTULO 8

Antes

Ian colocou o controle do PS5 no sofá ao seu lado sentindo os dedos doloridos. Havia quantas horas estava jogando? Havia quantos dias estava naquela sala? Ele se levantou, e Bitcoin ergueu a cabeça.

Uma olhada no celular mostrou que Medeia não tinha respondido à sua última mensagem e exibiu o horário: 1h24 da madrugada.

— Desculpa, Bitcoin. Vamos lá, vamos andar.

Ian colocou a coleira no Golden e caminhou em silêncio pela casa escura. O ar estava mais frio do que ele esperava para uma noite de verão, mas ele saiu com o cachorro caminhando sob as luzes esbranquiçadas dos postes do condomínio. Acenou para o porteiro na guarita que mais parecia o Fort Knox e seguiu para a calçada quando ele liberou a passagem.

— Deve ser legal ter todo esse poder — ele murmurou para Bitcoin. — Ter o mundo inteiro como seu banheiro.

Esperava que o cachorro risse e devolvesse uma resposta perspicaz, como tinha certeza de que Bitcoin faria caso pudesse falar. Ele sempre imaginara o cãozinho como uma alma sábia, antiga, que usava um monóculo e um relógio de bolso.

O pensamento voltou, aquele que o cercava sem trégua, aquele que, não importava o quanto ele tentasse ocupar a mente com jogos, séries e pensamentos bestas, sempre voltava: Medeia.

Não deveria ter mandado tantas mensagens para a professora. Estava começando a parecer um idiota e tinha certeza de que ela, que um dia demonstrara gostar de sua companhia, agora passara a achá-lo também um imbecil.

Era ruim não ter controle de seus pensamentos e era quase vergonhoso que, em vez de pensar na morte de seu pai, ele se pegasse divagando sobre

Medeia o dia inteiro. Não importava o quanto procurara, não a encontrou em nenhuma rede social. Deve ter passado horas buscando-a entre os seguidores do Instagram da escola, depois no mar de usuários do Facebook com nomes parecidos. Tentou de tudo.

Por quê? Chegou a se perguntar mais de uma vez. Só queria ver fotos dela, saber mais sobre ela. Nunca se sentira tão bem quanto naquela praça de alimentação. Como era possível quinze minutos de conversa o marcarem tanto?

Bitcoin o olhou como se esperasse por alguma coisa, e Ian se agachou para pegar os dejetos do cãozinho com um saco plástico, uma sensação que ele detestava.

— Não é brincadeira o quanto eu te amo e me sacrifico por você.

Jogou a sacola na lixeira e decidiu caminhar um pouco mais, ciente de que poderia ser assaltado, mas duvidando muito que isso acontecesse tão perto do condomínio.

Ela nunca dissera que não gostava dele, né? Ian pensou sobre isso. Ela tinha medo. Medo de se encrencar com a escola, medo de ser julgada... Mas nunca disse que não tinha interesse. Será que pensava nele também?

— Você acha que eu tenho que desistir e tirar essa ideia idiota da cabeça? — ele perguntou em voz baixa para o cachorro.

E como fazer isso?, Ian pensou com o coração pesado. *Como parar de pensar nela, se eu não tenho o menor controle sobre o que estou sentindo?*

Medeia fechou os olhos por alguns segundos enquanto corria, lutando contra o impulso de parar. Odiava correr, essa era a verdade. Sua garganta ficava gelada, as pernas ardiam e o peito doía, mas depois... ah, o que vinha depois era bom demais. A sensação de dever cumprido, os hormônios dançando em suas veias, o alívio por ter acabado. O que os atletas na internet chamavam de *runner's high*. Ela respirou fundo, ouvindo o ar sair trêmulo, e enviou um comando para seus músculos aguentarem só mais duas voltas.

O parque mais próximo ao seu prédio se chamava Parque do Nabu, um lugar que seria belo, não fosse a usual latinha de cerveja, sacola plástica ou maço de cigarro desbotado atirado na grama. Algumas vezes, Medeia tivera de interromper a corrida ao se deparar com alguns homens estranhos a encarando. Voltava para casa com raiva de estar sentindo medo, de até esse raro momento de liberdade ser podado pelos homens.

Naquela tarde, no entanto, o sol penetrava as copas das árvores e havia algumas famílias no parque. Ela se sentia segura o suficiente para completar sua hora de corrida. Todos estavam cabisbaixos, alguns ainda chorando, pois o Brasil acabara de perder o jogo contra a Croácia e estava fora da Copa.

Era difícil não ser arrastada para o passado enquanto corria. A mente teimou naquela dança de novo, naqueles mesmos frames, nas sensações, tudo na mesma ordem. A sensação de olhar o teste de farmácia com aquelas duas linhas paralelas, a curva marota que seus lábios formaram para cima, ao imaginar como seria divertido ter ainda mais amor em sua vida. Ela e Otávio não seriam só marido e mulher, teriam um bebezinho para cuidar, para amar, para nutrir. Medeia tentou se apegar à sensação, mas suas lembranças davam as cartas, e a próxima mão foi cruel: o sangue que não saía de jeito nenhum do rejunte do banheiro, o sangue que afundou no colchão, o sangue que não parava de pingar dela. Cheiro de cloro. Cloro demais. Queimando seus olhos, preso em sua garganta, arranhando as narinas. Medeia esfregou a casa até a madrugada, até suas lágrimas secarem.

Para de pensar, isso nem dói mais tanto assim. Passou, porra. E realmente não doía mais tanto assim. Ela já tinha feito as pazes com a criança que escolheu não vir. Medeia sabia, no entanto, que ainda se apegava àquela noite porque foi quando Otávio mudou. Foi a noite que alterou o curso de sua vida, que disse: "Não, você não será feliz". Foi a noite que descarrilhou o trem.

Ela olhou para as árvores, o céu, focou o corpo, apalpou o celular no bolso, manias que tinha para resetar a mente e abandonar as lembranças.

O celular. Pensou em Ian. As conversas pelo WhatsApp continuavam. Ele escrevera:

"Terminei o *Flores partidas*. Acho q vou viciar nisso como vc. Manda + nessa pegada violenta, c final feliz *please*"

Medeia pegou-se sorrindo e desligando o chuveiro, antes que pudesse se despir e entrar no banho, para poder conversar mais. Sugeriu outros thrillers, mas pediu para que ele intercalasse com *A sangue frio* e o raro *Death of a Bookseller*. Uma semana depois, ele mandou outra mensagem:

"Tá bom, para tudo. Confesso q abandonei o livro do Capote pq é mt longo, mas consegui *Death of a Bookseller*. É mto legal, 'sora... minha nossa. Vc é d+"

Aquela última frase mexeu com ela.

Ela escreveu: "O que anda fazendo?"

E eles tiveram uma conversa que saiu dos eixos rápido demais.

Ian: "Nada. Entediado. Ler os livros é como estar perto de vc".

Medeia: "Fico feliz. Tivemos boas conversas, né? Poucas, mas boas".

Ian: "Podemos ter +. Aquele convite p jantar ainda tá de pé".

Medeia quis ir. Sentiu-se mexida, estranhamente excitada. Por isso mesmo, escreveu: "Você sabe que não posso fazer isso. Tchau".

Aquela foi a primeira noite em que pensou nele antes de dormir. Foi a primeira vez em que pensou nele enquanto se masturbava, sentindo-se culpada depois, ofegante e com os dedos molhados.

Nos dias seguintes, ele havia tentado retomar a conversa e Medeia o ignorara. A cada nova mensagem, ela se sentia mais cruel negando-se a responder. A cabeça insistia que não havia nada de errado em conversar com ele, mas ela não conseguia se convencer disso. Sentia-se observada, julgada só de ler o que ele escrevia, por mais inocente que fosse.

"Medeia, acho q to passando dos limites. Entendi q vc n quer conversar cmg. Só n entendo o motivo."

E, depois de horas sem resposta: "Só me explica o motivo, pf."

Dois dias depois, a mensagem que a fez considerar responder:

"Tô sendo um daqueles caras chatos q n entende um *não* de mulher, eu sei. Mas gostei mto de conversar com vc. Tive a impressão q vc tb. Eu tava errado?"

E, finalmente, a mensagem de ontem:

"Quanto mais vc me ignora, mais difícil fica parar de pensar em vc. Pf, seja cruel comigo. Me xinga, fala q n me suporta, me manda à merda. Pf. Preciso ficar c raiva de vc."

E nem isso ela conseguira fazer. Ensaiou humilhá-lo, fingir que não suportava mais aquelas mensagens melosas, mas não foi capaz de seguir em frente. Muito menos bloquear seu número. *Eu quero que ele mande mensagens*, ela descobriu, se odiando. *Eu gosto de estar perto dele, por mais nojento que isso pareça*. Ela não entendia por que havia lido e relido a frase "mais difícil fica parar de pensar em você". Aquilo era tão... explícito. Uma confissão, sem nenhum tipo de preparo ou aquecimento.

Mais uma volta. Medeia tentou ignorar a dor nas canelas e o cansaço das coxas. Mais uma vez, repassou os motivos pelos quais não podia ceder à insistência de Ian. Mais uma vez, os argumentos pareceram vazios. Ele não era mais seu aluno. Era um homem, pelo menos perante a lei. Por que se sentia tão suja?

Ela abandonou a corrida, odiando-se, sentindo uma fisgada no ventre. Sem fôlego, caminhou com as pernas bambas até um banco e se sentou. Era um banco imundo, e ela imediatamente se arrependeu ao mexer os quadris e sentir o tecido da legging grudar no que poderia ser refrigerante velho ou algo ainda mais asqueroso. Tentou estabilizar os batimentos cardíacos e a respiração. Tentou parar de pensar naquele garoto.

Tirou o celular do bolso. Nenhuma mensagem nova. Decepcionada, ela o procurou entre os pouquíssimos contatos e releu as mensagens antigas. Forçou-se a enfiar o aparelho de volta no bolso lateral da legging sem respondê-las.

Ian tirou os olhos da tela ao perceber que a mãe trouxera alguém para casa. Da salinha de TV, seu lugar preferido para jogar videogame até as três horas da manhã, ele ouvia Fabíola conversando animadamente com outra mulher, o que o alarmou.

Ele não havia tomado banho nos últimos dois dias, tampouco penteara os cabelos ou trocara de roupa — ainda usava a camisa oficial da seleção do Brasil. Dormia assistindo à televisão naquele mesmo sofá de couro, acordava e pedia café da manhã na salinha. Agradecia a Magda quando a mulher trazia a bandeja com leite e achocolatado, mistos-quentes e suco de laranja. Agradecia quando, meia hora depois, ela vinha buscar a louça com súplicas para que Ian saísse um pouco de casa.

Ian sabia que a mãe estava preocupada que ele estivesse deprimido, mas ele só queria ser deixado em paz. O celular só oferecia fotos dos amigos no Nordeste ou nos Estados Unidos, vídeos dos protestos bizarros contra as eleições, de vez em quando alguma notícia sobre as infrutíferas investigações da morte de seu pai e o silêncio da única amiga que ele tivera em anos, mesmo que por apenas alguns minutos. *Amiga... Tá querendo enganar quem?*

As vozes ficaram mais altas e ele percebeu que, fosse lá quem estivesse com sua mãe, estava se dirigindo à salinha. Ele não fez questão de arrumar o cabelo ou a camiseta desgrenhada, mas baixou um pouco o volume da TV. O perfume da mãe entrou na sala antes que ela aparecesse na porta, e Ian ficou envergonhado quando viu Michelle ali.

— Olha só quem eu encontrei no shopping!

A garota era filha de um dos amigos dos seus pais, e não era a primeira vez que ela aparecia em sua casa. Bitcoin se levantou e sacudiu o rabo para a dona da casa, e Fabíola se agachou sobre os saltos altíssimos para coçar atrás de suas orelhas:

— Own, meu filhote dourado, você tá cuidando bem do seu irmão?

Michelle acenou timidamente para Ian. Ele forçou um sorriso.

— Ei, cadê sua educação? — A mãe sabia soar delicada, mas Ian captou a irritação em sua voz. Ele pausou o jogo.

— Oi, Michelle, não foram viajar?

Ela usava roupa de verão em tons pastel, que, combinados com a pele branquíssima, a deixavam com um aspecto esquisito, como se ela fosse uma garrafa de iogurte light.

— Não, meus pais estão em uma segunda, ou milésima, lua de mel em Mônaco, eu fiquei pra trás com meus irmãos. — Michelle tentava parecer confiante, mas não estava dando certo. Ian sabia que ela tinha interesse por ele e não queria magoá-la.

— Vamos, vocês dois, peçam uma pizza ou qualquer outra coisa e conversem um pouco. Ian, desliga já essa droga de video game.

Ele desligou, um pouco aliviado. Devia estar jogando havia pelo menos seis horas sem interrupções, e agora se dera conta do estômago vazio e da bexiga cheia. Notou também que a mãe desaparecera e que Michelle se sentava devagar no extremo oposto do sofá.

— E aí, como andam as coisas? Sua mãe falou que você não sai de casa.

Ele encolheu os ombros; não estava incomodado com a conversa, mas ao mesmo tempo queria que ela fosse embora logo.

— É, não estou com muita vontade de sair. E você, tá fazendo o quê?

— Estudando pro vestibular, né? Meus pais não vão me deixar em paz se eu não passar.

— Onde quer estudar?

— Na FGV. Economia. E você, vai fazer direito mesmo?

— Ano que vem, não. Pedi um ano de folga pra minha mãe e ela falou que tudo bem, desde que eu faça cursinho. Acho que... — Ele queria dizer "essa coisa do meu pai ajudou", mas não queria parecer frio.

Michelle colocou uma mão quente no joelho dele e o impulso de Ian foi se afastar antes mesmo de perceber o quanto o gesto poderia ser cruel. Ela pareceu não se importar e continuou:

— Você tem razão, não vale a pena tomar uma decisão dessas sem pensar bastante antes. Além do mais, não foi um ano fácil pra você, né? Acho que todo mundo entende. Tem conversado com alguém da escola?

Ele balançou a cabeça negativamente. Ela continuou.

— Eu vi o professor Valdecir esses dias no mercado, é muito engraçado ver eles fora da escola. Tava abraçando uma mulher assim, por trás, cheio de carinho. — Ela riu suavemente. — Ele ficou meio sem graça quando me viu. Nossa, como a aula dele era chata. Fico aliviada por nunca mais ter que estudar física na minha vida, mesmo tendo a melhor nota da turma. Outra que eu vi sexta-feira foi a Medeia, lá na livraria Pontal, sabe qual é?

Ian torceu para que Michelle não tivesse percebido sua reação ao ouvir o nome da professora. Ele tentou não parecer muito afoito, mas foi como se ficasse mais consciente do próprio corpo, da própria existência.

— Não conheço essa livraria... — forçou a voz a sair tranquila.

— Perto da escola. Enfim, eu fui falar com ela para espiar se tinha algum livro de sacanagem na cestinha, acredita que ela tava comprando quatro livros? Professor reclama do salário, mas duvido que ela ganhe tão mal assim. Tá sempre arrumadinha e usa um perfume da L'Occitane que custa a minha mesada inteira. Quanto você ganha de mesada? Meus pais só dão quinhentos, ridículo.

— Eu ganho mil e duzentos, não dá pra comprar muita coisa. Já viu meu carro? Meu tio queria me dar um Jeep de presente, mas minha mãe escolheu um Gol, cara. Escuta... Você conversou com ela, a professora?

Michelle enrolou no dedo uma mecha do cabelo castanho bem cuidado.

— Falou que vai sempre lá, perguntou se eu estou lendo nas férias, me deu parabéns pelas minhas notas. E você, só joga video game, não faz mais nada? O que tá jogando agora?

— Ahm... *Sniper*. Você só tem que atirar nuns caras, mas tem... estratégia, sabe? Tem que esperar um cara se afastar do resto, matar ele primeiro e ir se aproximando, eliminando um por um sem chamar atenção.

— Posso jogar? — Sem esperar, ela pegou o controle suado dele.

Enquanto Michelle jogava, rindo das cagadas que fazia, aprendendo os comandos e destruindo a campanha de Ian, ele se perguntou se teria coragem de passar um tempo na livraria para tentar encontrar Medeia. *Isso é coisa de* stalker, *é bem ruim*, disse a si mesmo, embora soubesse que não conseguiria dissuadir seu coração.

CARTA 4
Marcas

Eu conheci Otávio quando estava na faculdade. Ele era alguns anos mais velho e já tinha se formado, mas fazia um curso de especialização no meu campus e a gente se via às vezes. Eu comecei a precisar usar muito o laboratório de informática para fazer meus trabalhos e pesquisa, porque não tinha dinheiro para comprar um computador. Morava em um apartamento de cinquenta metros quadrados com a minha mãe, que era depressiva e não saía do quarto.

O Otávio não chamava a atenção por ser bonito. Na verdade, minha primeira impressão dele foi a de ser um cara bem normal, embora tivesse um sorriso grande e encantador. Eu gostava do tom bronzeado da pele dele e do fato de estar em forma, mas ele não era o galã da faculdade. Tinha orelhas um pouco grandes, era baixinho e as sobrancelhas bem escuras e espessas intimidavam um pouco. Parecia-me que elas sempre esconderam seus olhos, que eram recuados, como se houvessem sido empurrados bem para dentro da cavidade ocular. Eram olhos pequenos e pretíssimos, e é estranho eu falar tanto disso, mas são os olhos dele que eu vejo nos meus pesadelos.

Ele gostou rápido de mim. Fazia questão de me ajudar no computador e explicar as coisas de um jeito que não me diminuía, não fazia eu me sentir burra. Ele olhava para mim de uma maneira que excitava e não demorou muito para sairmos juntos e irmos parar num motel, onde passamos a noite alternando sexo e conversa existencial, desesperados para encontrar pontos em comum.

Não pensei que o interesse dele por mim fosse se manter por muito tempo. Cresci com minha mãe falando que, quando uma mulher dorme rápido com um homem, ele perde o interesse nela, por isso eu encarava minha noite com Otávio como uma aventura. Só que ele continuou me telefonando, me levando para sair, e eu fui me envolvendo.

Não ia virar casamento, não passaria de uma brincadeira, mas fomos descobrindo que éramos parecidos, aventureiros — minha mãe nos chamava de "fanfarrões". A gente se apaixonou e se apaixonou feio, Ian. Muito. Perigosamente.

Saíamos para dançar e fingíamos ser outras pessoas. Ele me observava de longe dançando com outros homens, eu o provocava com o olhar e ele se divertia com isso. Inventávamos histórias sobre sermos estrangeiros falando tudo torto, gritando "I love Brraseell" e as pessoas queriam ficar perto da gente, pagavam bebidas, tiravam fotos.

Eu arranjava brigas e me atracava com mulheres que davam em cima dele, puxando seus cabelos, berrando com elas, e, quando éramos expulsos das baladas, caíamos na gargalhada.

Furtávamos coisas em lojas luxuosas só pelo risco.

Uma vez, ele me desafiou a escolher roupas em uma loja e fingir que não tinha dinheiro para pagar. Eu deveria me oferecer para chupar um vendedor em troca da mercadoria. Tremia ao entrar na loja, mas queria estar lá. Eu queria que o homem fosse feio, queria me sentir humilhada e usada e detestar parte daquilo porque achei que me sentiria vitoriosa se fosse difícil. E foi. Dentro de um provador, eu fiquei de joelhos e chupei aquele vendedor até o final, quase coloquei tudo para fora, mas me forcei a engolir. E quando eu deitei a cabeça no travesseiro ao lado do Otávio, depois de comemorar, eu sorri de satisfação e orgulho de mim mesma.

Eu sei que isso não é fácil de ler. Sei que você deve estar me odiando agora, mas preciso que você entenda como era a minha vida naquela época, o quanto eu gostava de ser livre, porque em casa era tudo muito triste: o apartamento estava sempre silencioso, era como morar com um fantasma. Meu pai telefonava uma vez por ano, geralmente no meu aniversário, e só. Eu raramente via a minha irmã. Minha mãe ficava deitada.

Ela saía do quarto para tomar banho só quando eu insistia muito, chorando e implorando. Geralmente uma vez por semana, às vezes duas. Se eu não entrasse junto e lavasse o cabelo dela, ela não lavava. Eu tinha que levar comida até a cama três vezes por dia, mas nem sempre ela comia.

Se eu não tirasse a louça do quarto, tudo ficava lá por meses. Uma vez eu não vi um prato que ela tinha empurrado para debaixo da cama; só o encontrei porque, depois de dez dias, o cheiro ficou tão insuportável que eu quase vomitei ao abrir a porta. Ela nem sentia. Aí, outro dia, eu entrei, abri as cortinas e berrei com ela que não aguentava mais e ela só ficou lá, com o olhar morto virado para a televisão. E naquele dia eu vi que na cama havia algumas b... Aquele bicho. Você sabe do que estou falando.

Antes desse dia, eu não diria que tinha algum tipo de fobia daquele bicho, só nojo. Mas naquele momento alguma coisa mudou, e a imundície daquele apartamento pareceu entrar em mim num nível molecular; eu percebi que não estava só com nojo da sujeira ou da minha mãe. Eu estava com nojo da minha vida.

Eu berrei como nunca. Eu a assustei. Fui até a cozinha, peguei álcool e fósforo e disse que atearia fogo em tudo porque não aguentava mais. Minha mãe sentiu tanto medo que se forçou a sair do quarto, pegar aspirador, balde, rodo e panos de chão, assim como todos os produtos de limpeza que tínhamos em casa. Fez uma faxina no quarto dela chorando e resmungando que eu a estava tratando como uma empregada. Logo eu que cuidava de tudo havia anos enquanto trabalhava e estudava.

Depois disso, por algumas semanas, eu tive paz.

Eu vou resumir os próximos anos porque não temos tanto tempo e tenho coisas mais importantes para lhe dizer.

Eu e o Otávio nos amávamos e decidimos nos casar. Paramos com os jogos sexuais, pelo menos com outras pessoas, e ele foi morar no apartamento comigo e com mamãe. É importante que você entenda: ele também não tinha muita grana. Era filho de gente honesta, como eu, num país onde gente honesta só se fode. Se quiséssemos nos casar, teria que ser só no civil, sem festa. Precisaríamos morar com minha mãe. E a gente não ligava, sabe? Tínhamos um ao outro.

Que ingenuidade.

Já leu os livros que indiquei? Está na hora de agir.

CAPÍTULO 9

Antes

Ian não questionava mais suas ações. Apegava-se à voz do pai, ecoando em suas lembranças, dizendo que homens de verdade corriam atrás do que queriam. Uma vez, a mãe havia dito: "Você e essas merdas de macho alfa. Sabia que isso é tudo balela? Essa merda não se aplica a seres humanos. Você é um chimpanzé, por acaso?". Ian achou curioso, pois a própria mãe se encaixava no que ele acreditava ser "alfa".

Lá estava ele, pela quarta vez seguida, na livraria Pontal, sentado no mesmo pufe, lendo com atenção parcial. Desde que Michelle estivera na sua casa, no domingo, ele não conseguia parar de pensar em se encontrar com Medeia outra vez. Na segunda-feira resistiu, mas na terça não teve jeito. Foi até a livraria com o coração inflamado, ansiando por poder conversar com ela.

Todas as vezes em que uma voz se erguia naquele espaço acarpetado e cheio de estantes de madeira clara, ele olhava para cima procurando por Medeia. O cheiro da cafeteria anexa era agradável, assim como a visão parcial da rua naquele dia ensolarado, através das paredes de vidro. De onde estava, num canto próximo à seção de livros infantojuvenis, ele via o caixa e a seção de papelaria. Deduzia que era o melhor lugar para vigiar a livraria, já que Medeia não iria até lá para sair de mãos vazias.

E se ela só foi naquele dia porque tinha que passar na escola para entregar algum relatório ou documento ou algo do tipo? Estamos longe da casa dela. Ele tentou não desanimar. Lembrou-se com carinho de ter estado no apartamento dela semanas antes. Era um lugar muito pequeno, mas organizado e limpo. Assustadoramente organizado e limpo. Ele tinha a impressão de que Medeia não havia acumulado bens, como todas as pessoas que ele conhecia. Era como se ela só tivesse o suficiente para viver.

Ele tinha certeza de que se abrisse os armários da cozinha, veria só dois pratos, um copo, uma caneca. O lar de um fugitivo.

Besteira, para de inventar que você conhece a Medeia. Ele a conhecia, no entanto. Pelo menos melhor do que seus colegas. Lembrou-se do que vira nos poucos minutos em que estivera dentro do banheiro dela. Uma escova de dentes laranja. Desodorante, perfume, uma caixa de plástico lilás, grande até, que devia conter maquiagens. Ele também se lembrou da calcinha rosa pendurada dentro do box. Seu corpo reagiu, e ele se sentiu idiota. *É só uma calcinha, Ian.*

Ele tentou se concentrar na leitura. Era o terceiro livro policial que lia, talvez para agradá-la, sentir-se mais próximo dela. Era *O falcão maltês*, mas ele estava achando a narrativa meio arrastada, com dificuldade de mergulhar na história. Ele não se importava muito com nenhum personagem, muito menos o detetive Sam Spade. Quando pensava em Brigid O'Shaughnessy, ele pensava em Medeia, embora ela não fosse descrita de forma alguma como sua ex-professora.

Até que horas ficaria ali? Naquela semana, tivera que driblar a desconfiança da caixa, Camila, que no segundo dia perguntou se poderia ajudar com alguma coisa, código para: "Por que você está aqui há três horas?". Ele inventou que precisava ler e em casa não conseguia se concentrar porque tinha um irmão mais novo que fazia muita bagunça. Camila manteve sua vigília desconfiada, mas acabou relaxando quando Ian comprou quatro livros. No dia seguinte, ele fez a mesma coisa, o que garantiu que pudesse ficar transitando entre pufe e cafeteria tranquilamente, por horas, lendo, comendo cookies, tomando café.

Ele olhou o celular. Estava lá desde uma da tarde. Ficaria até as cinco. Deduziu que Medeia preferiria ir à tarde. No WhatsApp, a mãe perguntou onde ele estava, e Ian não mentiu. Tirou uma foto com o livro na mão e a livraria de fundo com a legenda: "Fazendo o que vc mandou: saí de casa". A mãe não perturbou mais, respondendo com um avatar de si mesma fazendo joinha.

E se ele mandasse uma mensagem para Medeia dizendo onde estava? Ela iria até lá para se encontrar com ele? Sentia-se ridículo pelo papel a que estava se prestando. Medeia provavelmente estava saindo com homens da idade dela, de terno e gravata, advogados, empresários... Vendo os apelos de Ian de relance enquanto jantava com eles.

Para Medeia, ele era apenas mais um moleque ridículo com tesão pela professora.

Não existe nada que algum cara possa dar para ela que eu não possa, ele pensou, sentindo de novo o pai perto dele. *Vivem falando de herança lá em casa, e nem pensei nisso, mas eu tenho dinheiro, devo ter. Eu posso comprar uma casa, carros, levar ela para viajar, dar joias.* Será que aquilo funcionaria com Medeia? Ele tinha a impressão de que ela não se impressionaria com aquelas coisas. Tinha a impressão de que ela era do tipo que gostava de conversar e escutava de verdade o que o outro tinha a dizer.

E lá estava ela.

Ian chegou a achar que estava delirando enquanto seu coração dava um salto mortal e seu estômago congelava. Medeia estava lá, passeando distraidamente, presa num mundo só dela, em frente às prateleiras de ficção estrangeira. Na curva do braço, sete livros. Usava o cabelo preso num rabo de cavalo, calça jeans e sapatos baixos. Sentindo a boca seca, Ian se levantou do pufe, a bunda adormecida e as pernas doloridas, sem força. Caminhou até ela tentando sorrir menos e aparentar casualidade.

— Oi, Maria Clara.

A reação dela o assustou. Medeia deu dois passos rápidos para trás, emitindo um som de grito abafado, preso na garganta. Os olhos arregalados levaram segundos arrastadíssimos para identificá-lo e, quando seu rosto mostrou reconhecimento, não perdeu o ar de assombro. Aquilo mandou um recado claro para ele: Medeia sabia que aquele encontro não era uma coincidência e o comportamento dele era intimidador.

— Desculpa, não quis te assustar.

Medeia aos poucos suavizou a expressão, ganhando confiança, ensaiando um sorriso. Olhou para o livro pendendo da mão dele.

— Há quanto tempo está vindo aqui atrás de mim?

— Eu... Eu não...

— Não me trate como uma menina da sua idade. E nunca mais me chame de Maria Clara.

Ele engoliu em seco, mas respondeu, olhos presos nos dela.

— Uns dias. Você não responde às minhas mensagens.

Ela cedeu um pouco, relaxando os ombros. Baixou a voz ao responder.

— Você já sabe tudo o que vou falar. Quantas vezes quer fazer isso?

— O que você vai falar não é suficiente para eu parar. Não faz sentido para mim. Quando você disser que não gosta de mim e que não existe a menor chance de sermos... amigos, aí, sim, eu te deixo em paz.

Medeia sorriu. Pareceu pensar nas palavras e balançou um pouco a cabeça.

— Bom, era só ter me falado que sua intenção era *apenas* amizade e eu teria respondido. Pensei que quisesse outra coisa.

Ian estudou o rosto dela. Estava brincando com ele, não estava? Sendo irônica, forçando-o a responder com alguma coisa que denunciasse que não, ele não estava ali porque queria uma nova amiga. Queria *ela*. Sem saber como agir, Ian apontou para os livros:

— Vai comprar todos?

— Não, eu pego os que eu quero e, no caixa, deixo os preços decidirem.

— Deixa eu te dar esses livros de presente, vai.

— De jeito nenhum.

— Pro... — ele parou. Umedeceu os lábios. — Medeia, não é como se eu estivesse te comprando, é só um presente.

— E eu disse não. Se eu quisesse todos, compraria todos.

— Então toma um café comigo, pelo menos.

Ela mordeu o lábio e desviou o olhar. Ele aproveitou para estudá-la: as sardas de sol antigas nos ombros, a correntinha dourada finíssima no pescoço perdendo-se entre os seios cheios, apertados por um sutiã dentro de uma regata com estampa de oncinha.

— Eu tomo um café, mas é para colocar um fim nessa história de você ficar me mandando mensagem, tudo bem? É a última vez que a gente vai se ver.

Ian não acreditou nela. Algo em seu tom de voz era vacilante, como se ambos estivessem interpretando papéis em uma peça de teatro sabendo que era tudo fingimento. Ele a seguiu enquanto ela caminhava até o caixa e separava os livros em duas pilhas. Comprou apenas três deles, parcelando a compra em duas vezes no cartão de crédito e aceitando a sacolinha com um sorriso forçado. Camila observou enquanto Ian acompanhava Medeia até o café.

Levou um tempo até conseguirem se sentar num canto afastado, iluminado por um spot fraco que criava sombras em seus rostos. Medeia havia pedido um pão de queijo integral e um café enorme, e, ele, um frapuccino de doce de leite e um cookie de baunilha. Cruzando as pernas e tomando um gole de café do copo de papel, Medeia o observava, mas ele não entendeu se a expressão dela era de tédio ou de divertimento.

— Tá gostando de Dashiell Hammett?

Ele levou um tempo para entender que ela se referia ao livro.

— Mais ou menos.

Medeia riu.

— Fica melhor na tela; afinal, é Humphrey Bogart, ele melhora tudo.

— Eu li *O crime da Quinta Avenida* e *Dália negra*.

Ela pareceu surpresa. Tentou cobrir outro sorriso com o copo enquanto bebia.

— E?

— E eu achei o *Crime* muito longo, mas entendo que é um livro de outra época. Eu gostei muito do detetive.

— O Gryce?

— Não, o mais novo, Raymond.

— Não achou ele ingênuo?

Ian encolheu os ombros.

— Achei ele normal, humano.

— Ah, Ian, você vai me matar com esse seu jeito. — Medeia suspirou.

— Que jeito?

— Deixa pra lá. Fala, qual é a sua?

— Eu acho que você sabe. A gente conversou e foi tão legal... Aí você começou a me ignorar, a inventar um monte de motivo pra gente não poder nem se falar direito. E, sei lá, achei que você gostasse de mim. Parecia que gostava quando jantamos juntos no shopping.

— Eu gosto, sim — saiu sussurrado, e ele não conseguiu ver o que estava em seus olhos porque ela baixou as pálpebras ligeiramente pintadas de marrom. — Mas a gente se conheceu quando você era meu aluno e nada vai mudar isso.

— Não sou mais.

— Mas tem uma hierarquia que a gente não pode ignorar.

— Você está falando de relações de poder, não está?

Medeia pareceu triste ao confirmar com a cabeça.

— Mas eu sou rico e você é pobre, isso não equilibra o jogo?

Era óbvio que ela não tinha gostado do tom dele. Ian não tivera a intenção de soar tão prepotente, tão como o pai. Ele só precisava que ela aceitasse que não havia nenhum motivo para eles não poderem passar mais tempo juntos.

— Eu não sou pobre — ela falou, a voz trêmula —, eu só não sou rica. Pelo menos o meu dinheiro é limpo.

Ian sabia que ela tinha razão. Sentiu uma tristeza apertar o peito.

— Desculpa — ele falou com sinceridade. — Eu não tô no meu normal.

— E é por isso mesmo: você está passando por um momento delicado. Está vulnerável, influenciável. Mas não é só por isso. Nosso relacionamento não é ideal, Ian, é exatamente o que eu estou tentando dizer. Você tem ideia do que as pessoas diriam se soubessem que a gente se envolveu? Eu seria tratada como uma...

Ele ouviu a palavra, mesmo que não tenha sido pronunciada.

— Isso não faz o menor sentido pra mim.

— É exatamente esse o problema. — Ela suspirou.

Ele se aproximou dela no sofazinho. Medeia não recuou. Agora ele estava próximo o bastante para que as pessoas olhassem com curiosidade, próximo o suficiente para sentir uma fragrância leve e cítrica emanar dela.

— Se a gente tivesse se conhecido em outro lugar...

Ela baixou os olhos de novo. Falou entredentes, relutante:

— Talvez.

O impulso de beijá-la nunca foi tão forte quanto naquele momento. Ele conseguia imaginar como seria, quase sentia a textura de sua pele se ele tocasse seu braço. Foi naquele momento, bem antes de ela se levantar e ir embora sem nem dizer "tchau", que Ian decidiu que ficariam juntos.

Medeia entrou no box e regulou o chuveiro para que a água saísse quase fria. O calor mexia com os seus nervos, a deixava inquieta.

Chegara em casa sentindo-se esquisita depois do encontro com Ian na livraria. Será que ele sabia que ela ia lá às sextas-feiras? Será que havia calculado até isso?

Foi bom vê-lo, essa era a verdade. Gostava de olhar para ele, de estar perto dele, e, principalmente, de se sentir segura na presença dele. Quando conseguia se desentorpecer, lembrava-se dele na sala de aula. Não seria simplista, Ian não era uma criança; ainda assim, não era um homem.

Ela fechou os olhos e deixou a água massagear seus cabelos e ombros. Fez a promessa de cortar Ian completamente, bloquear seu número, recusar-se a falar com ele. *E é a segunda vez que você se promete isso. Cadê seu autocontrole?*

Medeia desligou a água. Ela amava a sensação de limpeza e o cheiro do sabonete líquido. Enrolou uma toalha no cabelo e se secou com outra depois de examiná-las com cuidado para certificar-se de que nenhum inseto se escondia no tecido felpudo. Seguindo o ritual, passou desodorante, hidratante no rosto e no corpo e borrifou seu perfume de capim-limão com alfazema. Ao entrar no quarto para se vestir, no entanto, enrijeceu os músculos e tentou compreender o que via.

Ela havia deixado a roupa em cima da cama, como sempre. Uma calcinha preta, calças confortáveis de malha fria e uma regata velha que ela se recusava a jogar fora por ser feita de um algodão extremamente macio.

O que é isso?

Na cama, uma das únicas peças sensuais que tinha, um body amarelo de renda, que ela nunca tivera coragem de usar.

Não, não, não! Ela abriu as gavetas e levou a mão à boca para não vomitar. Suas roupas — todas elas — estavam reviradas.

Medeia correu pelo minúsculo apartamento à procura de Otávio, mas ele não estava lá. A porta estava destrancada, e ela virou a chave com dedos que pareciam feitos de papel, sem força, sem peso. Correu de volta para o quarto e girou a chave até o limite. Vestiu-se com as primeiras roupas que encontrou na bagunça, jeans e uma blusa que usava para dar aula, e sentou-se no canto do quarto abraçando os joelhos.

Ele está aqui.

Entrara no prédio usando algum truque ou pretexto, mas como havia aberto o apartamento?

Ela arrancou a toalha da cabeça e a jogou no chão. O que fazer? O cérebro acelerou, percorrendo rodovias perigosas e escuras, insinuando-se por ruelas desconhecidas. Ela bateu o pé contra o piso frio tentando dar ritmo ao nervosismo. Precisava fazer as malas e arranjar outro lugar, rápido. Otávio a aterrorizaria aos poucos, apareceria durante a noite, brincaria com sua sanidade. Não era a primeira vez que ele a encontrava.

Uma mala, você já treinou para isso. Em cinco minutos, consegue jogar tudo numa mala e sair daqui.

Ela tinha dinheiro suficiente para passar uma semana num hotel e uma grana reserva para pegar um voo para algum outro lugar e recomeçar. *Anda logo, Medeia.* Ela se levantou e tirou a mala do armário. Como já havia planejado, as roupas de fuga estavam na gaveta inferior, que continha uma variedade de peças para todas as estações, roupas de baixo, meias e pijama. Próximo cômodo: banheiro. Fácil. Em um minuto, colocou a caixa de maquiagem e seus principais itens de higiene pessoal na mala. Na sala, pegou o envelope plástico com todos os seus documentos, passaporte e certidões, além de quatro mil reais em dinheiro. Seu rosto se virou em direção ao armário. A caixa de metal. *Caso precise*, ela prometeu a si mesma. *Só se realmente não tiver saída.*

Ela pegou a caixa, um pouco maior do que uma de sapatos, e a colocou delicadamente na mala, pedindo desculpas a sua mãe e irmã pelo pecado que estava cometendo.

Quarenta minutos depois, Medeia já estava em um quarto de hotel.

CARTA 5
Otávio

Não demorou para Otávio e minha mãe começarem a se incomodar um com o outro. Nossa rotina era intensa: eu acordava às cinco da manhã, tomava banho e um café rápido e ia para a faculdade de ônibus.

Otávio já tinha se formado e trabalhava em um clube de futebol, na parte administrativa. Antes de sair, eu tinha que fazer o café da manhã da minha mãe, que nunca acordava cedo, e deixar na mesa de cabeceira. Eu estudava no período matutino e saía no horário do almoço. Voltava para casa, cozinhava e a servia de novo. Era nesse horário que eu conversava com Otávio, com saudades dele. Enquanto comíamos, ele na rua e eu em casa, aproveitávamos para falar sobre como o dia estava indo, nossas frustrações e vontades. Às vezes, planejávamos o final de semana.

Depois do almoço, eu ia trabalhar, já fazia estágio em uma escola de Educação Infantil onde eu me envolvia cada vez mais com as crianças, fascinada por seu comportamento e carinho, e pensava na maternidade como algo que me faria completa.

Eu chegava em casa por volta das sete da noite, às vezes mais tarde, e fazia o jantar enquanto assistia à televisão. Pouco tempo depois, Otávio também estava em casa. Era naquele horário, quando ambos estávamos exaustos e só queríamos ficar juntos, que minha mãe começava a berrar do quarto, fazendo exigências que não existiam antes de eu me casar.

"Você é muito trouxa", Otávio dizia, observando-me enquanto eu levava o que mamãe pedia. Ela insistia que queria bolo, então eu fazia bolo. Ela pedia que eu fizesse massagem nos pés dela, então eu fazia. Chorava e dizia que eu não ligava mais para ela, então eu ficava lá, sentada na cama, assistindo à novela com ela enquanto Otávio bufava e resmungava na sala. Ah, é importante dizer que o apartamento só tinha um quarto, então eu e ele dormíamos no sofá-cama da sala.

Também é importante dizer que Aretuza, minha irmã mais velha, já havia desistido de cuidar de mamãe, deixando o fardo para mim.

Otávio fazia questão de dizer que eu me deixava manipular fácil demais. Que era uma "personalidade tipo B", algo que ele vira em alguma palestra motivacional. Eu dizia que só não queria brigar, estava tudo bem, eu não me importava.

As coisas começaram a mudar gradualmente. Minha mãe passou a dizer que não gostava de Otávio, queria que eu me separasse dele. Eu tentava ser conciliatória porque estava no meio daquela situação. Eu amava aquelas duas pessoas e queria que ambas fossem felizes.

Aos poucos, Otávio parou de reclamar da minha mãe e pareceu menos incomodado com ela. Isso era estranho, porque ela só piorava. Sujava cada vez mais o quarto e o banheiro, quebrava coisas de propósito. Eu achava que Otávio surtaria com ela a qualquer momento, mas o comportamento dele era o oposto. Ele até ria das coisas absurdas que ela fazia para irritá-lo.

Um dia, mamãe me chamou no quarto quando ele não estava em casa e disse que Otávio era um homem horrível, que eu tinha que me separar dele. Segundo mamãe, ele estava voltando para casa à tarde, quando eu estava no trabalho, e ficava parado na porta do quarto falando com ela. Eu não acreditei, mas perguntei o que ele dizia.

"Você é um fardo para a sua filha", ela contou, vertendo lágrimas que eu não sabia se eram verdadeiras ou falsas. "Você tem que fazer um favor ao mundo e se matar. Você vai se matar, dona Ângela, porque ninguém te ama e ninguém te quer por perto. Seu marido te largou para ficar com outra, sua primogênita não te aguentou e sua caçula você transformou numa escrava. Se mata, mulher. Ninguém te quer aqui."

Ian, eu não acreditei. Ela repetiu essa história umas mil vezes nos meses seguintes, cada vez mais angustiada, cada vez mais suja e débil. Eu dava banho nela com mais frequência, porque tinha aversão ao seu cheiro e a verdade era que eu não queria mais ficar perto dela. Minha mãe não tinha nenhuma deficiência física, mas sua mente estava doente, deteriorada, e ela se recusava a procurar ajuda. Ela passou a arrancar os cabelos, fio por fio, o dia inteiro, até ter falhas no couro cabeludo.

"Ele veio de novo", ela sussurrava, os olhos ausentes, a mente longe. "Ficou parado na frente do quarto, comendo uma maçã, batendo com os nós dos dedos na porta para criar um ritmo, um tamborzinho. E cantava *a senhora vai se matar, a senhora vai se matar, a senhora vai se matar...*"

E foi durante essa loucura que eu engravidei. Eu achava que um neto iria salvar a minha mãe, transformá-la na mulher sorridente e divertida que eu via nas fotos de família. Fora que, se ela estivesse falando a verdade sobre Otávio, talvez ele fosse menos cruel se ela fosse a avó do nosso filho ou filha. E, Ian... eu nunca vi aquele homem tão feliz. Nunca pensei que ele quisesse tanto uma família.

O Otávio, que antes já era um marido carinhoso, apaixonado e compreensivo, passou a me venerar. Só falava de crianças e bebês, começou a comprar roupinhas e brinquedos assim que meu teste deu positivo, fazia listas de nomes. Eu gostei daquilo, mas, claro, tinha sentimentos ambíguos. Tudo mudaria: minha carreira, minha rotina, meu corpo, minha personalidade. Eu amava o futuro que se abria para mim, mas com menos entusiasmo do que meu marido.

CAPÍTULO 10

Antes

Medeia se sentou à pequena mesa do quarto de hotel assim que voltou do café da manhã. O celular indicava 8h12 do dia 17 de dezembro.

Ao abrir sua agenda, viu a lista do que havia gastado desde o dia anterior. Jantara uma salada com água perto do hotel, comprara algumas frutas, um iogurte e garrafas d'água num mercado, e usara o Uber duas vezes. Pouco mais de 150 reais.

Com o celular na mão, começou sua pesquisa. Precisava arranjar um novo lugar para morar. Tinha que se desligar do colégio Machado de Assis, avisar a imobiliária e pagar uma multa por descumprir o acordo do aluguel. Seria prudente mudar seu visual, cortar e tingir os cabelos, o que seria um pesadelo, porque o preto levava uma eternidade para sair do loiro.

Não era prudente gastar dinheiro com salão de beleza porque não tinha como saber quanto tempo levaria para arranjar outro emprego na cidade nova, mas talvez valesse a pena, neste caso. Tomar sol também seria bom, porque, se Otávio tinha encontrado seu apartamento, estivera a observando por um tempo, conhecia sua nova aparência. Ela precisava mudar tudo o que pudesse. Com um par de grandes óculos escuros e alguns truques de maquiagem, estaria mais segura.

Onde estivera no último mês? Consultando o Google no celular, verificou seu histórico no Maps. Estivera na escola duas vezes, no shopping uma vez, no mercado perto do seu prédio, na livraria nas duas vezes em que estivera no Machado de Assis, no parque para correr, na farmácia a duas quadras do prédio e em casa, apenas. Sentira-se observada no parque, não? Sim, ele estava por perto, estudando-a. Ela conseguia sentir Otávio nas sombras.

Eu preciso ser mais esperta do que você. Medeia mordeu o lábio e digitou: onde morar no Brasil? Jundiaí, Maringá... Não podia ser uma cidade pequena. Ela precisava passar despercebida pelas ruas, ter pouco contato com vizinhos e comerciantes, ser anônima como uma pessoa conseguia ser em São Paulo. Mas ansiava por um lugar mais seguro, onde não estivesse em alerta o tempo todo. *Otávio vai esperar que eu vá para longe de São Paulo, que mude de estado.* Portanto, o ideal seria permanecer perto, mas não o suficiente para ser rastreada. *Ele sabe que eu amo praia, então não pode ser uma cidade litorânea.*

Como queria poder fugir para o exterior. Seu inglês era bom o suficiente para leitura, mas não era fluente. E ela não tinha dinheiro suficiente para algo desse tipo, não ainda. Para as passagens, sim, mas não muito além disso. Mais um ano, talvez, e ela teria conseguido juntar grana para sair do Brasil e viver confortavelmente por alguns meses fora, mas era hora de mudar de planos sem lamentar demais. Mudou sua busca.

"Salões de beleza perto de mim."

Havia um na próxima quadra. Ela telefonou e agendou horário para as onze e meia. Quase infartou quando a recepcionista deu a previsão do valor de uma lavagem, corte, escova e tintura: 650 reais.

"Para tirar o preto do loiro, você não sai daqui antes das cinco da tarde, moça", havia sido a advertência. Ok. Enquanto eles trabalhavam no cabelo dela, ela poderia continuar sua pesquisa de cidades, mapear escolas, buscar imóveis para alugar e desenhar uma estratégia. Como o café da manhã estava incluso na diária, ela havia comido além do limite do seu conforto para não ter que almoçar tão cedo.

Antes de sair do hotel, tomou banho e viu um tutorial de maquiagem no YouTube, imitando as técnicas para aumentar os olhos, contornar maxilar e nariz. Nada que o ex-marido não fosse reconhecer, mas uma garantia de que sairia do salão bem diferente. *O hotel tem uma piscina lá em cima*, pensou, *preciso começar a tomar sol, de preferência amanhã de manhã, se quiser chegar à cidade nova com a pele diferente.* Pensou em quanto devia custar um daqueles bronzeadores em spray.

O dedão parou a um centímetro da tela do celular. Queria escrever para Ian. Não sabia exatamente o que diria, mas pensava em se despedir dele. *O timing foi perfeito*, pensou com tristeza. *Pelo menos agora eu não preciso pensar mais nesse cara, a tentação não vai passar de algo do qual vou sentir vergonha pelo resto da minha vida.* Melhor assim. Não podia vacilar, despedir-se seria burrice. Ela guardou o celular na bolsa, pegou o cartão chave do quarto 312 e caminhou pelo corredor acarpetado até o elevador.

Quando as portas metálicas se abriram, Medeia reconheceu a mulher que estava sozinha lá dentro. Levou alguns segundos para que sua mente associasse as feições ao nome da mulher, mas o que mais a surpreendeu foi que Fabíola Torres também a reconheceu e sorriu para ela.

— Professora Medeia — a mulher falou com uma voz áspera e amigável. — Eu estava a caminho do seu quarto. Olha que coincidência.

O que é isso?

Medeia entrou no elevador, determinada a levar o fingimento até o limite, e apertou o botão para o térreo, o coração se debatendo no peito como um peixe recém-pescado.

— Conheço você? — perguntou, forçando um sorriso.

— Ah, nos conhecemos em abril, quando eu fui até a escola para uma reunião de pais e mestres, mas você não deve se lembrar de mim por isso. — Fabíola estava tão próxima que Medeia sentia cheiro de perfume caro, ouvia o tilintar das pulseiras de ouro. — Você deve me reconhecer por causa do meu falecido marido. Conhecer, você não me conhece *mesmo*. O meu filho, no entanto, é outra história.

Medeia prendeu a respiração e tentou calcular seu próximo passo. O sarcasmo pingava entre os dentes clareados de Fabíola.

— Você disse que estava indo para o meu quarto? — Medeia a encarou.

— Sim, para uma conversa de mulher para mulher, mas parece que você tem outros planos. A maquiagem pesada não está combinando com essa roupa de loja de departamento, aonde vai?

O elevador se abriu e Medeia saiu, inspirando o ar do lobby, apertando o passo, ouvindo os saltos de Fabíola atrás de si no piso de porcelanato.

— Tem um carro me esperando, nós vamos almoçar. — A mulher fazia questão de soar amigável, mas a firmeza na pronúncia de cada palavra enviava uma ameaça clara a Medeia, que respondeu sem olhar para trás:

— Eu agradeço, mas acabei de tomar café da manhã e tenho um compromisso agora.

— Não, meu amor, você tem muito a perder, então nós *vamos almoçar*. Não se preocupe, eu pago.

Medeia parou de andar. Odiava estar com medo. Fabíola a alcançou e parou na sua frente. Tinha uma bolsa branca no ombro que combinava com as roupas claras de adornos dourados.

— Vamos ser elegantes, certo? — Fabíola sorriu, estudando o rosto de Medeia. — Não preciso denunciar você à escola ou ameaçar você com meus contatos, nem forçar você a entrar no carro com a ajuda dos meus seguranças. Podemos ser elegantes e conversar como duas mulheres maduras, não podemos?

— Me denunciar? Eu não fiz nada.

Fabíola desviou o olhar como se houvesse alguém ao seu lado, rindo com ela. Apertou os lábios como para fixar o batom antes de continuar:

— Eu não sou de joguinhos. Não tenho tempo nem paciência para isso. Vamos almoçar e conversar. Não vou pedir de novo, e, vai por mim, você não vai querer me contrariar.

Medeia visualizou suas opções. Não, não queria criar uma cena ali, naquele amplo saguão onde pessoas iam e vinham com celulares e cujas câmeras captavam cada movimento. Fabíola era uma predadora nata, pois viu sua convicção murchar e abriu um sorriso cortês que dizia: "muito bem, me acompanhe", antes de dar-lhe as costas e caminhar até as portas automáticas de vidro. Medeia engoliu o instinto de fugir e a seguiu.

Havia, de fato, um carro esperando do lado de fora. Um sedã discreto, preto, mas que Medeia sabia ser blindado e caríssimo. Um homem que parecia vindo direto da definição de segurança particular do dicionário — grande e calvo, empenhado em fazer cara de mau — abriu a porta traseira e Fabíola deslizou no couro cor de chumbo. Medeia entrou no carro depois dela, sentindo cheiro de aromatizante floral. A porta se fechou com um *thump* suave e, depois de o segurança entrar, o motorista se uniu ao fluxo lento de carros em direção à avenida.

Ficaram em silêncio por alguns minutos. Medeia pensou no que dizer, mas sabia que Fabíola estava conduzindo aquela dança, e um passo em falso poderia colocar todos os seus planos a perder. Havia obviamente colocado um detetive particular ou um capanga para segui-la.

Ela precisava ter calma, antecipar os movimentos da outra. Fabíola comentou, virando o rosto em sua direção como se a paisagem do lado de fora a tivesse entediado:

— Acho que eu deveria ter dado mais carinho a ele. Nunca fui uma mãe muito física, entende? Eu não sou de abraçar e beijar o tempo todo. Acho que isso deve ter feito mal para ele, mas eu nem imaginava o quanto até ver *você*.

— É formada em psicologia por acaso?

Fabíola deixou escapar um riso entredentes.

— E precisa ser? O que um rapaz tão lindo quanto o meu filho ia querer com uma mulher da sua idade? É ridículo.

— Dona Fabíola, eu não sei que tipo de mal-entendido...

— Você acha mesmo que depois do meu marido ter sido assassinado eu deixaria meu único filho passear livremente por uma das cidades mais violentas do mundo sem ser rastreado? Sem estar a par de cada passo que ele dá?

— E onde o seu filho foi que a fez deduzir que eu apresento algum tipo de ameaça para ele?

— Primeiro, ao seu apartamento. Depois, a uma livraria onde passou dias te esperando... olha só para isso.

Fabíola mostrou um iPhone novo em folha para Medeia. Ela reconheceu o momento do dia anterior com uma onda de vergonha. Ela e Ian, tão próximos naquele café. A mulher guardou o celular na bolsa e suspirou.

Medeia esfregou as palmas suadas na legging preta. O silêncio entre elas ficou mais denso. Nem imaginava o que os dois homens no carro estavam pensando sobre ela. Sentia-se exposta, e pior: em perigo.

— Ele nunca namorou sério, o que eu sempre odiei — Fabíola continuou. — Acho que um menino como ele, tão doce, precisa de uma namoradinha. Na Austrália, ele tinha umas quedinhas, e as meninas gostavam dele, mas nunca passou de umas idas ao cinema, coisa de criança. A Michelle seria ótima para o meu filho, porque é inteligente, mesmo não sendo bonita. Tadinha, tem coisa que nem o dinheiro conserta.

Medeia umedeceu os lábios. Sentiu a raiva crescendo dentro de si. Mais uma vez, fazer tudo certinho e seguir as regras não havia adiantado nada.

— Eu nunca toquei no Ian e não vou deixar você me acusar disso — falou, incapaz de refrear seu temperamento. — Seu filho deixou o celular comigo e foi buscar no meu apartamento. Se você controla tudo, sabe que ele ficou lá por menos de cinco minutos. E se ousar me acusar de qualquer coisa, eu abro um processo contra você por calúnia, difamação e danos morais.

Fabíola soltou um assovio e riu.

— Nossa... que corajosa.

— Foda-se esse teatro, dona Fabíola, você tem mais alguma coisa para dizer?

O carro parou num semáforo. A mulher virou o corpo inteiro para ela. O segurança olhava pela janela como se nem estivesse ouvindo a conversa.

— Você sabe exatamente o que eu vou falar.

— Já sei, porque vocês nunca são criativos: "Fique longe do Ian", certo?

— E dizem que os professores de hoje em dia são uns imbecis. Você entendeu direitinho, Medeia. Chegou a hora de partir o coraçãozinho do meu filho e deixar ele ter uma vida normal, dentro do possível.

— Abre a porra da porta.

Fabíola se endireitou no banco e tocou o ombro do segurança. Medeia ouviu um clique macio. Ela puxou a alavanca e a porta se abriu no exato momento em que os carros atrás deles começaram a buzinar. O semáforo estava verde. Correu até a calçada, sentindo os olhos arderem e um ódio cáustico infectar sua mente.

Sentia-se como se todas as pessoas que passavam por ela naquele sábado de sol, naquela rua acinzentada, soubessem o que havia acabado de acontecer. Sentia-se culpada sem ter feito nada de errado, mas o que mais doía era a humilhação. A falta de controle. Haviam praticamente a forçado a entrar naquele carro. As acusações óbvias de Fabíola, feitas na presença daqueles estranhos, eram como facadas quentes em seu peito.

Medeia seguiu de volta para o hotel, desistindo de ir ao salão. Aquilo teria que esperar. Mandou uma mensagem de áudio para Ian Torres.

"Não vem com celular, sua mãe está te rastreando e mandando alguém te seguir. Estou no Blue Tree Premium Paulista, quarto 312."

Ian bateu na porta sentindo uma mistura de nervosismo e ódio. Não duvidava ser verdade: era a cara da sua mãe monitorar seus passos. Nas últimas semanas, ficara surpreso com seu jeito respeitoso, deixando que ele fosse aonde quisesse. *Como eu fui burro.*

Medeia abriu e deu um passo para trás. Ele não conseguiu ler sua expressão. Odiava o fato de ela ser tão difícil de decifrar.

Ian fechou a porta. Era um quarto de hotel agradável e sóbrio, longe do luxo que ele conhecera em suas viagens com os pais.

— Me conta o que aconteceu, por favor.

Medeia se sentou na cama. Estava um pouco diferente, o cabelo num rabo de cavalo ainda meio úmido, mas com muita maquiagem no rosto. Falou sem esconder sua irritação:

— Sua mãe quer me denunciar na escola. Você entende isso? Quando eu falei que nossa relação era imprópria, não estava me referindo à sua idade. Eu te conheci quando você era meu aluno, isso ninguém nunca vai entender ou perdoar e vai foder a minha vida! Eu dependo do meu trabalho para sobreviver e, se eu for processada ou alguma coisa assim, nunca mais vou conseguir dar aula numa escola.

Ele sentiu o coração afundar. Achou que iria gaguejar ao falar, mas a voz saiu forte.

— Me desculpa, eu deveria ter imaginado que ela ia fazer isso, mas não pensei. Sério, me desculpa. Se alguma coisa acontecer, eu juro que dou um jeito...

— Meu Deus! — Ela se levantou e fechou os punhos. — Isso foi tudo que eles te ensinaram? A querer consertar tudo com dinheiro?!

— Medeia, eu não quis dizer isso. Me explica o que você tá fazendo aqui...

Ela balançou a cabeça e fez um gesto estranho. Cruzando os braços, caminhou até a parede oposta e apoiou a testa contra o vidro da janela. Parecia uma criança desolada, olhando a avenida abaixo como se estivesse presa numa torre.

Ian deu dois passos até ela.

— Eu vou dar um jeito nisso. Eu sei que você acha que eu sou como o resto da minha turma, mas tive uma vida diferente, precisei crescer mais cedo, Medeia. Eu tive que mudar de país quatro vezes! Toda vez, me adaptar a um lugar completamente novo, aprender outro idioma, descobrir quem eu era naquele contexto. Você sabe o que é acordar e nem saber onde mora?

— Sei, seu merdinha.

Ele viu o olhar dela cintilando, a mandíbula endurecida. Suas palavras arderam quando ela as pronunciou.

— Você não sabe nada sobre mim. Não me leve a mal, eu não acho que, só porque você é rico, tudo na sua vida foi fácil. Mas você não é o único que nunca conseguiu criar raízes nem descobrir quem era. A diferença é que para você isso foi um efeito colateral numa vida de oportunidades. Eu precisei fugir. Estou fugindo há quinze anos. E se ele me encontrar...

Ela parou de falar. Ian não duvidou do que ela estava falando porque era como se sempre soubesse. Tudo nela gritava sua história. Ela não usava o nome do meio para parecer mais durona nem tingia o cabelo pelo mesmo motivo. Não vivia como uma espartana porque não se importava com decoração. Tudo em Medeia parecia temporário. Antes, em algum porão de seu subconsciente, ele já intuía que ela estava de passagem em sua vida, mas agora entendeu que não era bem isso.

— Me conta.

— Não. — Ela balançou a cabeça. — Essa coisa entre nós dois já foi longe demais. Sua mãe me colocou dentro de um carro com um segurança que tenho certeza de que estava armado e foi bem clara ao me ameaçar, isso porque eu nunca nem encostei em você. Contar o meu passado está fora de cogitação. Eu te chamei...

— Porque você tá puta com a minha mãe. Porque não gosta de ser intimidada. Porque, se vai cortar as coisas entre nós, é porque *você* quer, não porque ela mandou.

Ele viu a transformação no rosto dela. Era respeito? Pela primeira vez? Medeia finalmente estava entendendo que ele não era um moleque? Suas faces estavam avermelhadas e o peito inflava e desinflava enquanto tentava respirar.

É agora.

Ian queria falar que estava apaixonado por ela, mas sabia o que ela diria: ele era jovem demais, estava se enganando, nem a conhecia direito.

Não era verdade. Ian sabia quem era e sabia o que queria.

Ele arriscou. Valia a pena. Com um passo, estava mais perto, e, com um gesto rápido, puxou a cabeça dela para si e a beijou. Ela abriu os lábios de imediato, quase como se o recompensando pela ousadia, mas não foi um beijo afobado. Devagar, saborearam a intimidade daquele gesto, o sabor quente das línguas deslizando, explorando, ao som da respiração profunda e entrecortada um do outro. O beijo era uma declaração de guerra a Fabíola, mas também era como um pacto selado a sangue numa floresta escura.

Medeia lhe deu o sinal verde na escuridão dos olhos fechados, no gemido baixo, sem descolar a boca da dele. Ele sentiu os dedos, mais precisamente as unhas dela, arranharem delicadamente sua cintura, puxando a camiseta para cima. Tudo era turvo para Ian, exceto ela e o quanto ele queria descobri-la. Queria decifrá-la. Queria saber qual era o gosto de sua boceta, a sensação que teria ao enfiar o pau dentro dela, tudo. Seu cheiro, seus poros, os fios de cabelo, esses detalhes estavam em alta definição agora, e ele os consumia com uma urgência assustadora.

Ela estancou, enrijecendo o corpo e se afastando dele, com o olhar preso ao chão e os dedos sobre os lábios, como se pudesse segurar o beijo dentro da boca.

— Melhor você ir — ela falou baixo. — Do jeito que isso tá rolando, eu não vou conseguir parar, e a gente não pode. Eu não posso fazer isso.

Ele procurou algum sinal nela de que fosse charme, mas não era. Medeia estava quase chorando, virando o rosto para longe dele, retraindo-se como se tivesse acabado de cometer um crime. Só que o beijo dela não mentiu. O jeito como sua pele parecia pegar fogo, muito menos. Ela queria aquilo. E o que saiu da boca dele lhe pareceu ridículo, embora fosse seu único pensamento coerente naquele quarto:

— Eu preciso comer você. Eu tô ficando louco.

Medeia estava com os braços cruzados mordendo o lábio superior, os olhos presos na pintura genérica na parede.

— Eu sei. Meu corpo também tá querendo isso. Só que...

— Você tá fugindo.

— Eu tô mesmo. Não posso abrir mão da minha segurança, nem por você.

Ian esticou o braço e fechou a mão no punho dela gentilmente, o que fez Medeia finalmente olhar para ele.

— Eu tenho o esconderijo perfeito.

CAPÍTULO 11

Depois

Quando Ian entrou na sala de estar de sua casa, na manhã do dia seguinte ao seu depoimento, já sabia que estavam esperando por ele. Era um espaço quadrado com quatro ambientes, todo em branco riscado de dourado, do papel de parede bege até o piso de mármore. Tudo parecia ter saído de um palácio grego ou romano — Ian não sabia se havia diferença estética entre eles —, e ele não se lembrava da última vez em que se sentara num daqueles longos sofás ou tocara aquela lareira. Não parecia um lugar feito para ser habitado, e sim um museu, com vasos, ânforas e quadros. O único toque de vida eram as ostentosas plantas nos cantos, incluindo um bambu tão alto que se curvava ao tocar o teto e se estendia horizontalmente por mais um metro.

O advogado estava sentado com as pernas cruzadas, um copo de uísque na mão. Seus tios, Fábio e Murilo, também estavam confortáveis, mas Fabíola estava em pé, inquieta, estranhamente despojada com jeans, uma sandália de salto alto e camisa preta com as mangas dobradas. Eles estudavam Ian de um jeito que o fez sentir como se seus órgãos estivessem do lado de fora do corpo.

— Senta. — A mãe passou a mão no cabelo dele, os dedos massageando seu crânio, e deu um beijo rápido e cheio de ódio em sua testa.

Ian se sentou no mesmo sofá que o advogado, mantendo distância.

— A gente precisa fazer três coisas — o dr. Giovani deLuca começou. — Uma é ter alguém de relações públicas para coordenar sua imagem nas redes sociais. Se essa merda for a júri popular, não são as provas contra você que vão te condenar, é o que eles pensam a seu respeito. Hoje, as pessoas o veem como uma extensão do seu pai, e isso não é bom. Então, vamos ter que mostrar que você e seu pai não se davam muito bem, deixando política de fora. Essa é uma narrativa importante. Ao mesmo tempo, você não pode parecer rebelde. Ninguém gosta de rico revoltadinho.

O dr. deLuca apontou para Fábio.

— Seu tio será sua figura paterna. A gente vai encontrar tudo que é foto de vocês dois juntos e vazar na mídia, incluindo um áudio seu, supostamente de alguns meses atrás, mas que você vai gravar amanhã, desabafando para sua mãe que se sente mais próximo do seu tio do que do seu pai. Assim, sua imagem fica desassociada do falecido. O próximo passo é conseguir depoimentos dos seus amigos e professores falando que você é um cara do bem. Depois vamos seguir essa história do ex-marido da sua professora. Temos que deixar bem claro que você apenas se solidarizou com ela e lhe ofereceu um lugar para ficar pensando na segurança dela. Só isso. Sua mãe falou que tem uma vizinha com quem você estudava na escola e que gosta de você.

— A Michelle — Fabíola falou num tom seco.

— Isso, a Michelle. Você precisa começar a namorar com essa menina urgentemente. Vai desabafar com ela que só estava querendo ajudar a professora. As pessoas precisam acreditar que você nunca se envolveu sexualmente com a vítima.

Como se Ian fosse incapaz de entender o que estavam dizendo, Fábio resumiu:

— A narrativa sobre você tem que ser de um menino de coração bom que, apesar de ter recursos, era humilde e não era próximo do pai. Esse menino quis ajudar uma mulher perseguida por um ex-marido abusivo, o mesmo que a assassinou. Você foi exposto como criminoso por incompetência da polícia de uma cidade pequena. Já fez algum post meio feminista nas redes sociais? O ideal seria algum tweet pedindo justiça por alguma piranha estuprada numa festa ou com a hashtag "respeita as mina", algo assim.

Ian sentiu o almoço na garganta. Não conseguia pensar em seus tweets, muito menos no absurdo que seu tio falava. Estava tentando manter a calma e não pensar em Medeia, mas seu cérebro parecia uma máquina acelerada, fazendo seus pensamentos serem atropelados, incompletos. A mãe dele falou:

— Nossa relações públicas vai vazar as fotos, documentos e tudo de que precisarmos nos contatos que ela tem na mídia e nas redes sociais, o que já vai ajudar bastante, mas a parte mais séria é o inquérito. Tudo que tivermos de provas que reforçam essa narrativa precisa ser coletado, e tudo que desmente nossa história precisa desaparecer agora. Você foi até o apartamento dessa mulher, então temos que fazer uma limpa lá.

— E subornar o porteiro que viu você entrar. Sumir com as imagens das câmeras vai ser fácil, mas, só por segurança, uns quinze mil reais é um bom valor para oferecer. O que vocês acham?

O advogado olhou para os tios. Pela primeira vez, Murilo falou:

— Quinze mil tá bom. É um plano arriscado, mas a gente já fez pior. E tem que ser agora, antes que a Civil de Ilha das Pedras consiga uma ordem judicial para trazer a investigação para cá, entrar no apê da professora, fazer as oitivas com o pessoal da escola e do prédio, essas coisas. Vamos em algum carro desconhecido. Ian, tem alguma coisa no apartamento dela que a gente precisa olhar? Você usou alguma coisa lá?

Ele sentiu a boca seca, mas falou:

— Eu fiquei lá por segundos, só fui para me livrar de uma barata. Eu sei que vocês não acreditam, mas é a verdade. Só toquei na porta do banheiro e talvez na pia, sei lá, mas isso faz uns dois meses.

— Faz a limpa. — Fabíola firmou o olhar no advogado. — E traz os livros dela. O Ian pode ter comprado algum de presente, sei lá. Tira os lençóis e fronhas também.

— Eu não... — Ele começou, mas parou. Queria os livros dela. Queria suas roupas. Não poderia verbalizar aquilo, os mais velhos o analisavam.

— Outra coisa — Giovani falou —, o que você sabe sobre o ex-marido?

Ian balançou a cabeça.

— Quase nada, ela não falava sobre ele. Tipo... ele era louco. Ele ameaçava, perseguia ela, essas coisas. O que tem de prova vai estar no celular dela, mas eu acho que...

Houve um desconforto, mas foi breve. Fabíola esfregou o rosto, suspirou, fez os sons e gestos para mostrar para todo mundo o quanto estava exausta. Ian não sentiu pena dela.

— O celular queimou com ela — a mãe falou, num golpe proposital. — Precisamos de datas, locais, fatos para reunir provas contra esse cara. Qual é o nome dele?

— Otávio — Ian sussurrou, desviando o olhar.

— Não sabe o sobrenome? — Murilo perguntou, angustiado.

— Não sei, acho que ela nunca falou.

Fabíola soltou uma risadinha furiosa.

— Acho que vocês não conversavam muito, né?

Ele ergueu os olhos para a mãe.

— Vai se foder.

— Opa, opa! — Fábio ergueu as mãos. — Pode parar por aí, respeita a sua mãe. Fabíola, calma, porra. Vamos resolver isso, todo mundo aqui quer a mesma coisa.

Ian fechou os olhos com a sensação de que iria explodir.

— Todo mundo quer o dinheiro do meu pai, simples assim. Não é por isso que você tá comendo minha mãe?

Por um segundo, Ian quase riu. As caras deles eram um espetáculo à parte. Mas sua mãe deu um passo à frente e acertou um tapa em seu rosto que o deixou tonto.

No silêncio que despencou sobre eles, o garoto quase ouviu o eco que o tapa deixara no ar. Um som estalado, frio. Sua bochecha pegou fogo rápido, e, por alguns instantes, as lágrimas embaçaram sua visão do mundo.

Quando finalmente conseguiu enxergar, Fabíola estava se ajoelhando em frente a ele, segurando o rosto dele com as mãos, os olhos também lacrimejando e o queixo trêmulo enquanto falava.

— Você quer ser preso? — A voz dela era baixa, vacilando entre um sussurro e um lamento. — Faz ideia do que acontece comigo se você for preso? Eu me mato, Ian. — Ela enrugou o rosto e ele viu as lágrimas escorrerem até o queixo. — Eu te amo mais do que qualquer coisa no mundo. Você não faz ideia do quanto eu te amo, do quanto fiz por você. Eu insisti para que fosse criado longe daqui para não ter que viver no meio de toda a podridão que era a vida política do seu pai. Passei a vida inteira querendo que você fosse feliz todos os dias e lutei para acumular tudo o que a gente tem para que você nunca, nunca tivesse que se preocupar com o seu futuro, e você joga tudo isso no lixo por causa de uma mulher?

Fábio tentou colocar a mão no ombro dela, mas ela soltou um "Não toca em mim", e ele recuou, trocando um olhar cansado com o irmão e o advogado.

Ela se levantou e foi até o sofá, onde enterrou o rosto nas mãos e chorou.

Ian quis ir até ela e abraçá-la e falar que também a amava, mas estava petrificado, confuso demais para conseguir agir. O rosto ardia e a dor era nova. Seus pais não costumavam bater nele.

— Ian, estamos indo para o apartamento da Maria Clara — Giovani anunciou, sóbrio, como se nada tivesse acontecido. — Tem alguma coisa lá que você quer que a gente recupere? Última chance.

— Não. — Ele se recostou no sofá olhando para as mãos.

— Vá dormir, garoto — Murilo falou mais suavemente. — Amanhã a gente tem trabalho pra caralho. E me escuta: não tem quase nada de prova real contra você, tudo é circunstancial. Se a gente conseguir contar uma boa história, você vai sair dessa.

Ian viu o tio tirar algo do bolso e entregar para Fabíola; com o rosto manchado de maquiagem e aos soluços, ela mandou goela abaixo e virou o resto do uísque de Giovani. Assim que Murilo e o advogado saíram, Fábio tentou consolá-la acarinhando suas costas, sussurrando algo em seu ouvido. Ela se levantou e saiu da sala, os saltos batendo contra o mármore, desaparecendo do campo de visão de Ian.

Fábio o encarou por alguns segundos, mãos nos bolsos.

— Vai dar tudo certo.

Quando ele percebeu que Ian não diria nada, foi atrás da mãe dele.

Miro se debruçava sobre a proteção de ferro da balsa que levava a Ilha das Pedras. O vento estava forte e aliviava um pouco o calor do fim de tarde. Via algumas pessoas dentro dos veículos, com os pés apoiados no painel ou tentando manter sob controle as crianças no banco de trás. Algumas passeavam do lado de fora como ele, mirando o mar, ou tiravam fotos com os dedinhos em "v". A balsa era pequena, contava com apenas um balsista, embora a travessia levasse vinte minutos.

Ele raramente saía da ilha. Havia anos tinha poucas coisas para fazer fora da cidade e não sentia a mínima vontade de estar em qualquer outro lugar. Agora, voltava com o gosto amargo da derrota. Não conseguira nada em São Paulo. Obviamente, alguém havia feito uma limpa no apartamento alugado de Maria Clara Muniz. Ele não encontrou nada além de algumas roupas de cama, mesa e banho, umas trinta peças de roupa, todas reviradas dentro de gavetas abertas, e alguns objetos, como livros, itens de papelaria, pastas com recibos e documentos de pouca importância.

A perícia confirmou que alguém havia limpado todas as maçanetas, torneiras, manivelas e vidros do apartamento, além de ter forçado a fechadura para entrar. Mesmo assim, havia colhido impressões digitais e levado para comparação. O lixo do banheiro havia sido removido, e o cesto, lavado. Na porta da geladeira também não havia impressões. Os peritos da científica levaram alguns itens, mas duvidavam de que encontrariam algo, tudo estava lavado. Ele conversou com os porteiros, que não abriram a boca. Sobre Maria Clara, disseram apenas que era quieta, porém educada, e não falava com ninguém. Não a viam desde o dia 16 de dezembro.

Ele conversou com todo mundo, colhendo depoimentos inúteis de outros professores da escola, coordenadora e diretora, assim como comerciantes da padaria, mercadinho e farmácia próximos ao apartamento. Conversou por telefone com uma mulher da imobiliária que administrava o apartamento, e ela só disse que Medeia pagara o último mês com multa, afirmando que estava se mudando e não teria mais uso para o lugar. Pagava em dia, mas, fora isso e seus documentos, não sabiam muito sobre ela.

Miro podia dividir as testemunhas de caráter exatamente nestas três categorias: aflitas, curiosas e tristes. As aflitas eram a coordenadora e a diretora da escola, uma das mais caras do país, que não queriam que o nome do colégio fosse divulgado na mídia e muito menos que houvesse qualquer indicação de que houvera um relacionamento de natureza sexual entre uma professora e um aluno. *Tarde demais*, ele pensara.

Silvia, a coordenadora, estava tão tensa quando Miro a abordou que pediu para ir ao banheiro e ficou ali por quase dez minutos. Quando voltou, apertava folhas de papel-toalha contra o rosto suado.

"Nunca, nunca vimos ou imaginamos nada", ela dissera gaguejando, desviando o olhar. "Eu não sei como isso é possível, a Medeia era nossa professora mais organizada e certinha. Vocês têm certeza de que era ela?"

A diretora foi mais objetiva, mas não conseguiu esconder a tensão no corpo rígido, nos olhares para o advogado da instituição. "Estamos prontos para colaborar com qualquer coisa, mas já adianto que não aconteceu, nunca, nada impróprio nas dependências do Machado de Assis. Todo ambiente tem câmera e nunca vimos nada. Monitoramos todas as salas de aula, e, se um professor se aproxima de um aluno, nós já ficamos de olho; eu garanto que nada disso aconteceu."

Miro gostou mais de conversar com os professores e colegas de turma de Ian. Era consenso entre eles: Medeia jamais se envolveria com um aluno. Um dos colegas da falecida ousou murmurar que ela parecia até frígida, e outro perguntou: "Ué, Medeia não era lésbica?".

Já os alunos se dividiram. Miro pescou as pérolas na memória:

"Ela era chata, eu precisava de meio ponto para passar direto e ela não deu."

"A 'sora era a mais legal da escola, acho que essa história aí é mentira."

"Ela nunca nem falou com o Torres em aula, se trocou duas frases com ele foi muito. Essa história tá muito mal contada."

"O Ian é gente boa, na dele, caladão... Mas nunca se sabe, né?"

"Se ele matou alguém eu não sei, mas se comeu a fesora, é sortudo pra carai."

O único depoimento que deixou Miro em alerta foi o de Michelle Zamboni. Ela morava no mesmo condomínio que os Torres, e seu pai era um executivo de uma das maiores empresas farmacêuticas do mundo. A menina parecia transtornada com o caso e concordou em conversar com Miro, que tentou não parecer impressionado com sua casa. Ela, a mãe e uma advogada o receberam num terraço, e não levou dois minutos para uma empregada, uniformizada, colocar uma bandeja de prata na mesa com chá, café e uns biscoitinhos amanteigados que derretiam na boca.

Michelle chorou ao falar de Ian. Ele era um dos seus melhores amigos e não faria mal a uma mosca. Já Medeia parecia ser uma mulher manipuladora e "meio cheia de segredos". Não, Michelle nunca desconfiara de algum envolvimento entre os dois, e, sim, com certeza Ian teria contado para ela se alguma coisa estivesse acontecendo.

"Então o Ian nunca mencionou que estava ajudando a professora?", ele perguntara, e naquele momento Michelle ficou quieta. Pareceu pensar profundamente antes de dizer: "Eu acho que ele mencionou algo assim um dia quando estávamos jogando video game. Não me lembro bem, porque estava concentrada na partida, mas ele falou alguma coisa sobre estar ajudando uma mulher com um ex tóxico".

Miro sabia quando alguém estava mentindo para ele. Michelle estava mentindo. A surpresa veio quando ele tentou enxergar através daquela rachadura na entrevista dela, inclinando-se para a frente, olhando bem para aqueles grandes olhos castanhos e dizendo: "Sabe que é crime mentir para mim, não sabe?". Michelle não vacilou, como se de repente tivesse acreditado na própria história. A advogada interferiu, mas Michelle manteve o olhar firme e respondeu: "Eu não tenho por que mentir. Eu só não lembro dos detalhes".

Ou sabe que vai se safar de qualquer coisa na vida, por causa do papai, ele pensou, amargo. As ondas rolavam debaixo da balsa, criando uma vibração intensa sob seus pés. Ele gostava do cheiro do mar, sempre gostara. Era salgado e orgânico e sujo. Miro deixou os olhos pousarem no horizonte, na linha que dividia o mar turvo do céu limpíssimo de verão.

Antes de sair do condomínio onde Michelle morava, ele se perdeu deliberadamente, passeando devagar pelas ruas de pedras octogonais, observando as buganvílias e o esplendor da folhagem daquele oásis. As casas eram distantes umas das outras, uma mais opulenta do que a anterior. Eram construções prepotentes, ora clássicas, com colunas e detalhes em pedras, ora minimalistas, parecendo blocos de concreto. O GPS falou baixo: "Você chegou ao seu destino", e Miro parou o carro.

A casa dos Torres era mediterrânea, larga e baixa, de dois andares. De onde estava, ele via varandas em abundância e muitas plantas abraçando a construção em tons quentes e portas e janelas de madeira. Ele imaginou que por trás dos portões devia haver um quintal enorme levando à entrada e um maior ainda nos fundos, onde ele veria uma piscina de proporções olímpicas, fontes e palmeiras. Mas não daquela vez. Ainda não era hora de fazer uma visita. Ele precisava encontrar as lacunas nas histórias contadas para saber quais perguntas fazer a Ian Torres.

A perícia encontrara ossos humanos, portanto, já tinham a prova material de que o crime havia ocorrido. Miro ainda aguardava o laudo definitivo da perícia de DNA, mas não havia mais dúvidas: Maria Clara Medeia Muniz fora assassinada. O relato de Ian não negava o crime, negava apenas que ele era o autor. E o depoimento do vizinho confirmava: Maria Clara estava dentro da casa, deitada no chão, imóvel e sangrando quando a residência queimou. Se não morrera com o ferimento, teria morrido com o incêndio. Cada vez mais, as coisas estavam se complicando para Ian.

A balsa se aproximava de Ilha das Pedras. Miro andou até seu Citroën e entrou no carro, ligando o ar-condicionado no máximo. Enquanto esperava as pessoas voltarem aos seus veículos e a balsa atracar, ele pensou na vítima.

Até onde conseguira pesquisar, Maria Clara Muniz não tinha parentes próximos. Nascera em Bento Gonçalves, no Rio Grande do Sul, e crescera lá. Mudou-se para Porto Alegre na adolescência, quando os pais se separaram e ela escolheu morar com a mãe. Casou-se muito jovem, aos 22, com Otávio Feffer, e Miro também encontrara um registro de divórcio em 2006. Maria Clara tinha trinta anos quando se separou do marido. O pai havia sumido do mapa, a mãe morrera. A única irmã falecera de AVC alguns anos antes; ou seja, ela não tinha ninguém. Quem iria ao seu funeral?

Após o divórcio, Maria Clara trabalhara numa escola particular em Porto Alegre por dois anos. Depois disso, ela desapareceu. Miro estava tentando puxar seus registros em tudo que era banco de dados federal.

No colégio Machado de Assis, ele conseguiu o número do PIS e já havia pedido, junto ao Ministério do Trabalho, uma relação dos lugares onde trabalhara. Sabia que se mapeasse a vida de Maria Clara, seria mais fácil entender o caso. Lenir não estava gostando, mandou que ele focasse em reunir provas contra Ian Torres.

"Alguém sempre vê alguma coisa", ela dissera. "Corre atrás que tu acha."

O celular vibrou e Miro abriu a mensagem de Lenir:

"Científica encontrou um chapéu de Papai Noel na praia, a poucos metros da casa. Vão procurar fios de cabelo, mas essa parte da história tá mal contada. Ou melhor: não contada."

Miro enrugou a testa. Ian não tinha falado nada sobre um Papai Noel, mas até aí, fosse quem fosse, poderia ter trocado de roupa. A casa vizinha ficava longe da deles. Para o outro lado não havia residências, e a próxima propriedade era um resort, a mais de três quilômetros. Será que o moleque estava falando a verdade? Havia mais alguém na casa na noite do crime?

Miro bateu palmas no portão pela terceira vez, mas ninguém apareceu. Estava no pior bairro da ilha, na rua Jurutis, onde morava a ex-mulher do caseiro dos Torres, Ciniro Santos. Miro ainda tinha uma longa lista de pessoas para interrogar: Fábio Torres, as empregadas Magda, Luzinete e Rosa, mais amigos de Ian e o caseiro, cujo nome foi voluntariamente oferecido por Fabíola Torres.

Que dia. *Tá acabando, Miro.* A viagem, cedinho pela manhã, até São Paulo, até que tinha sido boa. Aproveitou que a maior parte dos entrevistados morava perto da escola e, depois do almoço, conseguiu ir até o apartamento da vítima, que ficava mais longe. Depois, mais três horas de viagem de volta. Miro perguntou-se se o cansaço vinha da idade ou da sua nova "condição", mas logo afastou o pensamento. Não queria ter que lidar com aquele peso agora.

Miro estava prestes a ir embora quando a porta da casinha se abriu. O sol já ensaiava seu recolhimento, e ele precisou apertar as pálpebras para enxergar a mulher que arrastava os chinelos até o portão. Baixinha e de cabelo preto escorrido, espetado nas pontas, ela usava um vestido florido marcando os excessos de gordura em um corpo que um dia havia sido esbelto. Parou a um metro dele com um "pois não?".

— Boa tarde, o Ciniro tá por aí?

— Tá não, não vejo o Ciniro há mais de uma semana, meu senhor.

Miro gesticulou para que ela se aproximasse do portão, coisa que ela não fez. Em momentos como aquele, ele não sabia identificar se sua cor tinha algo a ver com a atitude alheia ou se ele estava se precipitando. Era algo que ele nunca conseguia discutir direito com Teresa. Para a irmã, tudo era racismo. Miro não queria pensar assim. A mulher do outro lado do portão tinha medo dele por ser homem, por ser um estranho ou por ser preto? Ou era um conjunto de todos aqueles fatores? Teria medo dele se ele fosse branco?

Ele tirou o distintivo do bolso da calça e o ergueu, com medo de se afeiçoar demais à autoridade que aquele pedacinho de metal lhe conferia. A mulher não gostou e cruzou os braços.

— O que Ciniro aprontou, seu guarda? Foi cachaça?

Seu guarda. Miro sorriu.

— Dona...?

— Alessandra.

— Dona Alessandra, eu sou investigador da Polícia Civil. Meu nome é Miro Paixão. O Ciniro não está encrencado, só que ele é caseiro para a família Torres e precisamos conversar com ele sobre o que aconteceu lá.

— É a casa que pegou fogo? Onde a mulher morreu?

— Isso mesmo. Agora me passa um telefone ou um endereço onde ele possa estar, porque é importante conversar com ele.

— Eu vou anotar o telefone dele pro senhor. Quer entrar? Aceita um café?

Ele negou com a cabeça. Enquanto a mulher entrava na casa, o celular dele vibrou. Ele atendeu sem conferir o número.

— *Paixão, tá onde?* — Era Lenir.

— Tentando achar o caseiro dos Torres, Ciniro Santos.

— *Perícia encontrou uma faca nos escombros do deque da casa. Faca de cozinha, cabo preto, dessas pesadas e caras de cortar legumes. Tão levando para análise.*

Pelo menos um progresso, ele pensou, sentindo o otimismo voltar. Podia muito bem ser a arma do crime. Ele imaginou Ian discutindo com a vítima, esfaqueando-a e fugindo. No deque, ele percebe que ainda está com a arma na mão e a larga lá mesmo.

Mas e o fogo, Miro? A casa já estava em chamas quando ele a esfaqueou? Isso não fazia sentido. Ele pegou o pedaço de papel que Alessandra esticava pelo portão. Despediu-se de Lenir e digitou o número de Ciniro, o que obviamente deixou Alessandra surpresa.

A chamada caiu direto na caixa postal. Preparado, Miro tirou do bolso um documento simples, mas que oficializava a intimação.

A Exma. Senhora Delegada de Polícia Civil abaixo nomeada, ou seja, Lenir Bruscatto, na forma da lei etc. e tal, mandando qualquer Investigador de Polícia da delegacia dela, em seu cumprimento, intimar Ciniro Santos, no endereço tal, a comparecer na data de tal a tal hora na delegacia de Ilha das Pedras a fim de prestar declarações/depoimento, em que figura como vítima Maria Clara Muniz, sob penas da lei.

— Isso é um mandado de intimação, a senhora vai assinar um recibo que vou te dar e entregar isso para o Ciniro quando ele aparecer. Tenta manter ele aqui e me liga na hora, tudo bem?

Alessandra se assustou ao ler a intimação, mas assinou o recibo devagar. Ela ficou lá, com o papel na mão, observando Miro entrar no carro.

CAPÍTULO 12

Antes

Medeia encontrou os óculos escuros na bolsa e os colocou no rosto. Ian dirigia ao seu lado havia cerca de três minutos, e ela sentiu um estranho conforto em estar naquele carro com ele. Depois de uma conversa complicada, cheia de objeções e questionamentos, ele destruiu cada argumento que ela usava para não ir com ele à casa da família Torres em Ilha das Pedras. Ela deixou-se vencer porque sentiu, no fundo, que precisava daquele tempo, nem que fosse para planejar seus próximos passos com calma.

Depois que concordou com a viagem, Ian a deixou para fazer as próprias malas e buscar o carro em que iriam para Ilha das Pedras. Quando ele chegou, trazendo seu Golden Retriever no banco do carona, Medeia não pode conter o sorriso que se formou em seus lábios.

— Pergunta. Tá na sua cara que você quer me perguntar — falou ela quando pegaram a estrada, olhando para ele, tentando se incomodar menos com o sol que batia no para-brisa.

— Eu só queria saber mais sobre ele. E vocês. Não acho que tem obrigação de me contar, mas queria que você... que se sentisse segura para me contar.

Ele ficava bonito dirigindo. Medeia gostava de ver homens fazendo coisas consideradas masculinas pela sociedade. Sabia que suas alunas, feministas ferrenhas, ficariam revoltadas com isso e, até certo ponto, estariam certas. Medeia amara dirigir quando era mais nova e manobrava carros de qualquer tamanho melhor do que os homens que conhecia. Por muitos anos, morou sozinha, aprendendo a nivelar e pendurar prateleiras perfeitamente, trocar a resistência do chuveiro, furar qualquer tipo de parede e consertar pequenos eletrodomésticos. Era uma excelente pintora de paredes. Mesmo assim, talvez pela criação ou pela geração, ela gostava da forma como os homens giravam os volantes com a palma aberta ou investigavam motores. *Pega minha carteirinha de feminista da terceira onda*, ela pensou, *eu não a mereço*.

— Eu me sinto segura — ela falou, sendo sincera. — Só que estou fazendo isso há muito tempo. Já aprendi que não adianta, que não muda nada. Já me acostumei a desabafar com amigas e com homens que pareciam apaixonados de verdade e ver dois tipos de reações que me irritam profundamente.

— E como eles reagiam? — Ian estava tenso, embora tentasse disfarçar.

— Em primeiro lugar, com incredulidade. Na cabeça deles, quando uma mulher foge de um ex é porque ele é extremamente violento. Quando eu conto para as pessoas o tipo de coisa que Otávio fazia, elas começam a achar que estou inventando. Como se eu tivesse criatividade para inventar alguém como ele...

Ian a encarou por dois breves segundos, depois voltou o olhar para a avenida. Era uma viagem de quase três horas até Ilha das Pedras.

— As que acreditaram passaram a me encarar como um projeto, alguém que tinham que proteger e salvar do lobo mau. Nunca deu certo. As pessoas não estão prontas para o tipo de homem que o Otávio é. Ele desarma todo mundo, justamente porque não corresponde às expectativas.

— Então só me conta de uma vez, eu vou acreditar em você.

— Pra quê? Se a gente pode ficar junto sem isso? Sem ele?

Eles não precisavam mais fingir, não depois daquele beijo no hotel. Sabiam que não teriam como escapar um do outro ao chegar na ilha. Que iriam para a cama assim que entrassem na casa. Pensar nisso a fazia se sentir ansiosa e, às vezes, ela se flagrava sorrindo, repreendendo-se logo em seguida, travando uma batalha interna que nunca levava a nada. Ela via a mesma antecipação no olhar de Ian. Só queria que ele parasse de falar no Otávio.

— Tá bom. — Ian suspirou. — Não vou forçar a barra.

Medeia olhou para o banco de trás, onde o lindíssimo Golden Retriever de Ian estava sentado obedientemente, encarando-a com a língua de fora. Ela sorriu para o cachorro.

— Você é lindo, sabia?

Ele pareceu entender.

— Se ele não viesse, minha mãe ia pirar, ela acha que somos "irmãos". Ela não faz ideia de que tô indo pra ilha, não se preocupa, ninguém vai te achar. E... depois que eu te mostrar tudo lá, eu volto pra São Paulo e te deixo em paz.

Ela sorriu e disfarçou. Sabia que não havia a menor chance de isso acontecer, mas ficou grata por ele se mostrar aberto à rejeição que ela nunca seria forte o suficiente para causar. Falou, observando-o:

— Você não precisa voltar hoje. Descanse, pelo menos. Amanhã você volta.

Ian assentiu.

— A única pessoa que vai saber que você tá na casa é o caseiro. Mas tá suave, depois eu dou uma grana pra ele, peço pra não contar pra minha mãe.

— Aham. Tudo bem.

— Eu sei que você não gosta de sentir que alguém tá te fazendo um favor. Eu não queria que parecesse isso.

— É um favor, Ian, mas tá tudo bem. Eu preciso disso.

Por um tempo, eles ouviram música. O sol ficava mais forte, Bitcoin insinuava-se entre eles e eventualmente acabou indo para o colo de Medeia, que riu, deliciando-se com seu peso, seus pelos. Abriu a janela para que ele curtisse um pouco a viagem, forçando Ian a desligar o ar-condicionado.

Mais relaxado, ele falou um pouco sobre a cidade.

— Não tem muita coisa para fazer lá, é bem pequena a ilha, mas tem uns passeios marítimos, um aquário, uma feirinha hippie e alguns restaurantes legais. E, se você não quiser, nem precisa sair da casa.

— A gente podia passar num mercadinho antes. Assim eu faço o jantar e já tenho tudo para os outros dias.

— Claro.

— Eu insisto em pagar.

— Medeia... deixa disso.

— Eu preciso ter a sensação de que pelo menos um pouco de tudo isso está sob meu controle.

Ele concordou a contragosto, cobrando um preço caro ao perguntar:

— Há quanto tempo você tá vivendo assim? Fugindo desse cara?

— Digamos que quando eu comecei você ainda era criancinha.

— E é assim que você quer passar o resto da sua vida?

Medeia sentiu o sangue esquentar, mas se refreou antes de responder.

— É curioso que você fala como se eu tivesse escolha. Vai falar "mas é só denunciar", como se eu e mais um bilhão de mulheres já não tivéssemos tentado isso, sem nenhum resultado. Olha, eu me acostumei, essa é a verdade. Não, eu não gosto de viver assim, sem amigos, sem namorado, sem conforto, sem prazer, sem nada... Só que eu nem sei mais como viver normalmente. Eu não sei mais criar conexões, me sentir em casa, fazer planos de longo prazo, não sei mesmo.

Quando ele caiu em silêncio mais uma vez, ela decidiu se calar. Afagou Bitcoin, agora totalmente à vontade em seu colo e com a cabeça para fora. Adoraria ter um cachorro como aquele, mas nunca tivera coragem de adotar um bichinho — sabia que o coitado seria um alvo óbvio demais para Otávio; além disso, precisava poder viajar sem amarras, a qualquer momento, de ônibus, avião ou trem, um pet era inconciliável com esse estilo de vida. Uma pontada atravessou seu diafragma quando se deu conta mais uma vez de quantas coisas havia sido privada por causa do ex-marido.

CARTA 6
Finada

Minha mãe cometeu suicídio numa manhã de março. O IML teve que fazer uma verificação de óbito e constatou que aconteceu pouco depois das sete da manhã. Então, eu fico imaginando que ela acordou, pensou na vida e achou que não valia a pena continuar. Ela não me deixou um bilhete nem nada. Quer dizer, tirou a correntinha que usava no pescoço desde que eu me lembrava e a colocou na mesa de cabeceira. Eu acho que foi para mim. Uso até hoje. Você sabe de qual estou falando.

Sabe que existe uma diferença de classificação entre pessoas que tentam o suicídio e pessoas que conseguem completá-lo? Porque as que tentam usam recursos menos letais, como cortes e a ingestão de drogas. As pessoas mais comprometidas com o suicídio preferem métodos mais letais. Elas se enforcam ou dão tiros no próprio rosto. Homens são mais violentos, mulheres tendem a usar medicamentos. As pessoas tiram os sapatos antes de se jogarem de prédios.

Quando eu cheguei em casa para almoçar, estava pensando em fazer comida só para ela, porque estava enjoada. Não acredite naquela balela de enjoo matinal. Eu enjoava à tarde e à noite, nunca de manhã. Acho que um dia você vai ter filhos com uma mulher legal. Respeite os enjoos dela, tá? Não é teatro, não é frescura. Eles são reais e são um porre.

Aí eu entrei em casa e imediatamente soube que alguma coisa estava errada ali dentro. Eu sabia, pelo cheiro, que a porta do quarto estava aberta. Aquilo piorou meu enjoo. Minha barriga se contraiu, minha boca salivou. Caminhei até o quarto, devagar, porque sabia que ia encontrar alguma coisa muito feia. E aí eu vi minha mãe.

Estava na cama. Acho que minha mente apagou muito do que vi, mas lembro do cheiro. Ela tomou uma quantidade absurda de remédios — não apenas os dela, mas todos disponíveis no apartamento — com quase uma garrafa inteira da vodca do Otávio. Deu voltas e mais voltas de Silvertape na boca, não gosto nem de imaginar o motivo, acho que foi para não conseguir tirar, mesmo se vomitasse. Eu acho que foram vinte... foi o que legista disse depois. Ela estava suja de fezes e urina, e o cheiro se apegou ao meu corpo.

Eu não tenho orgulho disso, mas depois que a ambulância veio retirá-la do apartamento, horas e horas mais tarde, enquanto o Otávio estava lá embaixo conversando com a equipe médica e verificando o que a gente ia precisar fazer, eu corri para o banheiro enojada e tomei banho por uma hora e meia.

CAPÍTULO 13

Depois

Ian não gostou do olhar de pena e simpatia no rosto bolachudo de Michelle. Ele estava sentado em uma das espreguiçadeiras, com os braços cruzados, perdido em seus pensamentos sobre Medeia. O sol estava especialmente forte naquela manhã e a água da piscina era convidativa, mas ele não conseguia forçar movimentos suficientes para entrar. Queria tirar a camiseta, porque estava suando, mas até isso parecia uma tarefa hercúlea.

Não que ele desgostasse de Michelle. Ela havia sido uma boa amiga quando ele se mudou para aquele condomínio, ainda com saudade de sua escola e dos amigos em Melbourne, ainda inseguro sobre sua adaptação ao Brasil depois de ter morado no exterior desde criança. Foi Michelle que explicou para ele como as coisas funcionavam na escola e o ajudou com muitos trabalhos e lições. Só que ela estava lá como resultado de alguma armação de Fabíola com o advogado, e disso ele não gostava.

— Oi, Ian — ela falou ao se aproximar. Usava uma saia curta e uma camiseta com a marca americana escrita em strass. Era fácil imaginar a mãe dela comprando a peça no Sawgrass Mills durante a rotineira viagem a Miami.

Ele murmurou um cumprimento enquanto Michelle se sentava na espreguiçadeira ao seu lado. Ela espremia as pálpebras para observá-lo. Era a primeira vez que se viam desde a morte de Medeia. Ian sabia que ela já devia ter prestado depoimento e que já lera tudo sobre o crime nas redes sociais, assim como os outros colegas de classe.

— Sua mãe me pediu para vir — ela disse delicadamente. — Minha mãe nem sabe que estou aqui, ela me mandou ficar longe de você até tudo isso... você sabe... acabar. É verdade?

— É verdade o quê?

— Que a professora e você estavam tendo um caso?

Ele fitou a piscina, a água parecendo um monumental bloco de gelatina azul devido ao ar estagnado e à falta de vento.

— É, é verdade.

Ela soltou um suspiro de surpresa.

— Meu Deus, eu sinto muito, mesmo.

— Valeu — ele falou devagar, sem querer ser indelicado com ela.

— Não, Ian. — Michelle colocou a mão no braço dele, e ele precisou virar o rosto para encará-la. — Você deve estar se sentindo tão usado. Isso é horrível.

— Do que você tá falando?

— O que ela fez com você é imperdoável.

Ian descolou as costas do apoio e virou o corpo, de forma a ficar de frente para Michelle. Ele entendeu o que viu no rosto dela, e a raiva, que agora estava sempre com ele, como algo costurado ao seu corpo, fez seu sangue esquentar.

— Ela não fez nada comigo. A gente se apaixonou.

— Ian, não é bem assim. — Michelle estava incomodada, quase enojada.

— Eu não aguento mais isso. Uma mulher morreu, porra! Ela era uma pessoa boa e morreu porque o filho da puta do ex não conseguiu aceitar que ela não queria mais ficar com ele. Você era a primeira a encher o saco nas aulas, cheia de lição de moral sobre feminismo, e agora tá aqui culpando ela, logo ela, a vítima!

Michelle arregalou os olhos e colocou a mão no peito. Parecia prestes a chorar. Ian odiava magoá-la, mas não deixaria ninguém falar mal de Medeia.

— Mas você também foi uma vítima... — ela continuou, quase gaguejando.

Ian fechou os olhos e trancou a mandíbula. *Eu vou enlouquecer*, pensou, soltando um riso nervoso, apoiando a cabeça nas mãos. Imaginar Otávio em algum lugar saboreando sua vitória sobre Medeia fazia com que ele perdesse o controle de seus pensamentos e emoções. Quando reuniu paciência para encarar Michelle novamente, a menina olhava para ele com uma expressão que beirava o horror.

— Você só tem dezessete anos — ele falou, devagar —, mas eu sou maior de idade. Ela nunca me manipulou, nunca me obrigou a nada. Porra, você não pode ser tão idiota assim.

— Ela seduziu você.

— É o que as pessoas fazem o tempo todo. É claro que ela me seduziu. E eu seduzi ela também. É assim que funciona entre as pessoas. Você acha que eu não induzi Medeia às vezes? Acha que também não manipulei um pouco para conseguir o que queria? Acha que, de tantas casas da minha família, eu escolhi justamente a mais isolada por quê? Porque eu era, eu *sou* apaixonado por ela e queria passar mais tempo sozinho com ela. Todo mundo manipula todo mundo o tempo todo. Eu não fui seduzido, eu *me deixei* seduzir. Era o que eu queria. Se eu fosse menor de idade até poderia ser um problema, mas não sou!

Michelle olhou para baixo e seus cabelos se fecharam como uma cortina sobre o rosto. Ian se viu incapaz de ficar quieto.

— Você acha que não manipula ninguém? — ele perguntou. — Acha que não manipula seus pais quando quer alguma coisa? Minha mãe tá manipulando você neste exato instante, querendo que se aproxime de mim para que as pessoas acreditem que somos namorados. E você é inteligente e sabe disso, mas está se deixando manipular porque sempre quis isso, sempre gostou de mim.

Michelle chorava baixinho.

— Por que veio com uma saia tão curta?

Ela levantou o olhar, cílios molhados, expressão de culpa.

— Para me manipular também — ele concluiu.

Ele se sentou ao lado dela e, movido por puro ódio, enfiou a mão nos cabelos dela e a beijou. Michelle não fez jogo e abriu a boca para ser beijada, embora estivesse rígida e hesitasse em tocar a língua dele com a sua. Ian pensou em Medeia e foi como se uma cratera se abrisse em seu peito. Ele só a queria de volta. Queria ela lá, seu cheiro, seu sorriso, sua voz. Ao ouvir um gemido aflito de Michelle, percebeu que estava beijando de forma agressiva, mas não parou. Deslizou a mão entre as pernas dela, encontrando a calcinha quente. Empurrou-a contra a espreguiçadeira, mexendo os quadris para se encaixar entre suas pernas, mas sentiu Michelle recuar o rosto, quebrando o beijo.

— Ian, eu... Não pode rolar assim.

Ele parou de se mexer e a encarou. Os lábios de Michelle estavam vermelhos, molhados, e ela ofegava. Havia algo mais ali, no entanto, brigando com o desejo dela. Era medo.

— Eu sou virgem — ela sussurrou. — Eu não quero que seja assim.

A sobriedade desabou sobre ele. Era só Michelle, não Medeia. E não merecia nada do que ele estava fazendo com ela. Não merecia ser usada como um peão para alimentar uma narrativa falsa, criada por especialistas, para livrar a barra dele. Não merecia ser um corpo substituto para seus desejos deslocados. Ele se afastou rapidamente.

Michelle se levantou e deu alguns passos até ele.

— Não me manda embo...

— Você tem que ficar longe de mim e desta casa.

O rosto dela se contorceu, mostrando uma mágoa irreparável.

— Eu não sou mais o cara que você conheceu — ele continuou, frio, sabendo que cada palavra era verdade. — Quando ela morreu, o Ian que você conhecia foi junto. Eu sou só ódio agora, só penso em me vingar de tudo e todo mundo o tempo todo. E essa família é podre. Você merece mais do que a gente, mais do que isso. Você é boa demais para este lugar. Me desculpa, eu não devia ter tocado em você.

— Mas não é isso que eu quero — a voz dela saiu fina, esticada. — Eu te amo.

— Você nem sabe o que isso significa. Vai embora daqui, não quero mais te ver.

Quando ela tentou se aproximar de novo, ele a afastou gentilmente. Michelle olhou em volta, envergonhada, e correu até o portão. Ian olhou para a piscina.

Se ele pulasse lá dentro conseguiria se afogar?

Ele imaginou a sensação da água entrando em seus pulmões. Conseguiu ver a si mesmo se debatendo. Data do óbito: 27 de dezembro de 2022. Causa da morte: suicídio.

Seus pensamentos foram interrompidos por passos próximos. Ao virar o corpo, deparou-se com Magda a dois metros dele, vindo em sua direção com um envelope pardo carimbado pelos Correios.

— Chegou para você. — Ela passara a falar diferente com ele. Achava que ele era um assassino? Que era igual ao pai? Aquilo doeu mais do que ele imaginara possível. Sempre gostara da companhia e das conversas que tinha com Magda. Ela já não sorria.

Ele pegou o envelope amarelo do Sedex e estranhou o peso, como se houvesse algumas moedas lá dentro. Magda, com os braços pendurados ao lado do corpo num gesto serviente, perguntou:

— O senhor está aqui há muito tempo. Quer alguma coisa? Água, suco, sanduíche?

Ele negou com a cabeça. Queria que Magda voltasse a olhar para ele com aquele carinho maternal de antes.

— Não, muito obrigado.

Ela se virou e voltou para a casa sem sorrir. Ian estudou o envelope. Quando viu o nome do remetente, sentiu-se tonto.

Lynn Bracken. *Los Angeles: cidade proibida*.

Medeia não conseguira convencê-lo a ler o livro gigante de James Ellroy, um dos seus autores preferidos, mas insistiu para que vissem o filme juntos, que ele amou com todas as suas forças e sobre o qual passaram horas conversando. Lynn Bracken era a *femme fatale* que todo filme noir merecia, capaz de enlouquecer até o personagem mais frio do enredo, Ed Exley.

Sem dúvida, era uma carta de Medeia. Mas como aquilo era possível? Por um instante, seu peito se encheu de esperança: ela estava viva! Escondida em algum lugar, planejando como passariam o resto de suas vidas juntos. Ele rasgou o pedaço de cima: uma carta escrita à mão e uma chave pequena.

Reconheceu a letra que tantas vezes havia deixado lições na lousa da escola. A letra de Medeia. Ela não havia escrito muita coisa.

> "Bud White,
> Há um tesouro para você, mas não em Bisbee, e sim em Los Angeles, onde você consegue ir buscar. Você é inteligente o suficiente.
> Sua nota mais baixa na minha matéria.
> Quantas vezes fizemos amor no último dia.
> Minha idade.
> Essa é a chave."

Ian leu cinco vezes antes de olhar para a chave. Ela havia escrito em código porque obviamente não queria que ninguém entendesse a mensagem caso a carta caísse nas mãos de sua mãe, tios ou qualquer outra pessoa.

Ela não tá viva, Ian, ela só sabia que ia morrer e se preparou.

Ele fechou o punho em volta da chave.

Bud White. Bud foi a pessoa por quem Lynn se apaixonou, um homem constantemente subestimado no enredo. "Você é inteligente o suficiente." Bud se achava incapaz comparado aos outros detetives, menos esperto, mas Lynn dissera a ele que, se tentasse, conseguiria solucionar o caso. Bisbee, o que aquilo significava?

Preciso rever esse filme agora.

Era uma agência simples dos Correios, numa rua feia e movimentada perto do prédio onde Medeia costumava morar. Estranho imaginar que ontem seu tio havia ido até aquele apartamento para "fazer a limpa".

Haviam trazido o notebook de Medeia e queriam que fosse destruído, mas Fábio achou melhor guardá-lo no cofre da casa, por ora. Ian não sabia bem de onde ele tinha tirado isso, afinal, Giovani dissera que seria difícil a polícia conseguir um mandado de busca para a residência dos Torres, considerando que o crime fora cometido a mais de 140 quilômetros dali, mas que, se conseguissem, a posse daquele notebook seria bem difícil de explicar. Independentemente das consequências, Ian ficou satisfeito, gostava de ter os pertences de Medeia por perto.

O endereço da remetente Lynn Bracken era o da casa em Ilha das Pedras, o que significava que ela havia enviado a carta de lá; pela data, no dia de sua morte. *Por isso ela saiu de casa de manhã. Ela mentiu para mim.*

Não tinha como ele estar no lugar errado. Bisbee, no filme, era o lar, o lugar de origem de Lynn. Los Angeles era a cidade grande para onde ela se mudou para ganhar a vida. Ficou claro para Ian que entre Ilha das Pedras e São Paulo, a caixa estaria em São Paulo.

Ele caminhou entre pessoas cansadas com cartas e pacotes nas mãos até a caixa postal. *Sua nota mais baixa na minha matéria?* 5,8, mas ele precisou consultar as notas no aplicativo da escola. Só podia ser esse o número, já que todas as caixas começavam com 58. *Quantas vezes fizemos amor no último dia?* 3. Isso explicava a insistência e urgência dela em transar, como se tivesse uma meta. *Minha idade.* 46.

Havia dois tipos de caixas postais na parede da agência, pequenas e grandes. A caixa número 58346 era das maiores. Com uma olhada ao redor, ele constatou que ninguém ali o observava e nenhum funcionário dos Correios parecia se importar com sua presença.

Ian enfiou a chave na caixa e girou com facilidade. Ao abrir, ficou surpreso ao ver nada além de outro envelope, este de aparência mais robusta. Enfiou a mão na caixa, sentindo-se no controle pela primeira vez em dias.

Sim, o envelope era grosso. Havia sido enviado da casa em Ilha das Pedras, no dia 23 de dezembro, por Lynn Bracken. Ele rasgou a parte superior e puxou os papéis alguns centímetros para fora. Cartas escritas à mão com a letra de Medeia. Devia haver mais de trinta folhas. Com o coração acelerado, Ian guardou as cartas e colocou o envelope debaixo do braço, trancando a caixa vazia e saindo da agência rapidamente.

Ele caminhou pela rua movimentada, abarrotada de comércios pequenos e botecos, sob o potente sol de verão. Encontrou um posto de gasolina na esquina e ajustou o boné para que lançasse uma sombra maior sobre seu rosto. Ao entrar na loja de conveniência, sentiu o ar gélido penetrar sua camiseta. Tentando parecer tranquilo, foi até os fundos da loja e escolheu um salgado com cara de amanhecido. Pegou também um refrigerante e tentou não olhar muito para a mulher atrás do balcão enquanto pagava.

Conseguiu sentar-se um pouco afastado da atendente, de costas para ela, fingindo interesse no jogo do futebol que passava na televisão suspensa do teto. Mastigava o salgado azedo olhando para o envelope sem saber o que pensar. Como era possível que ela houvesse planejado aquilo? O que aquelas cartas diziam?

Ian esfregou a mão na calça jeans para limpar os farelos, tomou um gole sedento da latinha e puxou a primeira carta. Ela falava diretamente com ele. Os olhos arderam com lágrimas enquanto ele devorava cada palavra.

CAPÍTULO 14

Depois

— Eu deveria entrar para a política — foi o que Lenir Bruscatto murmurou ao sair do carro de Miro.

Ele sorriu, tirando os óculos escuros e os pendurando no colarinho. Não usava o distintivo no pescoço, e sim preso ao cinto, pois não achava necessário chamar atenção num condomínio daqueles. Os dois caminharam do carro estacionado até a porta da frente da mansão dos Torres.

Lenir suava um pouco, e ele sabia que ela não estava acostumada com a pressão de um caso como aqueles. Ela tentava focar o trabalho e conduzir a investigação como qualquer outra, mas ter seu nome em tudo que era site, portal e rede social era incômodo para uma mulher reservada como ela.

No caminho, eles tiveram três horas para conversar sobre Ian Torres, Maria Clara Muniz e todas as bizarrices do inquérito, incluindo o Papai Noel. Combinaram a melhor forma de ter aquela conversa com os Torres, quais tipos de informação dariam e quando.

Foi uma empregada que abriu a porta, tímida, e eles se apresentaram mostrando os distintivos. Ela os convidou a entrar, e foi como atravessar um portal para outro mundo. Quando deixados a sós na sala de estar, Lenir olhou ao redor e sussurrou:

— Eu odeio rico. E você?

— Só a maioria.

O tilintar do salto alto de Fabíola Torres era inconfundível. Ela entrou na sala com as mãos nos bolsos e uma cara de quem estava menos do que entusiasmada ao encontrar a polícia em sua casa. Cabelo escovado, roupas de tecidos leves em tons de bege e marrom, sandália de oncinha.

— Dra. Bruscatto e investigador Paixão — ela falou, como se estivesse testando a própria memória. — Posso ajudar? Devo chamar nosso advogado?

— Dona Fabíola, viemos conversar um pouco mais com você e seu filho, ele está? Pode, sim, chamar o advogado se quiser, mas é só uma conversa mesmo.

Fabíola os olhou por um tempo, depois tirou o celular do bolso e digitou uma mensagem. Ela gesticulou para um conjunto de sofás claros de couro e os dois se sentaram. A empregada voltou com uma bandeja de café, da qual Lenir e Miro se serviram. Fabíola se retirou e pareceu levar uma era até que voltasse com Ian a tiracolo, curioso.

Ele não estava tão diferente da noite em que foi levado até a delegacia com as mãos sujas de sangue. Miro achou que parecia um pouco mais alto, um pouco mais forte. Era como se qualquer resquício de menino que havia nele tivesse sido apagado em poucos dias. Estavam lidando com um homem. Provavelmente, um homem perigoso.

Lenir e Miro se levantaram ao mesmo tempo, estendendo as mãos, mas Fabíola deu um sorriso torto e disse:

— Me perdoem, acabei de passar creme.

Visivelmente envergonhado, Ian apertou a mão dos dois.

Miro engoliu a humilhação e se sentou, a cabeça fervilhando. A voz de Teresa falou com ele: "Tá vendo? Racismo. Não finge que você é imune a isso só porque é policial". Miro não tinha tempo para discutir com a irmã mentalmente, então a silenciou.

Ian também se sentou, e Fabíola fez o mesmo após conferir a tela do celular pela quarta vez com impaciência.

— Temos algumas informações novas sobre o inquérito — Lenir começou, tranquila. — Achamos legal ter uma conversa, fazer mais algumas perguntas.

— A primeira coisa é que a perícia confirmou a presença dos ossos de Maria Clara Muniz nos escombros do imóvel de vocês em Ilha das Pedras — Miro continuou, observando Ian.

O rapaz não escondeu a dor causada por aquelas palavras, olhando para baixo e engolindo em seco.

— É claro que a confirmação ainda vai levar pelo menos um mês, porque temos que fazer uma comparação de DNA e o dela não está no sistema. Mas como a perícia encontrou material biológico suficiente no apartamento dela para fazer essa comparação, é só uma questão de tempo até termos a materialidade do crime na forma dos restos mortais da vítima.

Ian olhou para cima, sem mover a cabeça. Estava cintilando de ódio. Lenir continuou:

— Nós precisamos checar algumas das informações que o senhor nos passou. Pode contar de novo o que aconteceu no dia do crime?

— Vocês vão perguntar quantas vezes? — Fabíola não escondeu a irritação.

— Quantas forem necessárias — Miro falou com calma. — É comum as pessoas deixarem passar detalhes importantes quando estão muito emocionadas, como foi o caso de Ian na delegacia. — Ele se virou para o furioso rapaz no sofá: — Você chegou quando em Ilha das Pedras?

— Na manhã do dia 24, já falei.

— Precisamos desenhar as últimas 24 horas de vida da Maria Clara. Colabora, Ian.

Ian relaxou contra o sofá e narrou, olhando para as mãos, abatido e impaciente.

— Ela ficou feliz quando eu cheguei, mas um pouco surpresa. Eu mesmo não planejava voltar, tinha combinado de passar o Natal com minha mãe e meu tio em Paris, mas eu estava triste lá, com saudade dela, e quando imaginei ela passando o Natal sozinha, fiquei mal. Menti pra minha mãe e no dia 23 peguei um voo para São Paulo. Dormi em casa e fui direto pra ilha encontrar com ela no dia 24 de manhã. Assim que cheguei, a gente... — Ele parecia consciente da presença da mãe, embora não olhasse para ela. — A gente transou, ficou um pouco no sol e depois na cama, vendo uns filmes que ela gostava. No meu notebook.

— Quais filmes? — Lenir interrompeu.

— *Los Angeles: cidade proibida* e *Um corpo que cai* — Ian respondeu sem vacilar. — Eu dormi no meio do segundo, porque tinha dirigido muito e estava cansado e com *jet lag*. Mas ela insistiu nos filmes. Ah, esqueci, naquela tarde almoçamos no centro.

Miro franziu a testa.

— Você não falou que saíram da casa quando deu seu primeiro depoimento.

— Nossa, eu esqueci um monte de coisa imbecil porque minha namorada tinha acabado de morrer — ele respondeu, com ironia e raiva. — Mas eu lembrei agora, a gente foi almoçar no centro.

— Tem recibos? — Lenir perguntou.

— Vamos esperar o dr. Giovani chegar — Fabíola interveio. — Ele está a caminho.

Ian balançou a cabeça e, numa clara afronta à mãe, continuou:

— Foi num dos restaurantes na frente do Aquário, um de esquina, de frutos do mar. Aí passeamos um pouco por lá, compramos uns doces no mercado e voltamos pra casa, não ficamos muito tempo fora.

— E não saíram mais?

— Eu saí, mais tarde, como falei da primeira vez, mas bem mais tarde, para ir à farmácia. Quando eu voltei, a merda já estava feita.

Lenir o observava atentamente, e Miro reconhecia que ele não falava como culpado. Isso não o inocentava, no entanto. Nos anos de profissão, Miro aprendera que era mais fácil perceber quando uma pessoa contava a verdade do que quando mentia. A verdade não deixa dúvida, a mentira, sim. Ele ainda não estava convencido a respeito de Ian. Perguntou:

— O que fizeram no resto do dia?

Ian pareceu desconfortável e trocou um olhar com a mãe antes de suspirar:

— Nós ficamos na cama.

Dava para sentir Fabíola se enrijecer no sofá oposto. Ian continuou:

— Engraçado isso, mas ela estava diferente. Olhava pra mim de um jeito estranho, me encarando com muita intensidade, sabe? Como se... soubesse que era a última vez.

Lenir olhou para Miro. Ele tentou não esboçar reação.

— Tá falando que acredita que ela sabia que ia morrer?

Ian assentiu devagar, os olhos passeando pelo tapete felpudo. Ele parecia ter acabado de se dar conta do que dissera.

— É, eu acho que sim. Até a forma como a gente transou, ela ficava olhando para mim. E não tinha feito aquilo antes, ela costumava fechar os olhos.

Com o suspiro de Fabíola e o ligeiro sorriso no rosto de Ian, Miro percebeu que o menino queria provocar a mãe. Deviam estar brigando.

Um assassinato nunca ajuda as relações familiares, e esse era o segundo presenciado pelos Torres em menos de três meses.

— Aí a gente pegou no sono. Quando eu acordei, já tinha escurecido e ela não tava na cama.

— Então você pegou no sono, mas ela não? — Lenir parecia notar algo.

— Não, ela pegou no sono primeiro. Eu sei porque eu fiquei olhando ela dormir um pouco, antes de cochilar.

— Quantas horas acha que dormiu? — Miro entendeu a curiosidade da delegada. Havia um tempo considerável durante o qual Maria Clara havia ficado sem supervisão.

— Umas duas horas, porque, como eu disse, já estava escuro quando eu acordei. Eram quase oito da noite. Ela tinha acabado de limpar a casa, fazia muito isso.

— Por que diz isso?

— Porque a Medeia tinha mania de limpeza. E a casa tava com um pouco de areia, essas coisas normais, e quando eu acordei tudo estava limpinho.

— Quando você acordou sentiu cheiro de álcool?

Fabíola encarou o filho e ele pensou antes de responder.

— Não de álcool, mas de produto de limpeza, sim. Ela gostava muito de lavanda, esses desinfetantes roxos.

Ele estava mentindo. Miro deixou Lenir continuar:

— E então, o que aconteceu?

— Como eu já contei, ela estava com cólica. Não estava legal, o rosto tava contorcido. Ela me pediu por favor para ir comprar remédio para ela, e eu fui.

— E não foi até a drogaria a três quilômetros da casa, mas à que ficava a mais que o dobro da distância — Lenir completou.

— Eu também já expliquei isso. — Ian voltava a ficar irritado. — As outras tinham fechado por causa do Natal, a única que tava aberta era a do centrinho, e mesmo assim, tava quase fechando quando cheguei lá. Ela tinha ligado pras outras um tempo antes e todas disseram que tavam fechando.

— Ela teria ligado usando o celular dela, o mesmo que ficou na casa.

— Isso — Ian confirmou. — Eu dirigi até o centro e encontrei a farmácia. Comprei o remédio dela.

— Nós puxamos os telefonemas da Maria Clara e, fora a ligação para a polícia, não há mais nenhum registro naquele dia ou nos dias anteriores.

Ian ficou obviamente confuso.

— Como assim ligação pra polícia? Fui eu que chamei a polícia quando vi o fogo.

— Não, ela ligou antes de você, alguns minutos. Disse que havia alguém na casa.

— Ou seja, o Otávio! — ele berrou. — Por que ainda tão aqui me enchendo o saco se já sabem que ele esteve lá?!

— "Alguém" pode ser qualquer um. Lembra que temos a nota fiscal da farmácia? Compra feita às 8h22 da noite. Feldene, era esse o remédio?

— Isso. Se puxou a nota já sabia que horas eu estive lá e que paguei com cartão, por que tem que ficar perguntando tudo o que já sabe? Pra me pegar numa mentira? Não vai conseguir, eu não tenho nada a esconder.

— Além disso, comprou filtro solar, um pacote de absorventes e um energético, correto?

— Parabéns, Gryce.

Miro o encarou. Ian deu um sorriso. Estava diferente, mais confiante, mais debochado. Miro lembrou-se da primeira vez que o vira, muito revoltado, na delegacia. A raiva daquele menino não cabia dentro dele. *Ele tinha jeito de inocente*, Miro admitiu para si mesmo. *Agora, parece saber coisas que não vai contar. E que porra é Gráis?* Miro continuou:

— E quando você voltou, o que só pode ter ocorrido entre 8h40 e 8h50 da noite, a casa já estava em chamas. O que fez, então?

Agora, o tom de Ian mudou, escorregando de volta para um ritmo mais lento e distanciado, como se as palavras lhe fossem dolorosas.

— Eu entrei em pânico, pulei o muro e entrei pela porta da frente. Aí... tava tudo cheio de fumaça e eu não conseguia respirar direito. Não dava pra ver muita coisa, mas lá perto da cozinha tinha menos fogo, disso eu lembro. Só que a Medeia tava na sala. No chão. Eu vi a faca, meio perto dela, mas não tão perto. E vi o sangue na barriga dela.

A campainha soou pela casa e Fabíola respirou aliviada, erguendo-se e correndo até a porta. No tempo em que a perderam de vista, Lenir concentrou-se em Ian.

— Como ela estava? — pressionou.

— Com muito sangue. Eu só lembro do sangue. Ela tava usando o vestido de praia que tinha usado o tempo todo que a gente ficou lá. E ele tava molhado de sangue.

O advogado Giovani deLuca entrou com um olhar bélico e estendeu a mão para cumprimentar Lenir e Miro.

— São só umas dúvidas que ainda temos sobre o depoimento dele — falou Lenir. — A mãe estava aqui o tempo todo, é só uma conversa, não precisa se preocupar, doutor.

— Continuem — foi tudo o que ele disse e se sentou ajeitando o terno. Fabíola permaneceu em pé, inquieta, atenta a tudo.

— E eu tentei conversar com ela. — Os olhos de Ian ficaram molhados. — E ela tossia muito e disse que eu tinha que sair. Ela disse que foi ele, o ex-marido.

Ian pareceu ter perdido as forças para falar e pausou antes de continuar.

— E eu tentei pressionar o corte porque é isso que dizem que a gente tem que fazer. Eu achava que os bombeiros iam aparecer e que, se eu ficasse com ela pressionando a ferida, ela ia ser resgatada e ficar bem. Na hora eu não pensei em mais nada. Eu só queria que ela ficasse bem. Só que, com a fumaça, meus olhos ardiam e eu não enxergava direito, e era uma merda respirar. Meu corpo me mandava fugir dali, mas eu queria ficar com ela.

Fabíola havia cruzado um braço na frente do corpo e a outra mão estava num punho sobre a boca.

Ian esfregou as pálpebras.

— Ela fechou os olhos e fez uma cara de dor, também tossia, e eu fui até o carro pegar o celular e ligar pra polícia, porque eu não sabia o número dos bombeiros, e quando tentei voltar para a casa não consegui. A fumaça tava densa demais, eu tava tossindo muito, o calor era infernal e não consegui entrar. Os vizinhos chegaram e aquele cara entrou e viu a Medeia lá, mas ele saiu da casa, falou que não dava pra continuar. Aí os bombeiros chegaram. Eles demoraram muito pra chegar, muito.

— Ian, sua ligação está registrada às 9h04 da noite. Eles chegaram às 9h15. Não foi tanto tempo assim.

— Foi o suficiente.

— E você não se lembra mesmo de mais nada?
— Porra nenhuma.

Miro estudou Ian.

— Tem certeza?
— Se eu soubesse, por que não diria? Eu quero ver a justiça feita mais do que todo mundo aqui.

Miro pensou ter visto Ian sorrir um pouco.

— Você tem uma roupa de Papai Noel?
— Quê? Lógico que não, eu pareço o Papai Noel para você?
— Só resp...
— Não, claro que não, eu nunca me vesti de Papai Noel na minha vida.
— E não viu nenhum circundando a casa?

Ian franziu a testa para ele.

— O que você sabe? Tinha alguém rodeando a casa?
— Não, só respon...
— Não, não vi nenhum Papai Noel. Não vi ninguém por perto.

Giovani ergueu a mão:

— Meu cliente já colaborou demais, não acham?
— Ian, você viu seu caseiro nos dias em que estava lá? — foi Lenir quem perguntou, já se levantando para indicar que estavam de saída.

Ele balançou a cabeça, negando.

— Só liguei pra casa da praia com a esperança dele atender, porque não tinha o contato dele e não queria pedir pra minha mãe.

Fabíola não perdeu a oportunidade:

— O que o caseiro tem a ver com isso? É suspeito?
— Não, ainda não — falou Lenir. — Mas precisamos conversar com todo mundo, e ele ainda não apareceu, embora já tenha sido intimado a prestar depoimento. Só estamos fazendo as perguntas de praxe.
— O que você conversou com o caseiro, Ian?
— Ele atendeu com um jeito meio quietão, assim. Eu disse quem era e que chegaria na casa com uma amiga em três, quatro horas, pedi para ele deixar tudo pronto. Ele ficou meio quieto, mas disse que ok. Eu pedi para ele não falar com a minha mãe porque ela não queria ser incomodada.
— E você chegou a vê-lo? — perguntou Lenir.

— Não, mas quando eu cheguei tava tudo pronto. Medeia reclamou um pouco que a casa não estava tão limpa e fez questão de faxinar tudo. Disse que achava que o caseiro tava morando na casa, mas isso eu achei normal. E não soube mais dele.

Houve uma troca de olhares entre Fabíola e Giovani, mas Ian não parecia interessado. A mulher se levantou e apontou educadamente para a porta.

— Se não tiverem mais perguntas...

Minutos depois, Lenir e Miro estavam no carro dele, voltando para Ilha das Pedras. Ficaram em silêncio por um tempo, ouvindo rádio, até Lenir falar.

— Ele não sabe que já descobrimos o nome do ex-marido. Por que esconder a identidade de quem ele acredita ser o autor do crime?

— Boa pergunta. Tudo nessa história favorece o assassino. A localização da casa, o fato de ser construída em madeira, o horário, a cidade, tudo.

— Foi o Ian que escolheu levar a Maria Clara para aquela casa.

— Nós vamos ter que começar a trabalhar com a hipótese de que talvez a vítima não seja santa, Miro. Esse menino não parece ter matado ela. Tá apaixonado demais, não conhece ela há tanto tempo para ter desenvolvido o tipo de ódio comum nos feminicídios que estamos acostumados a ver.

— Aham.

— Ela foi professora dele por quase um ano letivo inteiro, mas só se interessou depois da morte do pai do garoto. Acho que essa mulher farejou a grana.

— Mas a história termina com ela morta.

— Não seria a primeira vez que um parceiro trai o outro.

Miro virou o rosto para Lenir. Ela tinha os olhos na paisagem, a testa enrugada.

— Tá falando do ex-marido? Que estavam trabalhando juntos para pegar uma grana desse moleque?

— Parece tão absurdo assim?

Nem um pouco, pensou Miro. Mesmo assim, estava incomodado. As peças ainda não se encaixavam.

— Mas não temos nenhum indício desse dinheiro ter trocado de mãos, Paixão.

— Vamos ter que quebrar o sigilo bancário dos Torres.

— Tratando-se de quem é, o juiz não vai deferir. Ou vai demorar um tempão.

— Pode ter sido planejado como um golpe longo, mas o marido acabou não gostando da ideia da esposa transando com o garoto, eles tiveram uma briga e ele enfiou uma faca nela. Colocou fogo na casa para apagar as evidências e despistar a polícia. Se a gente prende o moleque é um bônus para ele.

— Se ela mandou o Ian para a farmácia mais afastada de propósito, foi porque esperava o ex. Eles podem ter combinado algum tipo de encontro e as coisas deram errado.

Miro deu seta e trocou de faixa. Era a primeira vez que sentia que aquele caso estava indo para algum lugar.

— Tá, mas ainda temos umas pontas soltas. Quem era o Papai Noel?

— Alguém esperto que sabia ser a única fantasia que não despertaria qualquer tipo de suspeita. Ou... só um Papai Noel, Miro. Eles não são raros no Natal, certo?

— Essa história do caseiro também me incomoda. Mas pode ser nada.

Lenir colocou o celular no ouvido e ficou em silêncio por alguns minutos. Depois olhou para Miro:

— Por essa eu não esperava.

— O que foi?

— Mensagem do Felipe. Existem três boletins de ocorrência de Maria Clara Muniz contra Otávio Feffer registrados em Porto Alegre entre 2006 e 2007.

Miro sentiu a barriga contrair.

CARTA 7
Defeito uterino

Começou com cólicas leves e eu cheguei a ir à minha obstetra. Segundo ela, cólicas são normais no início da gravidez e eu só precisaria me preocupar se houvesse sangramento. Eu não fui trabalhar e me deitei na nossa cama nova.

Já fazia dois meses que minha mãe havia partido. Otávio não fingiu se incomodar com a morte dela, mas não desrespeitou meu luto. Na verdade, ele passou a cuidar de mim me fazendo tomar vitaminas e passear, para não cair em depressão. Ele pediu férias e reformou a casa inteira sozinho. Pintou as paredes, doou a cama e o colchão da minha mãe, criando um quarto novo para nós dois. Ele chegou a comprar um berço, daqueles de viagem, que dobram, e colocou no canto do quarto.

Da cama, eu olhava para a janela, para a nova rede de segurança que Otávio havia mandado instalar. Eu sentia as cólicas ficando mais fortes e pensei que, se fosse para abortar, era melhor que não fosse naquele quarto, porque eu já tinha perdido alguém lá. Então fui para o banheiro, me encolhi num canto sem acender as luzes e chorei. Eu queria muito ser mãe. Sabia que perder bebês no começo da gestação era comum, sabia que isso não me impediria de ter outros. Mesmo assim, eu me senti triste. Eu já tinha sonhado com o rosto do meu filho, já estava pensando em nomes para ele. Eu o *sentia* dentro de mim.

Otávio só chegou depois que as cólicas haviam passado e eu tinha pegado no sono, sentada mesmo, com a cabeça entre a parede e a porta do box. Ele acendeu a luz e olhou para aquela cena com uma angústia que eu não conseguiria replicar aqui. Otávio chorou tanto, Ian. Eu tentei argumentar que tudo estava bem, que eu ia ficar bem, que aquilo era comum, que ia ficar triste por um tempo, mas não seria o fim do mundo.

Na verdade, eu confesso que já sabia, naquele momento, que superaria aquilo. Só que ele não escutava. E aí, entre soluços, ficou estranho.

Otávio começou a falar como se minha mãe ainda estivesse na casa. Ele disse para ela: "Sua velha filha da puta, você levou meu filho" e coisas assim. Isso me devastou, me fez ter raiva dele. Eu precisava do homem que cuidava de mim, não daquilo. Tomei um banho, troquei de roupa e ele me levou ao pronto-socorro, mas me falaram que eu não precisava fazer nada, apenas ficar um pouco em repouso nos próximos dias e fazer resguardo.

Ao voltar para o apartamento, o lugar me pareceu tão ruim. E quando eu disse, amparada pela desculpa de que estava sofrendo e tinha direito de pirar um pouco, que um dia ia me mudar de lá, ele apertou meus braços e falou: "Nós vamos ser as pessoas mais felizes do mundo, Maria Clara. Vamos ser ricos. Vamos ter uma família linda e perfeita e tudo vai ser incrível na nossa vida. Eu juro, juro que vou fazer isso acontecer".

Pensei que fosse só um momento. Não imaginava que aquela ideia se fixaria tão fortemente na alma dele.

Naquela noite, eu limpei as coisas. Um trabalho físico, manual, mecânico, que me relaxou. Eu comecei só com a intenção de lavar o banheiro e tirar o sangue de lá, mas a coisa tomou uma proporção diferente e de repente eu me vi com uma escova de dentes e um potinho de plástico com Sapólio, escovando cada milímetro daquele banheiro. Eu limpava, secava e passava álcool em tudo. Esfreguei até o teto. É claro que eu estava ficando cansada, com os músculos doloridos. Quando acabei, não houve aquela sensação de recompensa, de alívio. Pelo contrário, eu pensava que talvez tivesse esquecido algum canto, que ali deveria haver alguma sujeira que eu simplesmente não estava vendo. Então peguei o tira-limo com cloro ativo e borrifei no banheiro inteiro. *Só mais uma esfregada*, eu pensava, *e tudo vai ficar cristalino. Tudo vai ficar bem.*

Em algum momento, não sei se de exaustão, por ter perdido sangue ou pelo excesso de cloro inalado, eu desmaiei.

CAPÍTULO 15

Antes

Medeia não se impressionava com luxo, mas ficou fascinada quando Ian desacelerou o carro. Haviam percorrido uma rua de terra por um bom tempo até chegarem à casa dos Torres. O condomínio era aberto, bem afastado do centro da cidade. Um lugar verde, extenso, belíssimo. Olhando para a direita, Medeia podia ver a mata densa, e, para a esquerda, um muro baixo protegendo uma casa térrea de madeira com um telhado simpático; parecia uma casa pré-fabricada.

— O caseiro deve ter deixado tudo pronto, como pedi.

Ela o observou sair do carro e caminhar tranquilamente até o portão, que abriu sem pressa — primeiro um lado e depois o outro. O vento fez uma das portas se fechar e ela riu baixo ao perceber que Ian posava de adulto, mas ainda não tinha a malícia das coisas, muitas delas estava fazendo pela primeira vez. Ele usou uma pedra para prender o portão e voltou para o carro.

— Não fala nada. — Ele sorriu.

Medeia se inclinou para ele e lhe deu um beijo demorado na bochecha. Inspirou a maresia e se forçou a pensar que viveria dias fabulosos ali. Depois de tanto tempo, descanso, sol e mar.

Após estacionar numa garagem aberta que facilmente comportaria quatro veículos grandes, Ian correu para fechar o portão e ela saiu do carro, sentindo as pernas reclamarem depois de três horas sentada. Enquanto o sangue fluía por elas e a dormência passava, pinicando, ela caminhou até a rampa que levava ao que parecia ser um deque. Dava para ver o mar lá embaixo. Palmeiras selavam o cenário paradisíaco. *Eu não mudaria nada aqui*, ela pensou, inspirando a maresia morna.

— É uma das menores que a gente tem — ele falou, voltando. Abriu o porta-malas. — Minha mãe comprou porque disseram que a cidade ia crescer, que era um bom investimento, e passamos um Ano-Novo aqui. Até que foi legal, com a família da Michelle e a do Pietro, do segundo ano. Ele tem aula com você, né?

Medeia levou alguns segundos para se acostumar com o que ele estava falando. Às vezes, se permitia esquecer de onde havia conhecido Ian. E sempre que lembrava, a culpa a corroía. Ela assentiu:

— Aham, o Pietro. Bom aluno.

— Nerd pra caralho, mas gente boa. Então... Faz séculos que ninguém vem para cá. A gente poderia viver fácil uns dois anos aqui antes de descobrirem.

Ela sabia que ele falara como brincadeira, mas havia algo ali, um tipo de promessa. *Eu passaria dois anos aqui.* Ela sorriu para ele.

Por dentro, a casa não era tão grande, mas cabiam três do apartamento que ela alugava. Não era uma mansão ostentosa, mas era tão bonita, com acabamento tão caprichado, que Medeia pensou que não trocaria uma casa daquelas por nenhuma mais luxuosa. A decoração era minimalista, em tons de branco e areia, com detalhes em azul-turquesa. *A Fabíola tem talento para decoração*, ela pensou. Aquela casa poderia estar em uma revista.

Não queria saber de ficar lá dentro, e enquanto Ian checava a geladeira e conferia a cozinha, ela caminhou até a varanda. O deque não era grande, nem a piscina, mas parecia perfeitamente íntimo. Degraus largos de madeira o cortavam ao meio levando até a praia. Ela viu uma canoa e um caiaque na areia com cara de que não eram usados havia muito tempo. Não havia ninguém na praia. Ian comentara que a casa ao lado ficava a três minutos de distância, de carro. *Um paraíso só nosso.*

Quando ela olhou para trás, percebeu que ele a observava, obviamente orgulhoso da reação dela ao ver a casa. *Droga, Medeia*, ela disse para si mesma. *Esse cara não é um menino. Ele tá faminto por você e você por ele.*

Ela se aproximou e o beijou. Ian circulou a nuca dela com a mão, puxando-a contra si, exalando uma respiração trêmula e profunda. Ela sabia que não teria como impedir que aquilo acontecesse. Sufocou a voz irritante da própria consciência e deixou seu corpo agir.

Treparam, exatamente como haviam antecipado: rápido, sem tempo para carícias elaboradas ou trocas de juras de amor eterno. Tudo era urgente. O pau dele não ficou na boca de Medeia por mais de alguns segundos antes que ele a puxasse para cima e tentasse retribuir o gesto, ouvindo-a gemer: "Depois a gente faz isso, vem me foder". Ian obedeceu. Beijou sua boca com tanta força que cortou seu lábio, fazendo-a emitir uma reclamação baixa. Ela se encaixou nele forçando os quadris para baixo, fechando os braços em volta dele, quase o prendendo a si.

Apertando as pálpebras, Medeia sentiu como se o corpo estivesse despencando. Ousou abrir os olhos. Ian a observava. Ele sorriu com uma malícia que ela amou, esfregando o clitóris dela enquanto metia. Ele murmurou que ela o estava deixando louco, e então complementou, estudando-a: "sora". O gelo na barriga era um orgasmo que se anunciou rápido demais, e na hora que a tomou, Medeia fincou os dentes no ombro de Ian para não berrar.

Ian acordou com o sol no rosto. Ele não se lembrava de ter se sentido tão feliz ao acordar antes. Era 19 de dezembro, o segundo dia em que abria os olhos pela manhã e se lembrava de onde estava e com quem. Ele sorria e, supunha, sentia o que as pessoas descrevem como gratidão. Acordar era como ganhar um presente que ele nunca soubera que queria, bom demais para ser verdadeiro, algo que nem merecia.

O celular estava vibrando na mesa de cabeceira, era isso que o havia acordado. Ele se ergueu na cama ao perceber que Medeia não estava lá e atendeu, enquanto Bitcoin lambia seu rosto. Era sua mãe. Devia estar puta porque ele desinstalara o app que ela escondera no celular de Ian sabe-se quando e permitia que o rastreasse.

Fingia querer notícias, que estava preocupada, mas ele insistiu na mentira que havia contado dias antes: precisava de um tempo sozinho e estava na Riviera de São Lourenço com uns amigos.

Quando Ian lhe contou que ia viajar, Fabíola fez muitas perguntas sobre sua alimentação, onde estava, até sobre Bitcoin, às quais ele respondeu com calma, dizendo que tinha se interessado por uma mulher que não respondia mais às suas mensagens e queria curtir um pouco para esquecê-la. Como a mãe não fazia ideia de que ele sabia sobre sua conversa com Medeia, ela pareceu satisfeita com a resposta, deu-lhe um beijo e disse: "Você não tem idade para namorar. Curta a vida enquanto é jovem, amor". E quando ele estava saindo de casa levando uma sacola de academia e uma mochila, ela acrescentou: "Só não bebe demais e se cuida. Não tenho a mínima vontade de ser avó".

Não precisa se preocupar com isso, ele pensou ironicamente, enquanto falava que estava gostando da casa do amigo e que tinha ficado numa balada até tarde e queria voltar a dormir. Ela pareceu comprar a mentira e o lembrou de estar de volta dia 21 de manhã para a viagem de Natal. Quando ele desligou, foi até o banheiro e, instantes depois, encontrou Medeia na cozinha, de biquíni, terminando de colocar a mesa para o café.

— Dormiu, hein? — Ela sorriu.

— E você não dorme nunca, como pode? — Deu um beijo nela.

— Prática.

Eles se sentaram e comeram por um tempo, sem necessidade de falar. Ian tentou não pensar na conversa que tiveram no carro, mas a cada dia era mais difícil não saber de tudo. Era como se, ao não conhecer o passado dela, não soubesse quem ela realmente era.

Chupando o dedão, que tocara num pouco de geleia de mirtilo, ela apertou as pálpebras um pouco, o estudando.

— Só fala o que tá pensando, não precisamos fazer joguinhos.

— Eu quero que você me fale mais dele, mais de vocês.

— Estou feliz pela primeira vez em décadas, Ian. Não vou trazer aquele bosta para este lugar, este momento. Sinto muito. Já tivemos essa conversa, lembra?

Ele sentiu o estômago quente, odiando ficar no escuro.

— Eu vou ter que te deixar sozinha aqui por um tempo. Não é o que eu quero, mas se eu não viajar com minha família no Natal, minha mãe vai ficar puta e pode apostar que vai descobrir onde estou. Lembra que eu te falei? Paris?

Medeia o observou, parecendo surpresa e decepcionada.

— São só oito dias, acho — ele complementou. — E assim que pisarmos em São Paulo, eu arrumo uma mochila, pego o carro e venho correndo pra cá.

O silêncio dela durou mais do que ele esperara. Ficaria com raiva dele? Ian faria qualquer coisa para não brigar com ela. Até agora tudo havia sido perfeito. Dias de ficar no sol, correr na areia, nadar no mar. De descobrir que sua razão de vida era devorar aquela mulher, que nada era mais importante do que as reações dela, nada era mais recompensador do que observá-la perder a razão, gemer, gritar e se contorcer. Cochilos exaustos e suados, braços e pernas entrelaçados. Beijos demorados, banhos gelados.

Quantas vezes haviam transado naqueles dias? Era difícil contar. Ele estava viciado no corpo dela. Antes de Medeia, Ian tinha colecionado experiências mornas com algumas garotas e sentia que sexo era superestimado. *Como fui idiota*, pensou agora. No momento, sentia exatamente o oposto. Como era possível as pessoas passarem tanto tempo fazendo qualquer coisa que não fosse sexo?

Ian oscilava entre sentir-se indigno de tanta felicidade e a sensação de que tudo aquilo era tão efêmero quanto um sonho bom.

— Claro — ela falou, com um aceno rápido de cabeça. — Faz sentido. Você não pode simplesmente desaparecer, é Natal, tem que ir com sua família. Eu só... Sei lá, tinha alguma ilusão idiota de que isso seria para sempre. Desculpa.

Medeia nunca parecera tão frágil para ele. Nem quando apoiou a cabeça no vidro da janela do hotel em São Paulo, olhando para o mundo lá fora com melancolia e medo. Ele ainda queria saber mais sobre ela, sobre o ex-marido, mas não conseguiria nada por enquanto.

— Eu queria ficar — foi tudo o que ele conseguiu articular.

— Eu sei. Mas eu vou ficar bem. Vou poder ler deitada ao sol... E quando você voltar, eu mato as saudades.

Ele sorriu, notando o desconforto em seu corpo, a sensação de impotência por não poder fazer o que queria. Pelo menos, mesmo sem ele, Medeia estaria a salvo ali, longe de tudo e de todos.

— Eu não queria que você passasse o Natal sozinha...

— Eu dou conta. Quando você vai? — ela perguntou baixo, ocupando-se da comida no prato e evitando seus olhos.

— Amanhã. Tenho que voltar para fazer as malas, o voo é dia 21 cedinho.

Havia coisas que ela não dissera, mas que Ian sabia: não seria o primeiro Natal dela sozinha. Ela não queria que ele fosse embora. Ela estava com medo de alguma coisa.

Depois de um tempo em silêncio, ponderando, ele disse:

— Eu não vou.

— Vai, sim. Para com isso. Você tem razão: se não for, sua mãe vai farejar alguma coisa e nossa paz vai acabar. Vai, volta, e a gente fica junto. E me traz um presente.

Ela sorria, mas era uma expressão sintética, treinada.

No sofá, Ian acomodara-se a Medeia, sentado entre suas pernas, enquanto ela acariciava seu cabelo e os dois deixavam-se levar pela trama de *Pacto sinistro*. Ele estava começando a se acostumar com os rituais dela, a mania de praticamente selar a casa, impossibilitando que qualquer criatura — rastejante ou voadora — entrasse. Embora ficasse incomodado, também já aceitara a mania de limpeza.

— Então, eu tava pensando...

— *Shh*, presta atenção na história.

Ian acariciava as pernas nuas dela, gostando de como os pelos raspados dois dias antes deixavam sua pele áspera, pinicando de um jeito estranhamente gostoso, e do cheiro de banho recém-tomado que se desprendia de seu cabelo. Ele não queria ver o filme; não porque não estivesse instigante, mas porque queria mais dela, queria aproveitar a última noite juntos.

— Existe um crime perfeito?

Mesmo sem conseguir ver seu rosto, ele soube que ela se interessou. Ouviu um suspiro e depois:

— Existe. Geralmente é o crime que a polícia nem desconfia ter sido um crime, atribuindo, por exemplo, a morte a causas naturais ou suicídio. Ou... quando a polícia, mesmo sabendo quem cometeu o crime, não pode, por algum impedimento legal, prender o culpado.

— Como assim?

— Brechas na lei. Eu soube de um lugar em que a lei dizia que o culpado tinha que ser julgado por pessoas do condado onde o crime foi cometido. Aí o assassino matou uma pessoa num local que não tinha população e, portanto, não pôde ser julgado. Ou como no filme *Risco duplo*.

— Me conta dele.

Ele sentiu um beijo leve de Medeia em sua nuca, e os dedos dela voltaram a dedilhar sua cabeça.

— O marido sugere um passeio de veleiro. Quando a esposa acorda, no meio da madrugada, ele sumiu, e tem um rastro de sangue no barco. Ela encontra uma faca ensanguentada e pega, porque é uma anta...

Ian deixou escapar uma risada.

— A guarda costeira chega bem na hora e prende ela. Sem testemunhas, em alto-mar... a bonita é condenada pelo assassinato do marido. Ela pede para a melhor amiga cuidar de seu filho. Da prisão, liga para o menino e ouve ele chamando por "papai", descobrindo na hora que o marido tá vivo e armou tudo para ficar com a grana do seguro da própria morte e... e...

Ian girou o tronco para poder vê-la melhor.

— A melhor amiga?

— É isso aí. Então, uma advogada diz para ela que, como ela já foi condenada e cumpriu pena pelo assassinato, quando sair da prisão pode matar o cara na frente do mundo inteiro sem ir em cana.

— Vamos ver esse?

— Depois do Hitchcock.

— Tá, mas volta para o primeiro caso. Um crime que a polícia nem desconfia que foi um crime.

— Não sei, mas imagina que a vítima tem alguma condição médica que pode ser explorada ao ponto de a polícia achar que ela morreu de causas naturais. Coisas assim. E considerando que no Brasil as autópsias são bem superficiais... Dá para deixar passar alguma coisa assim. Por isso eu sempre falo: use...

— ... veneno, sei, sei. Se eles não tiverem um motivo para procurar especificamente pelo veneno, é possível que nunca desconfiem.

— Mas precisa ser o veneno certo.

Ian sorriu.

— A gente podia sair daqui, né?

— Como assim? Tá tão bom.

Ele se afastou e conseguiu sentar-se de frente para ela. No escuro, as luzes da tela projetavam um ondular estranho no rosto de Medeia, cujas curvas o distorciam.

— Sei lá. Sair, ir num bar agitado. Dançar, beber...

— Você não bebe. E não dança. — Ela franziu a testa. — E eu não vou a um lugar assim desde... Meu Deus, sei lá, desde que eu tinha uns trinta anos.

— Por isso mesmo. A gente não precisa se esconder tanto aqui.

Medeia o observou como se tivesse sido xingada.

— Eu só tô dizendo... — Ian falou baixo, com simpatia — que você vive como um caramujo, sabe? E eu, eu não faço nada do que uma pessoa da minha idade faz. E sei lá, eu nunca teria coragem de ir sozinho, então acho que nós dois, juntos, podíamos tentar.

Houve uma curva sutil nos lábios dela.

— Tá. Eu topo.

CAPÍTULO 16

Depois

Deixando os arquivos de lado, Miro se inclinou para trás em sua cadeira rígida. Prometera a Teresa que buscaria a sobrinha na casa do pai, já que a irmã passaria a noite inteira no hospital. Ele se ergueu contra a vontade, pensando no que acabara de ler nos boletins de ocorrência. Três vezes Maria Clara alegou para a polícia que o marido a perseguia, entrava em sua casa sem permissão, chegando a passar uma noite inteira lá sem que ela soubesse, descobrindo sua presença apenas no dia seguinte, ao acordar com ele ao seu lado na cama.

A polícia, como é o caso milhares de vezes, não conseguiu fazer muita coisa a respeito. Muniz chegou a contratar um advogado e pedir uma medida protetiva, que não foi concedida pelo juiz, uma vez que ela não conseguiu provar nenhum tipo de abuso por parte do ex-marido, muito menos que ele havia entrado em sua casa à força. Otávio Feffer alegou que foi à casa da ex a convite dela, que era uma mulher dada a mentiras e manipuladora a qual, apesar disso, ele ainda amava.

A professora se mudara de cidade diversas vezes ao longo dos últimos quinze anos, trabalhando em escolas particulares de perfis e públicos variados, morando de aluguel em apartamentos com portaria em áreas populosas e vivendo de maneira discreta. Até agora.

Ele entrou no carro com a vítima na cabeça. A noite em Ilha das Pedras estava quentíssima, abafada e sem vento. Pela quantidade de estrelas no céu, ele antecipou um sol de rachar concreto no dia seguinte, quando teria folga. Poderia ir à praia e tentar relaxar um pouco, pensou, quase como uma ordem. Não se considerava um homem obcecado pelo trabalho e conseguia se desligar com facilidade dos casos nos quais trabalhava, mas desta vez era diferente. Havia muita atenção da mídia e seria injusto deixar tudo nas costas de Lenir.

Miro dirigiu tranquilo, tentando organizar os pensamentos. Houve, antes daqueles boletins de ocorrência, uma linha provável naquela investigação, compartilhada pela delegada: Medeia e Otávio planejavam tirar uma grana de Ian Torres. Ela se fez de vítima e o garoto mordeu a isca, levando-a para um lugar isolado. Lá, as coisas deram errado e os golpistas brigaram. Otávio esfaqueou a comparsa, ateou fogo na casa e fugiu. Ian deu azar e acabou virando o suspeito número um.

Só que ninguém planeja um golpe assim por quinze anos, especialmente por tão pouca grana. Os Torres tinham milhões. Mas milhões, nos dias de hoje, não levam tão longe quanto costumavam levar. E quantos milhões poderiam extorquir de um moleque como Ian? Um ou dois? Isso compraria dois carros potentes e um apartamento bom num condomínio fechado no Guarujá, no máximo, talvez nem isso. Veleiros ou mansões eram impensáveis. Aliás, Ian deveria usar fraldas quando Medeia começou a fugir do ex-marido. Não, aquela hipótese não fazia mais sentido.

Era hora de começar a pensar que Medeia de fato era uma vítima naquilo tudo, por mais que estivesse trepando com um garoto de dezenove anos. *Quem são seus suspeitos, Miro?* Ele parou o carro no farol vermelho.

Ian. Estava lá na hora do crime, tinha o sangue da vítima nas mãos e era um riquinho mimado, filho de um puto de um político sem escrúpulos. Tá, e qual motivo ele tinha? *Até parece que um homem precisa de um bom motivo para liquidar a mulher que ama*, pensou, sentindo um gosto amargo na boca.

Otávio. Perseguia a vítima havia anos, a ameaçava. Motivos ele tinha, pelo menos na cabeça dele, mas não havia nada que o colocava na cena do crime. Ninguém tinha visto aquele homem em Ilha das Pedras e a bilhetagem não dera em nada, o que significava que Otávio tinha pelo menos um telefone que não era registrado em seu nome.

A balsa. É o único jeito de chegar à ilha. Isso significaria dias e mais dias espiando as filmagens da travessia, *se* as imagens ficassem guardadas. Mas era uma boa possibilidade. A fiscalização da balsa provavelmente teria gravação das filmagens pelo menos por um tempo. Seria trabalhoso, mas era uma chance. *Se* você descobrir que carro esse cara dirige e *se* ele tiver usado o próprio veículo para a viagem, Miro.

Tinha aquele incômodo também, quase como uma casquinha de pipoca alojada entre seus dentes: onde estava Ciniro, o caseiro? Ele podia ter visto Otávio. Podia confirmar ou desmentir a história de Ian.

Miro chegou ao destino: a pequena, mas digna, casa de Eliel. Aquele puto por quem sua irmã fora doida, apesar dos avisos de Miro e do resto da família. Tinha traído Teresa com um monte de mulheres, bebia e caiu fora assim que percebeu que um bebê dava trabalho e despesa.

A mãe de Eliel, uma mulher "do bem", religiosa e simpática, embora fofoqueira, estava na garagem, sentada em uma cadeira de praia. Vitória brincava com uma bola, os pés imundos, correndo pela garagem manchada de óleo, enquanto o gato da família a observava com alarme.

— Vamos, Duracell — Miro chamou a sobrinha pelo apelido ao se aproximar das grades.

Dona Vera se ergueu com empolgação. Suava e tinha cheiro de talco de pé; fez questão de abrir o portão, dizendo:

— Boa noite, seu Miro, como o senhor está? Entra aí, vem tomar um café comigo. Paulo vai trazer pão.

Paulo era o marido dela. Um homem honesto, brincalhão, típico tio do pavê, mas que olhava para Miro como se tivesse algum problema com ele — sabia muito bem que problema era esse. Era fácil imaginá-lo falando: "Eu não tenho preconceito, só não quero perto de mim". *Coisa da sua cabeça, Miro*, ele insistiu. A sobrinha correu para dentro da casa para buscar suas coisas dando gritinhos afobados.

— Ela já comeu um lanche, viu, seu Miro — Vera falou. — Só precisa tomar um banho porque não quis de jeito nenhum e tá imunda.

Papai não deve estar em casa, para variar. Deve ser fácil ter um filho quando se tem um par de velhotes para fazer tudo. Miro deveria ficar irritado, mas sentiu alívio por não ter que interagir com Eliel. *Eu sou mais pai dessa criança do que ele*, pensou com tristeza.

Vitória voltou correndo, carregando uma mochila pink cheia de enfeites.

— Tchau, vó! — berrou, correndo para as pernas de Miro, que a virou delicadamente e a direcionou a Vera.

— Dá um beijo na sua avó, criatura.

Vitória obedeceu e entrou no carro, permitindo, com paciência atípica, que o tio prendesse seu cinto de segurança. Ele acenou para a senhora, que deu um tchau do portão, e se uniu ao fluxo de carros na rua estreita.

Conversou um pouco com Vitória. Em cinco minutos, Duracell estava dormindo pesadamente com a cabeça apoiada na mochila. Miro ligou o rádio baixinho e, quando parou o carro em outro semáforo, pegou o celular para se distrair.

Em segundos, percebeu a quantidade alarmante de notificações. O coração afundou e um alerta piscou em sua mente. Não demorou para Miro acessar o vídeo, compartilhado, curtido e comentado milhares de vezes. Ian Torres e a vítima. Um bar. Música alta, gente feia curtindo como se fosse 1999. Os dois numa mesa de canto, abarrotada de drinques, dando amassos que fariam qualquer marmanjo ficar de queixo caído.

Puta que pariu, pensou.

Ian fechou o livro, pedaços da história se agarrando a ele como bichos em seu cabelo. Percebeu que lera *E não sobrou nenhum*, de Agatha Christie, em uma sentada só. Esfregando o rosto e sentindo o próprio bafo na boca, consultou o celular. Estivera lendo por pouco mais de quatro horas.

Quantidades incomuns de notificações imploravam por sua atenção: Tik Tok, Instagram e WhatsApp. Ele desligou o telefone sem se importar. Algumas frases do livro haviam saltado das páginas e ele não conseguia esquecê-las. Não podia deixar de pensar que esse era um dos livros preferidos de Medeia, e ela havia morrido numa ilha como os dez personagens de Christie. Injustiça poética?

Como queria poder conversar com ela sobre o livro. Fechou os olhos e a imaginou na cama, deitada com o cabelo bagunçado, virada de lado com as mãos sob o rosto, sorrindo e com olhos cintilando de empolgação, falando sobre a genialidade da autora, sobre seus principais suspeitos antes de descobrir quem era responsável pelas mortes.

Lembrou-se, com uma pontada, de quando assistiram a *Disque M para matar*, alugado em versão dublada pelo YouTube, entrelaçados na cama. Ian não havia assistido a um único filme do Hitchcock antes de Medeia e sentiu que os mais velhos tinham razão quando diziam que a geração dele perdia coisas incríveis ao não valorizar produções antigas. Foi exatamente nesse filme que o personagem amante de Margot, um escritor de livros policiais, dissera: "Nas histórias, as coisas acontecem como o autor planeja, mas na vida real... nem sempre".

Ian jogou o livro de lado e se forçou a levantar-se e esticar os músculos. O corpo doía. Ele arrastou os pés até o banheiro da suíte e arrancou as roupas, entrando numa ducha forte e gelada.

Precisava ler o próximo, *O Código da Vinci*, de Dan Brown. Podia dormir por umas duas horas e acordar para ler em paz durante a madrugada. Precisava ser mais esperto do que estava sendo; entender as lições nesses livros e desenhar o plano que Medeia tinha visualizado para que fosse vingada.

Ele achava estranhos os títulos dos capítulos, tentara mexer neles, conferir se eram eneagramas para alguma outra mensagem, mas os resultados não fizeram nenhum sentido. Acabou deduzindo que eram apenas títulos, coisas de uma mulher que lia livros demais.

E se ela errou? E se eu não for esperto o suficiente para entender o que fazer?

Angustiado, ele pensou que a única coisa que não podia fazer agora era decepcioná-la. O que aconteceria depois não importava. Se fosse preso, foda-se. Ian não duraria muito em uma cela comum, uma cela para cinco que comportava trinta, onde os prisioneiros dormiam em turnos, e criavam as próprias regras. Assim que soubessem quem ele era, ele seria estuprado e espancado e morreria devagar, em dor agonizante, devido aos ferimentos. Talvez levasse dias até que seu cadáver fosse encontrado por um agente penitenciário.

Não importa, pensou, olhos fixos no nada. *Nada importa, desde que eu faça um pouco de justiça antes*. E ele tinha que correr, porque era questão de tempo até a polícia encontrar Otávio Feffer. Não podiam encontrá-lo antes dele.

O peso veio, aquela sensação de o tórax estar numa morsa de bancada. E Ian desabou.

Fabíola fumou um cigarro devagar, em pé, os olhos presos no movimento lânguido que a brisa criava na água da piscina. A internet estava inflamada de ódio por Ian. Aquele vídeo, aquela merda de vídeo, mudara tudo.

Como pôde ser tão burro de se atracar com aquela mulher num lugar público?

Algum imbecil havia filmado Ian e Medeia numa espelunca de barzinho em Ilha das Pedras. Mesmo no salão escuro e cercados por dezenas de pessoas excepcionalmente feias e vulgares, o casalzinho havia chamado atenção por se beijar e dançar como se estivessem num estágio avançado de preliminares. A diferença de idade e a sensualidade explícita no jeito como dançavam chamaram a atenção de algum tarado de plantão que deveria passar a noite inteira registrando esse tipo de coisa no celular para bater punheta mais tarde. Algum voyeur com ansiedade social, ela imaginava, que, com a repercussão do caso, resolvera compartilhar o vídeo on-line.

— Faby.

Ela olhou para trás. Fábio fechava a porta de vidro cuidadosamente. Usava nada além de uma bermuda para dormir, o cabelo estava bagunçado. Ela até gostava que ele estivesse ficando grisalho, mas secretamente rezava para que não perdesse tanto cabelo quanto o irmão. Perguntou:

— Você já viu o vídeo?

Ele assentiu e parou ao lado dela sem jeito, envergonhado.

— Amor — Fábio falou baixo, rouco, cauteloso. — Eu acho que tá na hora de tirar esse menino do país.

Lágrimas arderam nos olhos dela, e Fabíola virou o rosto para que Fábio não as visse. Não mostraria fraqueza para ele. Ela esperou, respirando fundo e se concentrando para que a voz não saísse embargada.

— É melhor falar com o Giovani primeiro. Se ele achar que é a melhor coisa a fazer...

— Eu sei que isso vai doer em você, sei que não quer ficar longe do seu filho, mas talvez seja o único jeito. O Ian não nasceu para a cadeia, porra. Ele não é como você ou como o pai. Não ia aguentar.

Ela lambeu a lágrima que contornava o lábio e assentiu. Ele tinha razão.

— Ele vai ser um foragido, sabe disso, não sabe?

— Eu sei, Faby. Mas um foragido rico, com uma vida confortável, relativamente livre. Só vai precisar ficar nos países certos, ter um pouco de cuidado, mudar um pouco a aparência. E você...

— Vou poder ver meu filho só de vez em quando, com muita cautela, com muito preparo, talvez uma vez a cada dois ou três anos, é isso?

— ... É isso.

— Eu dou conta — ela falou, tentando convencer a si mesma. — A gente tem que passar as instruções a ele e dar acesso a parte do dinheiro do Raí. É a herança dele.

— Quanto, você acha?

— O Ian não é dado a extravagâncias e não é burro, mas é jovem. Vamos ter que explicar como ele deve aplicar o dinheiro, como fazer render, reinvestir, essas coisas. Acho que quatro milhões de dólares dão conta. Ele vai ter que fazer durar a vida inteira. Quando a PF liberar nossas contas, eu tento transferir mais alguma coisa daqui a alguns anos para não chamar atenção.

— Isso é tranquilo. Vou ligar para o Giovani.

— Vamos ter que convencer o Ian, mas acho que depois do vídeo não vai ser difícil. Ele tem que me ouvir desta vez. Ele tá acordado?

— Tá.

— Liga para o Giovani e marca com ele cedinho amanhã. Eu já vou para a cama, só me deixa terminar o cigarro.

Por um momento, Fábio ficou ali olhando para ela. Fabíola sabia que ele queria apoiá-la, consolá-la, mas não o faria porque já a conhecia. Ela não se permitiria aquele melodrama. Fábio inclinou-se e deu um beijo suave em seu ombro antes de entrar na casa.

Sozinha, ela fechou os olhos e tentou conter o desespero de se imaginar mandando Ian embora do país. As pessoas se voltariam contra ela, a xingariam, a pressionariam até que contasse onde ele estava. Ao perceberem que ela não abriria a boca, tentariam oferecer acordos e manipulá-la até encontrarem seu filho, não por dever, mas para apaziguar a fúria dos militantes de redes sociais. As coisas esfriariam dentro de dois ou três meses. Com o tempo, Ian seria uma nota de rodapé em alguns sites feministas e mais nada. Ela só precisaria ser forte até lá. *Eu consigo*, pensou, amassando a bituca no chão. A empregada limparia pela manhã.

Fabíola se movimentou pela casa devagar, ciente de ser merecedora de uma mansão daquele tamanho, com aquele refinamento. Ela lutara por cada obra de arte, cada metro de Silestone, cada grama de mármore daquele lugar. De cabeça erguida, o coração de mãe afundado no peito, ela abriu gentilmente a porta do quarto de Ian.

Ignorando o cheiro de suor e chulé parado no ar, viu a cama desarrumada e cerca de vinte livros espalhados pelo chão. Alguns numa pilha, outros abertos e largados de forma caótica, com anotações tortas a caneta e trechos grifados. Ela teria se aproximado e examinado aquela bizarrice não fosse o som dolorido que veio do banheiro.

O filho estava sentado num canto, soluçando. Seu rosto estava vermelho e ele chorava como uma criança. Quantas vezes Fabíola o havia visto chorar daquele jeito quando era pequeno? Sempre a irritara a facilidade com a qual as crianças se entregam às lágrimas e ao berreiro. Bastava estarem com um pouco de sono ou fome ou terem algum prazer interrompido, como o final de um filme ou jogo, para surtarem completamente. Ela se lembrou de Ian com dois anos, chorando copiosamente por duas horas inteiras só porque ela o proibira de comer um pacote de balas antes do almoço. Neste momento, se arrependeu de sua reação naquele dia, de ter se levantado e dito a ele: "Eu não te aguento mais!" e saído do quarto, apenas para que Ian corresse aos berros atrás dela e a segurasse pelas pernas. *Quem me salvou naquela tarde?*, pensava agora, parada na porta do banheiro dele. *A babá. Qual era o nome dela... Ah, e isso importa?*

Fabíola se ajoelhou no porcelanato que imitava madeira.

— Filho...

Ian cobriu o rosto, os ombros pulando, a barriga se contraindo espasmodicamente enquanto um choro fino, esticado, era abafado pelas mãos.

Ah, a raiva que sentia daquela mulherzinha. O filho dela estava destruído. Ele nunca mais seria o Ian alegre, generoso e empático que Fabíola havia ganhado de presente de Deus. Na melhor das hipóteses, seria um fugitivo da polícia odiado por seus conterrâneos, sempre olhando para trás, vivendo com medo, assombrado pelo erro de ter se envolvido com uma mulher adulta que deveria tê-lo afastado para seu próprio bem.

Fabíola o abraçou e chorou quando o filho apertou os braços em volta dela e enterrou a cabeça em seu pescoço. As palavras dele, quase incompreensíveis, foram como dardos em seu peito:

— Eu quero ela de volta, mãe.

Fabíola apertou as pálpebras e os lábios. Gritaria se não se controlasse. Imaginou-se assassinando Medeia com as próprias mãos, enfiando a tal faca de cozinha em golpes curtos e fortes contra seu peito. Ela murmurou algo como "*Sshh*, vai passar, vai passar", e percebeu-se movimentando o corpo como uma cadeira de balanço, embalando Ian como fazia quando ele era neném.

Ficaram assim por quarenta minutos, até Ian pegar no sono em seus braços.

CARTA 8
Ruptura

Nos anos seguintes, foi como se eu não tivesse marido. Otávio trabalhava com a mesma compulsão com que eu limpava as coisas. As mudanças que fizemos, tanto no nosso comportamento quanto no estilo de vida, pareciam naturais, mas hoje, olhando para trás, entendo que de natural não havia nada naquilo tudo.

Eu comecei a me *autoaperfeiçoar*, essa era a palavra que Otávio gostava de usar. Eu chamo de reinvenção, outro conceito que não suporto. Por que as pessoas querem tanto se reinventar? Não deveríamos estar nos tornando cada dia mais quem realmente somos? Não deveríamos tentar evoluir e mudar o que não está legal, em vez de tentarmos ser pessoas diferentes a cada cinco ou seis anos? Essa reinvenção não é uma traição cruel à criança que um dia fomos? Como se essa criança não bastasse, como se melhorar, evoluir e encontrar sua verdadeira essência não fosse o suficiente para salvá-la da mediocridade?

Eu me reinventei, sou culpada disso. Passei a me especializar fazendo pós-graduação, lendo cada vez mais, frequentando aulas de ioga e ginástica localizada, passando a me vestir de forma diferente e me maquiar. O mesmo acontecia com Otávio, que comprava roupas em dez parcelas, relógios que nunca ousou sonhar em ter, e que se dedicou a aprender a falar outros idiomas. Nós seríamos perfeitos, essa era a meta.

Ele começou a trabalhar com atletas e a agenciar alguns deles. Quando entrava um dinheiro, fazíamos mudanças no nosso estilo de vida. Nós nos mudamos. Compramos um carro. Eu passei a dar aula em uma escola melhor e a ganhar um pouco mais.

Otávio era compulsivo com algumas coisas, e uma delas era a coleção de artigos raros, todos relacionados a esportes, à qual se apegou com fúria. Ele construiu uma sala só para exibição, com prateleiras iluminadas por LED nas quais colocou as luvas de boxe do Maguila, camisas assinadas por jogadores, bolas autografadas e coisas assim. Atletismo, futebol e Fórmula 1 eram sua obsessão. Ele admirava Pelé, João do Pulo, Éder Jofre e era o maior fã do Senna que eu já conheci.

Nossa vida ficou tão louca que a única forma de conseguir alívio era no sexo. Cada vez mais ousados, passamos a transar em lugares públicos, gastar dinheiro em sex shops e casas de swing, mas nada preenchia o buraco no peito dele. Eu insistia que, para chegarmos aonde queríamos, não era a hora certa para ter filhos. Ele concordava, dizia que meu raciocínio era lógico e que o momento chegaria. Mesmo assim, às vezes ele ficava acordado, na porta do quarto, conversando com a minha mãe morta. Eu nem ligava mais. Tomava remédios para dormir e o ignorava.

Otávio passou a fazer coisas cada vez mais estranhas. Não vou conseguir lembrar de todas, principalmente as mais inofensivas, mas foram muitas, e pioraram com o tempo. Primeiro, ele passou a colocar três pratos na mesa, e não dois. Ele conversava com a minha mãe durante o jantar como se ela estivesse lá, como se os dois fossem amigos. Eu chorava, pedia que parasse, mas ele olhava para o vazio e sussurrava: "Eu não gosto de ver sua filha assim", como se eu não pudesse ouvir.

Um dia, recebi o telefonema de um cara que trabalhava com o Otávio, cheio da grana, que administrava um clube de futebol. Ele queria almoçar comigo. Achei estranho, mas fui. No almoço, visivelmente constrangido, ele me confessou, depois de muitos rodeios, que Otávio às vezes mostrava fotos de mulheres nuas para os amigos, como todos eles faziam. Eu dei de ombros, disse que não me importava, até que ele disse: "Mas, Maria Clara, eu fui percebendo que as fotos são suas. Ele não mostra o rosto, todas estão cortadas, mas, me desculpa... com o tempo, eu percebi que eram todas da mesma mulher, e acho que é você. Ele parece se sentir orgulhoso, e até... que coisa estranha de dizer, mas até excitado de saber que outros homens estão olhando para você, assobiando e te elogiando".

Eu nunca senti tanta vergonha, Ian. Eu voltei para casa chorando no táxi e quando o confrontei ele riu. Disse que, sim, adorava fazer aquilo e os outros nem desconfiavam, e que se o Marçal — esse era o cara que gerenciava o clube — tinha notado que era eu, era porque estava prestando atenção demais em mim. Eu fiquei furiosa e disse que queria me separar. E foi nessa noite que o Otávio me deu uma lição.

Ele nunca foi violento comigo. Nunca forçou sexo. Nunca me bateu. A gente se xingava, mas nada do que as pessoas consideram abuso. E talvez seja por isso que falar sobre nós dois seja tão complicado. É por isso que eu me sinto estranha quando digo que meu relacionamento com ele foi abusivo. É como se nada que aconteceu me desse o direito de reclamar, porque eu nunca fui estuprada e nunca apanhei. Como se, para aceitar que uma mulher tenha sido vítima de um homem, ela tenha que ser infeliz para sempre, tomar susto ao ser tocada e passar o resto de sua vida num convento. Porque se ela fizer as pazes com seu corpo e gostar de sexo, é como se o estupro não tivesse sido traumático o suficiente e, portanto, não tivesse acontecido. É como se, se ela voltar a amar um dia, as porradas não tivessem sido fortes o bastante para justificar chamar o agressor de abusivo. Há um conjunto de regras tácitas para as mulheres: *Se você quer nossa empatia, precisa carregar o trauma para o túmulo. Não ouse sentir prazer de novo. Você é frágil. Você tem que chorar no escuro. Você nunca poderá reconstruir sua vida, porque se superar seus traumas e ousar ser feliz de novo, isso a torna uma mentirosa.* O mundo só gosta de vítimas quando elas ficam quebradas para sempre, além de qualquer salvação.

Bem, Ian, eu estava dormindo, mas algo me despertou. Abri os olhos, me sentindo estranha, e vi Otávio em pé, encostado na parede do quarto, observando. Eu estranhei tudo naquilo e, quando me dei conta do que sentia, das cócegas nas pernas e braços, enlouqueci. Eu só me lembro do pânico. De berrar enquanto elas andavam sobre mim e de correr, batendo no meu próprio corpo, puxando meus cabelos, arrancando meu pijama. Eu corri para o banheiro para abrir a torneira, mas meu pavor não permitiu que eu conseguisse parar de correr. Então eu corri. Eu já tinha arrancado a blusa e a calça quando desci as escadas da casa de dois andares onde morávamos. No meu desespero, pensei em atravessar para a casa vizinha e pular na piscina deles. Não havia preocupação com nada, nenhum constrangimento, nenhum plano. Só o horror. Elas ainda estavam em mim, não sei quantas. Acho que não muitas, mas até hoje eu as sinto na minha pele.

O muro do vizinho era baixo, porque era um condomínio seguro. Eu só tinha que pular aquele muro e entrar na água gelada, e nadar e nadar até não sentir mais aquelas cócegas. Eu me lembro de ver o muro. Eu me lembro dos meus berros. Sabe que fiquei sem voz por seis dias depois? Eu me lembro das luzes e da dor. Disseram que eu não me lembraria da dor, mas era mentira. Eu senti o impacto. Eu senti os ossos quebrarem, eu senti minha pele ralar no asfalto. A ironia? Quem me atropelou foi meu próprio vizinho, chegando em casa de uma festa.

Quando eu acordei, levei muito tempo para entender onde estava. Nunca tinha ficado internada antes, estive muito pouco em hospitais antes disso. Otávio chorou, os olhos vermelhos e inchados. Ele não pediu desculpas. Beijou minha mão e explicou que eu tinha sido atropelada na rua entre nossa casa e a do vizinho. Aí ele virou a cabeça para o nada e conversou com a minha mãe, explicando que os médicos disseram que eu ia ficar bem, que eu tinha fraturado seis ossos e passado por uma cirurgia para reparar meu baço, que se rompeu com o impacto, mas, depois de alguns dias em observação, eu ficaria bem. Então ele olhou de volta para mim e disse: "E, assim que ela melhorar, nós vamos ter um filho".

Nós ficamos juntos por mais três anos. A essa altura, alguém como você deve estar berrando para esta carta: "O quê?!". Não é tão simples explicar por que eu não me divorciei dele assim que recebi alta. Meu amor morreu. Meu amor por ele morreu anos antes e eu nem sei dizer quando. Só que, assim como ele, eu ainda acreditava no sonho que ele tinha criado.

Eu ainda queria uma vida perfeita. Nós já estávamos muito bem financeiramente, o Otávio trabalhava para atletas riquíssimos, que jogavam em times estrangeiros, e sei que também estava envolvido com algumas coisas ilegais relacionadas a impostos. Na época, um pouco desse dinheiro já estava entrando. E eu ainda queria ser mãe.

Então eu fiquei. Só as mulheres que passaram por isso sabem por que eu fiquei. A gente sempre acha que vai melhorar. Acredita de verdade que um dia, magicamente, eles vão acordar e pedir desculpas e tudo será perfeito novamente.

Mas ele passou a me torturar. Eu parei de dormir, com medo de que ele voltasse a colocar baratas na minha cama. Tinha medo de comer, porque às vezes ele fazia coisas estranhas com a minha comida para rir de mim. Às vezes, eu jantava e o via sorrindo, como se soubesse de algum segredo. A tortura era que ele não me contava o que tinha feito com a minha comida, então comecei a comer apenas o que eu mesma preparava, e emagreci consideravelmente.

Eu passei a ter uma escova de dentes secreta porque tinha medo de que ele pudesse ter feito alguma coisa com a minha. Ele sabia que eu havia desenvolvido uma relação estranha com a limpeza e usava minha paranoia contra mim. Transávamos pouco, mas quando acontecia era violento, de ambas as partes. Havia coisas que fazíamos durante o sexo sentindo ódio um do outro. Ele enfiava minha calcinha dentro de mim, puxava e a socava na minha boca. Eu batia na cara dele, falava que não estava sentindo nada, que ele era péssimo na cama. Eu tinha raiva dele, e ele de mim. Ele tentava me engravidar, mas eu tomava injeções anticoncepcionais escondida. No fundo, queria ter filhos e ainda achava que seria com ele. Não *ele*, mas a versão do Otávio por quem me apaixonei, aquela que eu ainda achava que voltaria. Estava "me guardando" para aquele Otávio, com quem eu seria feliz depois da tempestade, quase como um troféu por ter aguentado tudo aquilo.

Para me punir, ele continuava fazendo coisas estranhas, às vezes até infantis: furava minhas meias, ejaculava no meu xampu, esse tipo de coisa.

Não vou mentir: de vez em quando, ele tinha gestos bonitos. Deixava flores na cama, comprava presentes que eu realmente desejava; livros que eu mencionara que queria ler, roupões quentinhos, coisas de papelaria de que eu gostava. Ou escrevia bilhetes simples, que deixava na mesa do escritório ou na lavanderia. Coisas como: "Nunca houve uma mulher mais bonita que você" ou "Seu sorriso é a única coisa que me faz levantar da cama pela manhã". Coisas assim. Ele decorou um quarto de bebê na nossa casa, só que me recusei a entrar lá. Isso o magoou mais do que qualquer coisa que eu pudesse ter feito.

No dia em que pedi a separação definitivamente, ele não respondeu, a princípio. Eu chorei muito, mas expliquei que estávamos enlouquecendo um ao outro e que eu nem sabia mais quem era. Ele falou que nunca se casaria com outra mulher, porque um dia eu voltaria e nós teríamos uma vida perfeita, com dois filhos e mais dinheiro do que poderíamos sonhar em gastar. E quando eu disse: "Mas eu nem sei se é isso que eu quero", ele me olhou e respondeu: "Se quiser ir embora, vá, mas eu vou trazer você de volta, nem que leve cinquenta anos".

E então começou nosso jogo de gato e rato. Ele já dura quinze anos.

CAPÍTULO 17

Antes

A casa em Ilha das Pedras ficou claustrofóbica sem Ian. Era como se ele fosse o ar daquele lugar e agora só houvesse vácuo. Medeia fez-se confortável como pôde, pela primeira vez sentindo-se uma intrusa naquele paraíso que não era mais deles.

No primeiro dia sem Ian, ela dormiu enquanto o sol brilhava, comeu com preguiça e leu um pouco no deque ao entardecer. Quando o céu escureceu, ela passou veneno nas minúsculas frestas das janelas e portas, limpou a casa superficialmente para se distrair enquanto ouvia música, assistiu a um pouco de TV e passou a madrugada em claro, olhando para o teto, deixando o vento do ventilador acariciar sua pele.

Pensou nele. Reconheceu aquele incômodo nas entranhas, aquela merda daquela voz insistindo que o que acontecera entre eles naquela casa não era certo. Medeia tinha argumentos contra a maldita sensação de estar corrompendo Ian, mas eles não a convenciam. *É assim que um criminoso se sente?*, pensou. *Não importa o quanto a sensação de cometer o crime seja boa?* E havia sido boa. Ela tinha a teoria de que algumas pessoas nascem com o dom de trepar bem, um dom que pode ser trabalhado com dedicação e experiência, mas que é inato. Ian era uma dessas pessoas.

Entediada, no dia 21 correu na praia por uma hora. Cheia de endorfina, preparou um belo café da manhã cantarolando. Vestiu o biquíni e se deitou ao sol, lembrando de Ian com um sorriso. Ainda havia culpa? Ela não sabia mais. Não conseguia mais enxergá-lo como aluno ou como um moleque. Ninguém sabia melhor do que ela que Ian era um homem feito, mais maduro do que a maioria dos que ela conhecera.

No terceiro dia sem Ian, ele conseguiu mandar mensagens via WhatsApp.

"Tive um perrengue aki c meu celular, mas tá td bem. Morrendo de sdd. Tá td bem por aí?"

Ela arriscou o que não deveria e mandou uma selfie para ele sorrindo ao sol, de biquíni, propositalmente apertando os braços para que os seios formassem dois montes arredondados bem altos. Escreveu apenas: "Esperando você".

Foi com um sorriso besta que Medeia pegou no sono quando as nuvens acortinaram o sol, baixando um pouco a claridade e a temperatura. E foi com uma gélida sensação de medo que ela despertou, vinte minutos depois, quando o vento já balançava ruidosamente o guarda-sol no deque, e ouviu uma respiração próxima.

— Eu gosto de ver você sorrindo assim.

Se não tivesse passado por aquilo antes, Medeia provavelmente teria gritado e tentado fugir de Otávio, mas ela apenas esperou o ódio e o pavor se esvaírem do seu peito para as extremidades, sentindo o frio na barriga, o calor nas coxas e braços, o corpo inteiro aumentando a amperagem, zumbindo, implorando para que ela corresse.

Ela esperou, porque falar exigiria demais dos seus nervos. Tentou controlar a respiração, silenciar a torrente de comandos que o cérebro disparava e se acalmar para não perder o controle.

Otávio estava visivelmente mais velho, com uma barba que o favorecia, bem aparada e cuidada, salpicada de pelos brancos. Os olhos exibiam mais rugas — fundas e curtas — do que os dela. Ainda tinha bastante cabelo e se assemelhava ao que sempre quisera ser: um homem bem-sucedido.

Medeia não precisou desviar os olhos dos dele para notar o relógio caríssimo entre os pelos pretos do braço forte e bronzeado ou as roupas que custavam o que, num passado distante, teria comprado o primeiro carro do casal. Ele cheirava a um perfume cítrico, provavelmente escolhido para agradá-la.

Devagar, Otávio se sentou na espreguiçadeira, de forma que seu corpo tocou as pernas de Medeia. Ele se torceu e se inclinou, os braços formando uma jaula de cada lado dela, o rosto tão próximo que, se ela tivesse coragem, poderia acertá-lo com uma cabeçada.

— Tá linda, mesmo desleixada e sem maquiagem — ele falou, com a voz grossa e arranhada que provocava arrepios na pele dela. — Acho que trepar com um adolescente deve ser rejuvenescedor.

Medeia já o conhecia. O que ele fizera com um dos homens de quem ela ousara gostar estava entalhado em seu coração e agora ardeu como um alerta. Cada frase era estratégica: ele estava ameaçando Ian.

— Cadê ele?

Ela abriu a boca, mas nada saiu. Preferiu dizer a verdade, que saiu fraca e baixa:

— Viajando, fora do país. — Sentiu-se grata, pela primeira vez, pela ausência de Ian. *Graças a Deus por essa droga de viagem.*

— Que tipo de homem deixaria você sozinha?

— Ele não sabia que eu corria perigo. Estou em perigo, Otávio?

Ele sorriu, balançou a cabeça, olhou para os lados. Pareceu mais dócil quando endireitou as costas e relaxou os braços.

— Tá tudo pronto, só vim te buscar. Eu prometi que ia criar uma vida perfeita para nós dois e consegui, Maria Clara. Tá pronto, tudo prontinho.

A emoção em seu rosto a encheu de tristeza. O vinco na testa, o cintilar no olhar... Ela soltou uma expiração de surpresa quando ele segurou sua mão direita com ambas as dele, quentes, macias.

— Tá tudo pronto — ele repetiu. — Você acha que essa casa aqui é luxuosa? Você não sabe o que é luxo. Isso daqui não é nada...

— Não é isso que...

— Shh! — Saiu como uma lâmina cortando o ar, e ela silenciou. — Clara, porra, escuta. Eu tô te falando que preparei a vida que você merece, como prometi e você sempre duvidou. Eu nem tive coragem de decorar a casa porque sei que você vai querer fazer isso, mas tá basicamente tudo lá te esperando. Eu sei o que você vai falar, mas não é tarde demais. Se daqui a dois anos não tiver conseguido engravidar, a gente adota, não tem problema.

Ela tinha que ser inteligente agora. Sabia que deveria mentir para ele, manipulá-lo como ele fazia com ela, mas não conseguia. Mentir era uma habilidade de Otávio que Medeia nunca dominara.

— Eu não quero isso — disse, devagar e docilmente, sabendo que ele não aceitaria aquelas palavras, nunca aceitara. — Eu já falei isso mil vezes. Só quero seguir com a minha vida, do meu jeito...

Ele jogou a cabeça para trás e fechou os olhos, como se profundamente entediado. Com um suspiro paternalista, voltou a encará-la, os músculos faciais mais rígidos:

— Eu não tenho tempo pra isso. Vai lá, arruma suas coisas, vamos embora.

— O que eu sentia por você acabou. Me desculpa...

Quantas vezes já não tinha dito aquilo tudo? Cada palavra que ela pronunciava parecia vazia, sem significado, sem peso. Otávio não se mexia. Queimava buracos nela com aqueles olhos estranhamente mortos; uma escultura, aguardando pacientemente que o museu fechasse.

Medeia sentiu os olhos arderem. Ela enrugou o rosto, os pulmões lutando por ar. Chorou sem vergonha, pressionando as dobras das mãos contra as pálpebras. *Ele não vai embora sem você. Acabou, Medeia.*

Ela respirou fundo, a sensação de desesperança tomando conta. Ia ceder. Não tinha mais como lutar contra ele. Ao abrir os olhos, tentou um último apelo, tocando o braço dele.

— Por tudo o que a gente já viveu, eu imploro que você me deixe em paz. — A voz saiu grossa. Ela ofegava. — Otávio, por favor, por favor...

— Acho que você vai amar a cozinha. Sempre falou que queria uma ilha imensa em pedra. Escolhi um cinza riscado, mas é finíssimo, um dos mais caros que tinha. Combina com os gabinetes.

Alguma coisa parecia remexer os intestinos dela. O céu escurecia e o vento balançava as palmeiras, levantava areia.

Eu preciso fazer alguma coisa.

Otávio olhou para o nada e falou baixo:

— Eu te disse, dona Ângela. Falei que ia dar tudo para ela. E olha só... — Ele gesticulou. — Aconteceu. A senhora duvidou, me encheu o saco todos esses an...

— Para, para! — Medeia cobriu as orelhas como uma criança, sentindo as lágrimas deslizarem pelo rosto. — Para de falar com ela! Ela morreu!

— Anda logo, Clara, tá ficando escuro. Já sabe o que sai pra brincar no escuro, né? — Ele arranhou o ar para ela, lembrando-a das patinhas de baratas. Ela chorou mais.

Otávio disparou um berro que a fez tremer:

— Vamos!

Medeia se levantou e caminhou em passos rápidos até a casa, limpando as lágrimas. Otávio foi logo atrás, ainda falando com entusiasmo sobre a nova vida. *Eu não vou desta vez*, ela falou para si mesma, atravessando as portas de vidro da varanda, virando para a direita, para dentro da cozinha em plano aberto.

— A arquiteta tá te esperando para uma reunião, ela vai visitar na terça, e aí vocês podem...

Ela não conseguia se concentrar. Abriu a geladeira sem pensar, destampando uma garrafa de água e bebendo diretamente dela para ganhar segundos, para conseguir organizar o que sentia, o que queria fazer. *Isso acaba agora, aqui, hoje*. Sem perceber seus próximos movimentos, Medeia deixou a garrafa na pia e abriu uma gaveta. Parte dela ainda ouvia: "... banheira de hidromassagem, mas não tenho certeza..." e parte estava ciente do que acontecia.

O tempo parou. A voz dele não atingiu mais seus ouvidos. Não havia nada ao redor. Era apenas a gaveta aberta, o brilho entediado das facas enfileiradas, organizadas numa divisória de plástico entre as colheres e os garfos. Em um nicho mais longo, duas facas maiores. Fina, para legumes. Grossa, para carne.

Medeia girou o corpo com um ódio na garganta que seus dentes trancados não deixaram escapar. Otávio deu um passo para trás, os olhos arregalados mirando nela e depois no próprio tórax. Os dois observaram, sem respirar, enquanto um filete do comprimento de um braço era tingido no tecido grosso da polo Lacoste de Otávio, agora cortado.

— Filha da puta.

Quando o xingamento entrou na cabeça de Medeia, Otávio já estava avançando em sua direção. Ela soltou um berro arranhado, longo, e estendeu a faca para a frente, fazendo-o recuar.

Otávio estudou Medeia, o peito crescendo a cada respiração.

Ela percebeu que o cortara — feio, mas superficialmente. Olhou para a própria mão, que não tremia ao ameaçar um golpe ainda pior com a faca pesada.

— Eu juro que te mato — ela falou baixo. — Vai embora. Vai embora.

Ele relaxou, endireitou as costas, e ela recuou um passo, com medo de que ele conseguisse arrancar a faca dela. Otávio sorriu ao ver isso. A camisa já estava empapada de sangue, e ela engoliu em seco perguntando-se a extensão do dano do corte.

Otávio deu um passo em direção a ela, um movimento lento e elegante.

— O que você tá fazendo? Dando um show? Não tem plateia. Só eu, você e a dona Ângela aqui agora. Olha a cara dela, toda roxa, vendo essa sua histeria. Olha a decepção...

Medeia fechou os olhos, largou a faca e deixou que ele a abraçasse. Era melhor morrer. Era melhor acabar logo com isso. Por quantos anos ela ainda conseguiria viver daquele jeito, fugindo, com medo, sozinha?

Otávio pegou a faca do chão antes de colocá-la gentilmente dentro da cuba da pia e serpentear os braços ao redor da cintura de Medeia por trás, enfiando o rosto em sua nuca.

— Dá medo mesmo — ele falou. — É apavorante.

Ele respirava quente contra a nuca de Medeia e esfregou o nariz carinhosamente naquela área, fazendo os pelos dela se enrijecerem e ela soltar um suspiro de resignação.

— Ninguém nunca foi tão feliz quanto a gente vai ser. Para de resistir. Merda, Clara... eu tava com saudade do seu cheiro. Da maciez desse seu cabelo. Essas mulheres se jogam em cima de qualquer cara como eu, chega a dar raiva. Sabe o que eu fiz algumas vezes? Fingi cair na delas. Levei algumas para jantar em restaurantes caros, à luz de velas, e falei de você a noite toda. — Ele soltou uma risada curta, quase que para si mesmo.

Medeia fitou o piso da cozinha através das lágrimas, os braços presos pelos dele, pensando em quanto Ian ficaria desolado ao chegar lá e não a encontrar.

— Você precisa ir num médico — ela falou, tentando soar preocupada. — Ver esse corte aí. Eu arrumo as coisas.

— Não, eu aguento. Você não sai mais do meu campo de visão, Clara. Já cuidei de tudo, vou trabalhar de casa e, quando tiver algum compromisso de trabalho, deixo você com um segurança bem treinado. Só no começo, até você se adaptar, deixar de ser tão arisca. Quando entender tudo e o bebê chegar, a última coisa que vai querer é ficar longe de mim. Eu já disse: nós vamos ser as pessoas mais felizes do mundo. Não vai ser como naquele apartamentinho sujo. Vai ser como a gente sempre mereceu. Agora vai dar certo.

Ela assentiu. Fez um pouco de força para soltar os braços, mas ele apertou o abraço. Ela sentiu o volume contra a bunda, uma ereção tímida.

— "Strangelove"... — cantou a música que eles consideravam "deles" quando se apaixonaram. — "Strange highs and strange lows"... Escuta, antes de ir...

— Eu não consigo pensar nisso agora — ela falou.

— Tudo bem. Temos tempo. É melhor ir devagar mesmo, eu ainda acho que você consegue engravidar, só precisamos conversar com o médico certo.

— Aham.

Ele a soltou, permitindo que ela se afastasse devagar. Otávio a seguiu até o quarto num caminhar relaxado, olhando em volta, enquanto Medeia abria a pequena mala em cima da cama.

— Então me fala sobre esse menino — ele resmungou bem-humorado, como se a camisa não estivesse colada na barriga, encharcada de sangue. — Onde achou esse otário?

Ela reprimiu a raiva e seguiu dobrando as roupas devagar, mecanicamente.

— Ele foi meu aluno. — Não havia motivos para mentir.

— Sério? Deve ter sido incrível para ele comer uma professora. Vocês trepam bem?

— Aham.

— O pau dele é maior do que o meu?

— Não.

— Mas você gostava?

— ... Gostava.

Ele sorriu.

— Me conta, então... Nunca imaginei você com um menino dessa idade. Ele deve ser meio afoito na hora do vamo-ver.

— Eu não quero falar agora, prometo que conto tudo em casa.

— Na cama, então. Me conta quando formos para a cama. Dossel, super king size, lençóis de mil fios no algodão egípcio. Tudo o que você merece.

Ela finalmente sentiu a fadiga nos músculos agora que a adrenalina baixava. Dos cotovelos para baixo, era como se seus braços fossem feitos de papel. Otávio falava sobre modelos de banheira que havia pesquisado para o banheiro da suíte. Ela olhou de relance para o ferimento e sentiu ânsia. Um pouco da bermuda já estava manchado, e Medeia percebeu que não havia apenas cortado o peito e a barriga, mas também uns dez centímetros do antebraço.

Ele tá perdendo sangue.

Medeia vestiu uma saída de praia. Otávio começou a falar de trabalho:

— Estamos investindo numa experiência completa para os torcedores, envolvendo metaverso, colecionáveis virtuais, tem toda uma parada assim, tô louco para te mostrar...

Ela avistou os tênis no canto do quarto e os calçou, forçando os movimentos para que saíssem casuais. Prendeu o cabelo salgado do mar num coque, colocou mais algumas coisas — filtro solar, um hidratante, chinelos — dentro da mala.

Medeia endireitou as costas e encarou Otávio.

— Tem um biquíni meu no banheiro, acho que já secou. Pega pra mim?

Ele deu um sorriso, como se soubesse das intenções dela, mas, como Medeia previra, ele foi. Otávio simplesmente não entendia que ela não o queria. Para ele, a resistência dela era uma forma de punição, de melodrama, um jogo para os dois.

Ela se moveu lentamente, o olhar preso nas costas do ex-marido. Quando Otávio acendeu a luz do banheiro, ela disparou.

Com o estômago gelado e o coração a galope, abriu a porta da frente da casa e correu, agarrando-se nas barras do portão e o pulando, ouvindo os berros de Otávio logo atrás. Ela correu pela estrada de terra sem pensar.

— *Clara!*

Estava acostumada a correr. Seu corpo adaptou-se ao movimento das pernas, ao impacto dos pés na estradinha, aos braços que equilibravam cada impulso. Não chorava mais. Só corria.

Correu.

Ouvia os berros dele cada vez mais distantes.

Passou pela casa dos vizinhos, acesa, de onde ouviu um samba animado.

O caminho voltou a ficar escuro. Mata de um lado, pedras em declive levando à areia do outro. Uma lua quase cheia no céu pretíssimo e estrelado.

Ela pensou na possibilidade de um bicho grudar em sua pele, mas esse pensamento só a fez acelerar o passo. Por quanto tempo um homem sangrando conseguiria correr?

Medeia correu até sair do condomínio. Correu até a estrada de terra bifurcar e encontrar a avenida, onde ousou olhar para trás e não viu Otávio. A corrida virou trote e o coração surrou seu peito. Ela limpou o suor da testa, sentindo uma pontada no ventre e as panturrilhas rasgadas. Carros percorriam a avenida sem pressa, e alguns comércios baixavam as portas de metal.

Ela avistou uma loja da Americanas que já tinha visto algumas vezes e entrou, embrenhando-se entre prateleiras de chocolates, xampus e brinquedos. A loja devia ter umas duas dúzias de pessoas, metade delas na fila do caixa.

Escondida num corredor vazio, Medeia fechou os olhos.
Ele vai me matar.

CAPÍTULO 18

Depois

Ian fitava o vídeo do YouTube como se fosse sobre outra pessoa. O título era "Caso Muniz: novos vídeos dividem opinião pública". Ele sabia que assistir seria dolorido, mas sentia-se estranhamente atraído pela dor, como se sofrer estivesse se tornando um vício. Quantas vezes permitira-se assistir àquela filmagem tosca e invasiva feita no barzinho? Dez, doze? Não conseguia tirar os olhos de Medeia, dos sorrisos que ela dava, dos beijos eróticos, mas reais, que haviam trocado naquela noite.

Apático, ele clicou na *thumbnail* e um anúncio hiperempolgado de cartão de crédito tomou conta da tela. Aguardou alguns segundos até que pudesse pular. Tentou não pensar na quantidade ridícula de visualizações que o vídeo mais recente do canal "Nora Paranoia" havia conquistado às custas de sua tragédia. Três milhões. Bom para Nora Rodrigues.

"Que semana, hein, paranoicos?" A garota de vinte e poucos, branca, magra e bonita de um jeito sem graça que ela apimentava com cabelo colorido e maquiagem diferentona, sorria para a câmera sentada numa cadeira *gamer* lilás.

"2022 foi doidíssimo, viu guerra, mais tiroteios em escolas americanas do que dias no ano, a compra do Twitter por Elon Musk, a morte da rainha Elizabeth, eleições conturbadíssimas aqui em terras tupiniquins e o Brasil fora da Copa cedo demais... Fiquem ligados porque amanhã sai meu vídeo de retrospectiva. Vamos ao que interessa? O caso Maria Clara Muniz fica cada vez mais estranho. Tem gente que acha que o filho do deputado federal Raí Torres, assassinado dois meses atrás, matou sua professora, com quem estava tendo um caso, na noite de Natal. E tem quem ache que ele é inocente. Três vídeos publicados recentemente em redes sociais complicaram ainda mais esse cenário. Um deles, gravado num bar poucos dias antes do crime, prova a relação no mínimo *cringe* entre Ian Torres, de de-ze-no-ve anos, e a vítima, de qua-ren-ta-e-seis, moçada. Mas... quem sou eu pra julgar a *cougar*? Logo depois desse vídeo viralizar e ferver, outros dois vídeos foram jogados na internet: um deles, de um homem chamado Roberto Mascarenhas, engenheiro químico, vamos ver agora, porque é um show de horrores."

O vídeo abriu numa janela, permitindo que Nora continuasse na tela, embora menor, e reagisse exageradamente ao que o homem atraente, embora abatido e com bolsas debaixo dos olhos, dizia.

"Depois de alguns dias tentando entender esse caso, eu conversei com minha esposa e decidimos que seria melhor eu vir a público e oferecer algumas verdades sobre isso tudo." Ele balançava a cabeça e estava obviamente a ponto de chorar. Falava devagar, com o rosto bem próximo ao celular, um quadro do Romero Britto de fundo contrastando com a pele pálida de Roberto e sua camisa polo. "Eu conheci e namorei por algumas semanas com a Maria Clara, muitos anos atrás."

Quem é esse cara?, pensou Ian, com uma pontada de esperança.

"Ela não era o que estão falando dela... Era uma pessoa do bem. Carinhosa..." Roberto fez uma pausa para se acalmar. Ao perceber que apertava a mandíbula, Ian relaxou os músculos. "Se alguém matou a Maria Clara, foi o ex-marido dela. Aquele homem é nojento, sem escrúpulos, um crápula mesmo. Eu sofri humilhações que me levaram à depressão por causa dele. Levei anos para superar o que ele fez comigo e com ela. Anos." Roberto tremia, esfregava os olhos. Ian sentiu pena dele e, ao mesmo tempo, um pouco de ciúme.

"Taí, um depoimento vago, mas muito emocionado, do senhor Roberto Mascarenhas, que não quis dar entrevistas para esclarecer sua declaração enigmática", narrou Nora com sarcasmo sádico. "O que aconteceu? Não sabemos, porque ele não contou. Quem é esse ex-marido malvado que algumas pessoas adoram mencionar sem, claro, citar nomes? Não sabemos. O que o senhor Mascarenhas queria com esse vídeo? São muitas perguntas, meus paranoicos, e nenhuma resposta. Vamos ao segundo vídeo, ainda mais nonsense, publicado no Instagram de Thiago Spenger, ex-aluno de Maria Clara Muniz."

O estômago de Ian revirou, implorando para que ele fosse ao banheiro.

Thiago? Um dos amigos de Ian e Michelle, que morava naquele mesmo condomínio e já tinha jogado PS5 em sua casa centenas de vezes. *As pessoas estão começando a ter coragem de falar a verdade*, ele pensou, sentindo pela primeira vez, após dias, algo parecido com esperança.

A câmera de selfie do celular de Thiago mostrava uma imagem trêmula, e Ian entendeu que ele gravara a *live* passeando pelo próprio quintal. "Então, galera, vim dar a real aí pra vocês, porque estudei com o Ian Torres, na turma do terceirão, e o cara é meu amigo."

Thiago se sentou em algum banco e sua imagem ficou mais estável. Uma rajada de vento bagunçou a franja dele e criou ruído no microfone. "Olha só, a Medeia era uma professora boa, mas as aulas dela eram chatas pra caralho." Thiago riu. Ele riu! Ian engoliu em seco quando o desconforto se retorceu dentro do peito. "Se vocês querem saber a verdade, eu também comi ela." Thiago deu de ombros, com um sorrisinho no rosto. "Era a coisa dela, dava em cima de alguns sortudos e, na minha condição de homem, eu não resisti, né? A gente gostava de ir para o carro dela e meter lá mesmo."

Ela nem tinha carro. As próximas palavras de Thiago pareciam mais distantes, a raiva de Ian criando uma barreira contra os sons e imagens ao seu redor.

"Antes da turminha revoltada do politicamente correto aparecer por aqui querendo me chamar de machista, saibam que foi aquela gostosa que deu em cima de mim, que veio atrás de mim, ué. Nem adianta me xingar..."

Tudo era à luz do dia, tão branca que quase cegava. Ian andava com o celular apertado na mão, vagamente ciente de que devia estar suado, fedendo e usando as mesmas roupas com as quais dormira.

O condomínio Noruega ainda era o mesmo, repleto de árvores, plaquinhas rústicas indicando o spa, o salão gourmet, as piscinas, o lago de carpas, a sala de jogos. Parquinhos infantis. Aulas de ioga ao ar livre. Lá estava, na mesma pracinha, o grupo de sempre: Thiago, Marcelinha, Vinícius, Rafa e Enzo.

Como pude achar que esses merdas eram meus amigos?

Eles encerraram a conversa assim que viram Ian. Thiago não esboçou reação fora observá-lo enquanto ele se aproximava.

Não tá com medo? Ian sorriu. *É aí que você vai se foder.*

Ian soltou o iPhone na grama macia quando calculou que estaria em cima de Thiago em cinco passos. Marcela se afastou. Rafinha preparou o celular para filmar, tentando ser discreta. Vinícius e Enzo pareciam ligeiramente envergonhados. Um deles falou alguma coisa amigável, que Ian não ouviu. Thiago só reagiu quando era tarde demais.

Rolaram na grama, que ardia contra suas costas. Os berros da turma eram de medo genuíno. Ian e Thiago acertavam socos curtos, descoordenados, onde podiam. Estômago quente, estalos de dor, respiração difícil. Estava tão quente quanto a casa em Ilha das Pedras. O fogo estava dentro dele, ao redor deles, consumia e lambia e deixava tudo em cinzas. Ian levou um tempo para entender que Thiago chorava. Levou um tempo para entender que ele mesmo estava falando com aquele desgraçado.

— Comeu a professora, filho da puta? — Ian sussurrou entredentes em cima de Thiago, fincando o joelho em seu rim esquerdo. Seus dedos eram garras nos cabelos castanhos do rapaz, prendendo-o perto de si. — Mentiroso filho da puta. Mentiroso.

Thiago chiava, soluçava, o rosto vermelho. Os pensamentos de Ian eram erráticos, repetitivos. *Ele não podia ter falado isso dela. Ela era legal com ele. Ela não merece isso. Esse merda. Eu vou matar esse merda. Me deixem matar esse merda.*

Os braços dos seguranças eram de ferro. Ian sentiu-se imobilizado e indefeso ao ser erguido no ar e arrastado na grama, para trás. Ele viu as pessoas que considerara amigos, inclusive com quem tivera conversas até a madrugada. Rafinha, que confessara ter sofrido um abuso sexual aos oito anos, Marcela, que fazia terapia desde criança porque o pai virou alcoólatra depois que sua irmãzinha morreu afogada na piscina de casa. Enzo, cujos pais não aceitavam que era gay e fingia namorar meninas só para ser deixado em paz, e que já chorara no ombro de Ian e dissera que não via a hora de sair de casa. Vinícius, o "virjão" que todo mundo invejava por ter pais que se amavam, que fazia trabalho voluntário e sonhava em fazer parte dos Médicos sem Fronteiras. Seus amigos. Correndo para consolar o mentiroso que havia achado engraçado difamar uma mulher assassinada para inflar o próprio ego.

A mãe de Thiago corria em direção a eles. Nem olhou para Ian, apesar de sempre ter gostado dele, convidando-o para viajar com eles, passar a noite na casa da família, ir a churrascos e festas. Ela abraçou o filho, quase histérica, gritando: "Meu Deus! Meu Deus! Thiago!".

Ian tentava recuperar o fôlego quando Thiago foi ajudado pelos amigos a se sentar. O sangue era tão vermelho, tão vivo, pingando do nariz dele como se fosse mais líquido do que água, como se uma mangueira minúscula e entupida esguichasse rajadas, em intervalos irregulares, no queixo e na camiseta.

Quando Ian despertou do cochilo amargo, a realidade e o sonho do qual havia sido arrancado formavam uma colcha de retalhos. Thiago e Medeia estavam num carro. Ian abria a porta. Medeia chupava o pau de Thiago ritmadamente, de olhos fechados. Havia outra mulher no carro — a mãe de Medeia, imunda, o cabelo desgrenhado. Ela olhava para Ian e o convidava a entrar. O sangue ejaculava do nariz de Thiago e respingava nos cabelos de Medeia. Uma mão no ombro de Ian. Ele se virava e seu pai sorria. Embora sua boca não se mexesse, a voz dele era audível: *vingue minha morte.*

O ar-condicionado estava no talo. Ian esfregou o rosto e forçou-se a esquecer o sonho. Estava em seu quarto. Que horas eram? Por que os dias estavam tão confusos?

— Tá melhor?

Seu tio estava sentado numa poltrona da qual havia afastado camisetas sujas. Uma luz débil entrava no quarto, o suficiente para que Ian visse apenas a silhueta de Fábio. Ele acendeu o abajur e teve que encarar o rosto murcho, quase choroso, do tio.

— Eu matei aquele merda?

A dor se intensificou na cara de Fábio. Como podia ser tão parecido fisicamente com o pai e, ao mesmo tempo, se comportar de maneira tão oposta? O tio inspirou ruidosamente e se inclinou para a frente, apoiando os cotovelos nas coxas musculosas.

— Não, Ian, graças a Deus você não matou ninguém. Só que seu amigo tem dezessete anos e você é maior de idade. Estão ameaçando processar você.

— Nossa, que medo.

— Por favor, para com isso. Quem é você? Eu nem te reconheço mais.

Ian desviou o olhar.

— Sua mãe tá lá, resolvendo mais essa, agora. Você não podia ter feito isso. Eu sei que aquele menino mentiu sobre uma mulher que você gostava, mas Ian...

— Uma mulher que eu gostava — Ian murmurou.

— Ian, você ainda nem sabe o que é amar alguém, só tomou um chá de boceta, todo homem passa por isso. Eu não vou fingir que sei o que está acontecendo dentro de você porque é coisa demais para alguém da sua idade. Eu só perdi meu pai quando já tinha quarenta anos, e meu irmão... bem... eu nem sei se amava meu irmão. Só que, filho, você tem que se controlar. Esse vídeo já foi parar na internet e vai complicar tudo pra você.

Ian riu. Ele olhou para o tio e deu risada.

— *Esse* vídeo vai complicar as coisas pra mim?

— Olha, o Thiago já confessou publicamente que estava inventando aquela história sobre a Maria Clara. Acho que os advogados o instruíram a não se meter nessa história e confessar a verdade para causar menos danos. Ele postou que era só brincadeira, que não tinha a intenção de ferir os sentimentos de ninguém. Provavelmente, nem foi ele quem escreveu essa retratação.

— Quando isso acaba?

— Eu não sei, Ian, mas a coisa ficou séria. O Giovani está aqui, sua mãe também, e precisamos conversar com você na sala. Tudo mudou.

— Paixão.

Miro olhou para cima. O sol no céu limpo iluminava a delegacia inteira, preenchendo a equipe com aquela sensação de que estariam bem mais felizes lá fora. Era Julião quem o chamava, e Miro levou alguns segundos para decifrar o assombro no rosto do companheiro.

— Tem um cara aqui querendo se apresentar, te chamou pelo nome. Diz que é ex-marido da professora, Otávio Feffer.

O corpo de Miro agiu antes de receber o comando cerebral, e, quando deu por si, ele já estava caminhando entre mesas até a pequena recepção, onde algumas cadeiras vagabundas formavam um L e Otávio Feffer estava em pé, bronzeado, de aparência tranquila. O primeiro pensamento de Miro foi: *ele deve estar suando dentro desse terno*. E o segundo foi: *cara, não é possível que esse homem esteja aqui*.

Ele estendeu a mão, tentando não mostrar sua surpresa, estudando o homem que havia visto por fotos em documentos oficiais, em duas ou três imagens no Google e em perfis de redes sociais. Otávio sorriu timidamente e deu um forte aperto de mão:

— Prazer, detetive Paixão, me chamo Otávio Feffer, eu vim assim que soube da Clarinha. Como posso ajudar?

Miro estava ciente dos olhares de alguns escrivães e funcionários da recepção. Havia algumas pessoas sendo atendidas, mas era uma tarde tranquila na DP de Ilha das Pedras. Ele se forçou a relaxar e assumir o estado de espírito calmo e analítico que sempre lhe permitira executar bem seu trabalho.

— O senhor precisa prestar um depoimento — ele falou. — Tem documento com você? RG? Carteira de motorista?

— Claro. — Otávio tirou uma carteira de couro do bolso traseiro. — O que eu puder fazer para...

— A gente já conversa, só um minuto. Quer chamar seu advogado?

— De jeito nenhum, estou aqui para ajudar.

Minutos depois, Miro ainda estava incrédulo. Lenir e ele se encontravam sentados na mesma salinha onde estiveram uma semana antes e Otávio ocupava a cadeira que, naquele fatídico dia, Ian havia escolhido.

— Por favor, senhor Feffer — Lenir começou. — Explique por que não conseguimos encontrar você e onde esteve nos últimos dias.

— Eu trabalho com futebol, não sei se vocês sabem.

— Sabemos, nós vimos em suas redes sociais — Miro falou. Houve uma pausa, e ele entendeu que Lenir não gostara da interrupção.

— Pois então, eu ando ocupado com algumas negociações de jogadores, transferência para outro clube. Não tenho muito tempo e nem gosto de redes sociais, embora poste algo de vez em quando. Também não vejo as notícias, ninguém vê nos dias de hoje. Quando é alguma coisa importante, a gente fica sabendo pelos amigos, e ninguém perto de mim mencionou nada sobre esse... — Ele pareceu esquecer a palavra, depois complementou: — Esse caso.

Tranquilo, suave, pensou Miro. *O cara tá frio como se a vítima fosse uma estranha.*

— O que o senhor sabe sobre o homicídio de Maria Clara Muniz? — Lenir perguntou num tom monótono que Miro conhecia bem.

Otávio soltou um suspiro e, pela primeira vez, Miro notou que parecia concentrado. Um homem escolhendo bem suas palavras, seus gestos, seu tom. Bem demais. Com maestria.

— Como eu disse, assim que eu soube, por uma notícia no Google, eu tive um momento de choque, porque... é a Clara, quer dizer... Meu Deus, isso é loucura, entende? Aí, depois desse momento inicial, eu li a notícia por cima, algo sobre um incêndio e um rapaz, mas eu não entendi muita coisa.

— E o vídeo? — Miro perguntou antes que pudesse se refrear. Sentiu no ar o esporro que viria de Lenir assim que Feffer se retirasse.

— Ah, então... — Otávio desviou o olhar.

Miro deixou os olhos correrem por cada músculo em seu rosto, mas não conseguiu decifrá-lo. Não era uma expressão de raiva ou vergonha. *Isso foi um microssorriso? Não imagine coisas.*

— Olha, eu prefiro nem tocar nesse assunto. É um pouco constrangedor. Quer dizer, eu e ela não estávamos mais juntos, mas vocês sabem... Foi estranho ver aquilo, a Clara nunca se sentiu atraída por homens mais novos. Chamava eles de bebês. Sempre dizia que gostava de homens mais velhos, bem másculos... Uma vez ela disse: "Eu tava descobrindo sexo quando *Magnum* passava na Globo, esse é o modelo de homem que ficou impresso em mim: pelos, bigode".

Ele estava sorrindo. Miro quis dar um soco na cara dele.

— Enfim... segundo os jornais, vocês acham que foi esse menino mesmo, né?

— Não temos um rol de suspeitos, senhor Feffer, não somos detetives de filme. A gente faz uma investigação, um levantamento dos fatos, e até agora não tem nada conclusivo contra o Torres. Por isso, se o senhor quer colaborar, vamos falar reto agora: qual foi a última vez que conversou com a vítima?

Otávio encarou Lenir e respondeu:

— Eu não vou negar que às vezes mandava umas mensagens para ela. Seria muita idiotice mentir para policiais tão dedicados e sagazes. — Ele pareceu refletir um pouco, suspirou, e continuou: — Eu ainda penso muito na minha ex-mulher. Não tenho vergonha de dizer que sou um homem muito apaixonado, romântico mesmo, à moda antiga: abrir a porta do carro, mandar flores... Ela nem sempre me respondia e eu respeitava isso, achava que, quando ela quisesse falar comigo, viria atrás. A última vez que a vi foi há uns dois, três anos, no enterro da irmã dela, que Deus a tenha.

Miro enfrentou a ira da delegada, interferindo mais uma vez no interrogatório:

— Fale sobre esse encontro.

— Ah, eu soube que a Aretuza bateu as botas lá em 2020, acho que em setembro. Foi um AVC. Deixou um moleque, sobrinho da Clara, tinha uns 8, 9 anos, sei lá. Não teve velório por causa da pandemia, mas algumas pessoas da família se reuniram numa igreja. A Clara chorava muito, tadinha. Primeiro a mãe, depois a irmã, tava sozinha no mundo. Eu entendi, sabe? Fiquei por lá, até acho que ofereci uma carona, mas ela sumiu. A Clara sempre foi disso, ela não sabe lidar com os sentimentos e foge, sabe?

— Você nunca mais viu a Maria Clara — Lenir pressionou a afirmação.

Otávio balançou a cabeça em negação, com tristeza.

— Onde você estava no dia 24 de dezembro?

— No escritório da minha casa, quer dizer, a casa nova aqui em São Paulo, numa reunião. Vocês podem conferir com o meu parceiro de negócios, o nome dele é Rogério Denatar, vou dar o telefone para vocês.

— Que horas foi sua reunião?

— Vish... — Ele ergueu as sobrancelhas grossas, escuras, olhando para o teto e tamborilando a mesa. — Foi até umas sete e meia da noite. A gente trabalha duro para jogar duro.

— Em São Paulo? O senhor não morava no Rio?

— Sim, fui transferido uns dois meses atrás aqui para São Paulo.

— Mas você é de Porto Alegre, né?

— Sou gaúcho, mas perdi bastante o sotaque. Só que basta passar um dia no meu Rio Grande que *bah*, volta na hora.

— Dá para ver — disse Lenir, séria. — E o senhor veio até Ilha das Pedras prestar depoimento sem ser intimado?

— É minha ex-mulher. Quem fez isso tem que morrer na prisão.

— Eu concordo — disse Miro, encarando-o. — E ninguém além do seu amigo pode confirmar que você estava em casa na noite do crime?

— Sei lá, eu moro num condomínio que ainda tá em construção, mas tem uma câmera no portão principal, acho que podem pedir as imagens e ver que meu carro não saiu a noite toda. Acho que só saí no dia seguinte lá pelo meio-dia.

— Só tem um carro?

— Não, tenho dois, mas pode checar tudo isso. Aliás, se eu puder ajudar, eu converso com o porteiro...

— Deixa que a gente faz isso, você não interfere na nossa investigação — falou Miro.

Lenir o encarou, puta da vida.

— Senhor Paixão, posso pedir para que o senhor se retire da sala um minuto?

Miro sentiu-se traído, mas sabia que Lenir não tolerava ser tratada como a segunda pessoa mais importante da sala. Ele se levantou e achou ter visto a sombra de um sorriso no rosto de Otávio.

Algo dentro dele estancou. Miro soltou a mão da maçaneta e se virou para ele.

— O senhor não tem nada a esconder, então não se importaria de fazer um exame de corpo de delito, certo?

Otávio mudou o semblante. Lenir fuzilava Miro com seus olhos escuros.

— Como assim? — perguntou Otávio.

— Nesse puta sol, você de terno? Ou vai a uma reunião de negócios no Ilha das Pedras Futebol Clube?

— Esse time não existe.

— Exatamente, então tira a camisa.

— Miro! — Lenir se levantou. — Você vai sair e chamar o Julião aqui imediatamente!

Ele saiu e ninguém mais disfarçava os olhares em sua direção. Julião Antunes estava a postos, alerta.

— Esse cara tá mentindo, a gente precisa conseguir que ele faça um exame de corpo de delito agora. Mas vá falar com a Bruscatto primeiro, ela vai pedir minha cabeça.

Miro ficou de fora. Lenir deu ordens para que ele fosse para casa. Estava furiosa, mas o que incomodava Miro era seu tom de voz. Ela se sentia traída, magoada por ele. Devia ser uma merda ser mulher no cargo dela. Quando um dos seus melhores amigos passava por cima de sua autoridade na frente de um homem como Feffer, devia doer pra caramba.

Ah, olha só quem apareceu, a Teresa militante na sua cabeça.

Ele foi para casa e tomou um banho frio. Como sentia que não teria notícias pelas próximas horas, vestiu um calção, buscou a sobrinha na casa do imbecil do pai dela, mais uma vez sem encontrá-lo, e a levou para a praia.

Miro relaxou tomando uma cerveja, deixando Vitória ficar coberta de areia, correr para o mar, voltar, deitar de novo na areia, fazer castelos e comer pastel. Ele deu aquela conferida discreta nas bundas expostas ao sol, tentou não pensar em Helena e deixou sua mente aquietar, distanciando-se do caso. Tirou algumas fotos de Vitória e mandou para a mãe dela, sabendo que, se tinha alguma coisa que poderia colocar um sorriso no rosto da irmã, era ver a filha se divertindo.

A sobrinha estava calçando os chinelos para ir embora quando Miro recebeu uma mensagem de Lenir:

"Exame de corpo de delito mostrou um corte em processo de cicatrização no tórax e antebraço do Feffer. Ele tomou pontos, o corte foi feio. Só que tem uma coisa: ele mostrou o atestado — achei bizarro estar com ele, como se já esperasse que teria de apresentá-lo — e o ferimento foi feito dois dias antes da noite do crime. Ele disse que foi numa brincadeira com amigos. É mentira, mas não temos como relacionar isso à vítima. A coisa piora: recebemos o relatório da perícia sobre a faca: digitais de Feffer, Ian e vítima. Já conseguimos ordem judicial para puxar as imagens do condomínio do Feffer, mas, sinceramente, não sei se vamos encontrar alguma coisa. E já intimamos o amigo dele."

Miro leu duas vezes.

— Tio, vamos?

— Hum... — Ele baixou o celular e pegou a mão de Vitória. — Vamos, querida.

Meia hora depois, Miro encontrou Teresa na hamburgueria Conchas, ao lado do hospital. Era um lugar pequeno e acolhedor, decorado com bandeiras piratas, lemes, cordas náuticas e iluminação baixa amarelada. Os turistas gostavam de tirar fotos na entrada ao lado de um tubarão-martelo de madeira, cuja tinta azul já estava desbotada. Naquele horário, o lugar já estava cheio, cheirando levemente a churrasco, e Miro não encontrou uma única mesa vaga. A irmã ergueu o braço fino e acenou. Vitória correu até a mãe, que a abraçou e beijou sua cabeça.

— Tá com cara de cansado — Teresa falou ao dar um beijo nele.

Miro se sentou no sofazinho e roubou uma batata da irmã. Ele abriu o cardápio de plástico sentindo o estômago revirar.

— Eu *tô* cansado. E você, tudo bem?

— Tô bem. Como tá o trabalho?

Miro correu os olhos pelas fotos e descrições das comidas que acabariam entupindo suas artérias e decidiu pedir um superduplo xis bacon.

— Nada que eu possa comentar, você sabe disso.

— Só me fala que...

— Terê. — Ele firmou a voz, e funcionou: a irmã ficou quieta. — Você sabe que não posso comentar um inquérito em andamento. Para de pressionar, por favor.

— Você pelo menos fez o que eu pedi?

— Fiz.

— E eu tava certa, né?

— Tava.

Miro havia pesquisado Raí Torres, relutantemente, na internet. A cada matéria que lia sobre o deputado federal, ódio parecia se despejar em sua corrente sanguínea. Teresa não estava exagerando quando dissera que Raí era uma das pessoas mais desprezíveis na política brasileira — afirmação que, por si só, o arrepiara. Em quase vinte anos na carreira, Torres havia votado contra praticamente todos os projetos de lei e programas que beneficiariam as comunidades mais pobres e as minorias sociais do país.

Ele era responsável por um projeto de lei que previa multa, e até reclusão, para qualquer pessoa que manipulasse a imagem da bandeira nacional, não apenas mudando as palavras "Ordem e Progresso", mas também alterando as cores e a sobrepondo a outras imagens. Ele apoiou ardentemente o projeto de lei de outro deputado infame que defendeu que o governo emprestasse armas de fogo aos cidadãos que tivessem tido as suas apreendidas no passado. Pior ainda foi outro projeto de lei, defendido por ele, de acordo com o qual um cidadão teria direito a pedir indenização a seu cônjuge se este lhe negasse seus "direitos conjugais".

Quanto mais lia, mais ficava compelido a continuar. Encontrou um artigo num blog jornalístico com as frases mais absurdas de Raí Torres, entre as quais se destacavam: "Qual é a utilidade de um negro nos dias de hoje?" e "Tinha milhares de negros lá na África, se eles se deixaram escravizar por meia dúzia de europeus, foi porque eram fracos, essa é a verdade. Mesma coisa os judeus. Já viram filme sobre o Holocausto? Dois alemães com armas e quinhentos judeus de pijama e cabeça baixa indo para os campos. Por que não lutaram?".

O que fez Miro desligar o celular, no entanto, foi a pérola: "Se a pessoa é gay, drogada ou promíscua, ela vai lá e pega aids, aí o trabalhador brasileiro, o cara que acorda cedo para dar duro e tem decência, tem que pagar o tratamento?".

— Esse cara nunca foi preso por falar as coisas que falava ou defender o que defendia, Miro — Teresa falou em tom calmo. — Alguém teve que *matar* o cara, e provavelmente por queima de arquivo ou alguma questão com grana, não porque ele mereceu. Entende por que o filho dele não pode se safar dessa?

Uma garçonete se aproximou e anotou os pedidos. Miro tentou não se deixar contaminar pelas palavras de Teresa, mas a irmã tinha razão. Homens como Raí e Ian raramente pagavam pelo que faziam. Eles mudavam as regras a seu favor, legislavam para se proteger, manipulavam os menos instruídos e regavam as sementes de ódio plantadas no solo daquele país desde que o primeiro par de botas havia pisado na Bahia.

— Eu entendo o que você tá dizendo — Miro sussurrou —, mas esse menino não é o culpado.

Teresa se calou. Se havia uma coisa que Miro admirava na irmã era que, embora dominadora e cheia de fúria, ela era justa. Permitia-se ouvir e mudar de ideia. Ele implorou silenciosamente que lhe concedesse essa sua sabedoria agora.

— Tudo aponta para ele, para quem tá de fora, mas quanto mais a gente fuça essa história, mais eu percebo que não é tão simples. Eu entendo tua necessidade de colocar um branco riquinho na prisão, mas, nesse caso, estamos trabalhando com a exceção. Temos outro suspeito, e não posso contar nada disso. Mas não foi o Ian.

A irmã bebeu seu suco pensativa. Finalmente, falou, a contragosto:

— Então, se não é ele, não vai dar em nada. Se homem branco não é preso nem quando confessa, imagina quando é inocente. Mas olha: nos meus círculos de amizade, nas minhas redes sociais, não tem ninguém que pense que esse rapaz é inocente depois daquele vídeo. As pessoas odeiam o Torres júnior.

— Eu sei. Mas ele só deu azar. Ele se meteu numa história muito maior e mais antiga do que ele, se apaixonou pela mulher errada e estava no lugar errado. E, sim, ele provavelmente vai preso. Por quanto tempo? Sei lá. Você sabe que a lei pega leve com o tipo dele.

— Ah, então finalmente o Miro Paixão admite que o sistema é racista...

— Não enche o saco. Claro que eu sei que é. Eu só não entendo por que tenho que passar minha vida inteira reclamando disso no Facebook.

Teresa balançou a cabeça com impaciência.

— Eu vi a Helena. — Ela mudou de assunto.

Miro sentiu o peito aquecer, mas permaneceu quieto.

— Ela passou no hospital, fez alguns exames. A gente conversou bastante. E ela perguntou de você. Eu vou ser sincera, acho que deveriam conversar. Ainda acho que tem chance de vocês vol...

— Terê, por favor fica fora disso.

— Você ama sua esposa, irmão.

— Ficou difícil demais. Não sabemos quem trouxe essa merda pro nosso casamento e vamos ficar acusando um ao outro para sempre.

— Não importa quem trouxe o HIV para o casamento de vocês. Você não era santo antes de se casar, ela muito menos. O que importa é o poder que vocês escolhem dar para esse vírus. Pode ser um detalhe besta ou pode ser uma desculpa para se separarem. Quem decide são vocês dois.

Ele esperou a garçonete voltar com seu prato, mas a fome havia sumido. Vitória agarrou as batatinhas assim que a cestinha de plástico tocou a superfície da mesa, ignorando que deveriam estar quentíssimas.

Quando a mulher se afastou, Teresa pegou a mão do irmão.

— Eu sei que você odeia se vitimizar. Eu entendo que seu trabalho o apresentou a pessoas que criaram aversão em você. Mães negligentes que largam bebês sozinhos em casa, pais que matam filhos para atingir ex-mulheres, estupradores; eu sei, Miro. Meu trabalho fez o oposto: me fez enxergar a fragilidade das pessoas, da vida, de tudo isso. Eu só quero que você vença os próprios preconceitos, porque sua felicidade depende apenas disso, só disso.

Ele percebeu que Vitória prestava atenção enquanto enfiava as fritas na boca de janelinha. Não queria alimentar a esperança de um dia ter Helena de volta. Aquela desgraçada que o fazia rir todos os dias, que comia mais do que qualquer pessoa que ele já conhecera, que entregava marmitas no morro todo domingo e que tinha feito um altar — um verdadeiro altar, com flores e fotos e velas — para quem ela chamava de "o segundo maior amor da minha vida", o ator Idris Elba.

É, ele entendia a imbecilidade de Ian Torres. Entendia o ódio do moleque também. O que Miro não seria capaz de fazer se alguém machucasse Helena? Ou Teresa? Ou Vitória?

É isso. É por isso que ele finge não saber nada sobre Feffer. É por isso que ele está sorrindo como um lunático, por isso que parece não ver nada à sua frente além das chamas que consumiram a mulher que amava.

Ian ia matar Otávio.

CARTA 9

Trilha sonora

Eu amei o tempo que passamos juntos em Ilha das Pedras. Na verdade, amei cada segundo que passei com você. Já no carro, era como se tivéssemos ganhado forças para nossa união, era como se realmente estivéssemos juntos, nós dois contra o mundo.

Era fácil conversar com você. Nada de arrogância, nada de exibicionismo. Só você, em toda a complexidade da sua pureza e do seu jeito triste de não pertencer a nada, tão parecido com o meu. Você carrega o abandono dos seus pais em cada expressão facial, seu desejo de se encontrar e ser feliz em cada olhar cheio de expectativa. Estava ansioso para começar a viver, eu também. A diferença era que eu sabia que, para mim, não seria possível.

Nós rimos das nossas diferenças. Primeiro, quando você tentava reconhecer as músicas da minha playlist e às vezes soltava um "Ah, eu já ouvi isso antes". Eu cantava enquanto você sorria prestando atenção na estrada, tentando desesperadamente gostar do que eu gostava. "Tá na minha vez", você falava quando as músicas começavam a se repetir e mudava para sua seleção. Meu Deus, eu não consegui achar nada daquilo gostoso de escutar. Você ficou indignado: "Sério? Nem a Rihanna?".

Virou uma deliciosa competição. De música em música, tentávamos puxar um ao outro para nosso mundo. Você me ganhou com "Blinding Lights", "Goosebumps" e "Congratulations", músicas que eu escutava quando você viajou e passei três dias sozinha na casa — músicas que me lembravam de você e aprendi a ouvir com saudade. E eu, munida de décadas do melhor que a música já produziu na história, ganhei de você. Não é qualquer pessoa que consegue ficar imune a "By My Side",

"Enjoy the Silence" e "Weird Science". Aos poucos, fomos criando nossa própria trilha sonora, eclética e rebelde, que unia David Bowie e Travis Scott sem culpa.

Eu amava tomar banho de sol. Para você, era um pouco chato. Não conseguia apenas ficar deitado ali, feliz por estar vivo, sentindo a pele queimar e deixando-se levar pelos pensamentos aleatórios dos desocupados. Você tinha que ser entretido, o que, suponho, é um dos grandes males da sua geração. Então, pegava o celular e se perdia nas redes sociais, depois tirava o tal do Nintendo Switch da mochila e ficava jogando.

O sol, para mim, bastava. O *dolce far niente* que uma professora raramente consegue abraçar. Eu sentia seus olhos em mim e gostava da sensação. Havia uma demanda tão grande em você por mim que eu flutuava entre orgulho e culpa. Cansado da internet e dos jogos, você se aproximava, deslizava os dedos molhados da água da piscina pela minha perna, sem pressa.

No som, nossas músicas embalavam nosso desejo primitivo, proibido. E a gente sabia esperar, né? Isso é curioso. O quanto esticávamos o tempo, quase nos testando: até quando conseguiríamos aguentar? Eu ficava de olhos fechados, permitindo que o sol queimasse minhas pálpebras, enquanto você explorava minha pele com seus dedos longos, calmos. Minha respiração acelerava quando meu corpo reagia, enviando sinais de que mais cedo ou mais tarde ele seria compartilhado. Ele queria ser invadido, explorado, estar vulnerável às necessidades de outro.

Na hora certa, você puxava os fios do biquíni, desprendendo-o da minha pele, afastando-o com uma paciência que nunca esperei de alguém da sua idade. Aí colava a boca em mim, chupando, percorrendo minhas fendas e picos com a língua, me saboreando de um jeito que eu desconhecia até então. Lá no deque, ao ar livre, ao som das ondas e pássaros e dos meus gemidos entrecortados.

Precisamos nos aprender, nos adaptar um ao jeito do outro. Eu sabia que havia um clichê terrível pairando sobre aquela cama, algo saído de algum filme italiano ou francês, segundo o qual eu ensinaria a você tudo sobre sexo. Aquilo não aconteceu, mas eu precisei lhe ensinar sobre *mim*. Você queria aprender, mas ainda não durava muito, o que me forçou a decifrar seu peito ofegante e seus movimentos para antecipar e impedir que você gozasse antes que eu estivesse satisfeita. Aos poucos, acabamos transformando aquilo numa brincadeira cruel: eu levava você ao limite e recuava. Era angustiante para nós dois, mas compensava, não é? Você fazia o mesmo comigo. Intercalávamos aquela tortura até que, instintivamente, aprendemos a reconhecer quando era a hora certa. Você se assustou quando eu chorei durante o orgasmo pela primeira vez. Achava que tinha feito alguma coisa errada. Como explicar que nós, mulheres, conseguimos sentir coisas durante o sexo que vocês nem imaginam?

Passamos dias assim. Comíamos, ficávamos deitados sob o sol, tomávamos duchas geladas juntos, víamos filmes e trepávamos três, quatro vezes por dia. Eu não poderia ter encerrado minha vida de forma melhor. Não consigo imaginar momentos melhores do que os que passamos juntos. E não teria sido tão gostoso com outra pessoa, com algum homem chato que teimasse em conversar sobre pós-verdade, amores líquidos ou Charles Bukowski. Era bom poder observar uma nuvem e dizer "parece um pinto", fazendo você rir. Era bom quando você me mostrava algum meme besta de vira-lata caramelo que me fazia chorar de gargalhar. Não era vazio. Não era superficial. Era real, e eu não havia tido experiências reais fazia muito, muito tempo.

Acham que o inferno tem graus diferentes de sofrimento, cada círculo reservado a determinado nível de imoralidade ou perversidade humana. Existe um círculo especial para mim? Eu garantiria minha estadia eterna lá ao admitir que me apaixonei por você?

Os primeiros anos sem Otávio foram estranhos. Era como se eu não soubesse mais quem era sem ele, como se não tivesse personalidade própria. Isso me levou a um comportamento desregrado no qual eu dormia em horários desregulares, ia a festas, às vezes chegava atrasada ao trabalho, não sabia administrar meu dinheiro, dormia com homens aleatórios.

Ele fez coisas que eu nem quero lembrar. Entrou na minha casa, dormiu ao meu lado, me observava, me seguia. Eu já não sabia se era porque me amava ou porque queria me aterrorizar, mas quando o denunciei não deu em nada.

Minha irmã engravidou em 2009, e, apesar de sentir uma pontada de inveja, eu fiquei muito feliz. Sabe, eu acho bebês a coisa mais linda do mundo, e não via a hora de poder pegar um no colo, sentir seu cheirinho, trocar fraldas, amá-lo, mesmo que não fosse meu. Passei a visitá-la com frequência. A verdade é que a Arê tinha uma vida perfeita. Eu sempre achei minha irmã mais bonita do que eu. O Otávio dizia que ela era gorda e falava isso com desprezo, mas eu a achava linda. Ela tinha cabelos mais longos e sedosos do que os meus, as unhas sempre foram fortes e compridas. Não sei, minha irmã era sedutora, risonha, desbocada.

O marido dela era professor de educação física, um homem alto e atraente, e, embora eu nunca tenha me sentido atraída por ele, eu invejava o amor que ele tinha pela Arê. Sei lá, o jeito como a abraçava, olhava para mim e dizia: "Fala a verdade, sua irmã é linda, né?". E eu sorria e respondia com toda a sinceridade: "Ela é".

Entenda, por favor, que quando falo que tinha inveja, não é uma coisa ruim. Eu desejei o bem e a felicidade da minha irmã em cada minuto da minha vida. Eu só queria ter também o que ela tinha: uma família feliz.

A Arê sofreu com a morte de mamãe, mas não deixou isso derrubá-la.

Enfim, no dia em que meu sobrinho nasceu, eu fui à maternidade com uma alegria que não cabia em mim. E quando cheguei ao quarto, eu senti o clima pesado antes mesmo de ver o Otávio lá, com meu sobrinho no colo. Minha irmã e meu cunhado estavam incomodados com aquela presença. Eu imediatamente tive vontade de pedir desculpas, quis arrancar o Flavinho dos braços dele, mas não queria fazer uma cena num momento tão delicado. O Otávio agiu como se ainda fôssemos casados.

"Quando vem o nosso, amor? Olha que coisa linda", ele falou. Quando o bebê chorou, meu cunhado aproveitou para tirá-lo do Otávio e o entregou a minha irmã. Ele foi esperto e disse: "Vamos dar privacidade a eles, o bebê precisa mamar" e gentilmente tirou a mim e Otávio do quarto.

Eu precisava afastá-lo da minha família. Saí da maternidade, apesar de não querer nada além de voltar lá para beijar minha irmã e pegar meu sobrinho no colo. Chorei assim que saímos do hospital e pedi para ele ficar longe de nós. Ele mudou de atitude completamente e disse com crueldade: "Eu tô aqui para te ver, tô cagando para aquela mulher balofa e aquele bebê feio. Você vai parar de fugir de mim".

Eu já estava desesperada. Foi naquele dia que percebi que precisaria sair da cidade. Sumir. Para sempre.

Minha irmã estava feliz demais com o bebê para ficar brava comigo por muito tempo e implorou para que eu me afastasse do Otávio. Eu falei que ia fugir e ele iria atrás dela para saber onde eu estava, então eu nunca lhe contaria aonde ia.

Eu fugi.

Reconstruí minha vida.

E, sim, o Otávio passou a perseguir minha irmã. Visitava a casa dela quando o marido não estava, chegou a aparecer na saída da escola do meu sobrinho quando ele tinha dois anos. A Arê acabou fazendo o mesmo que eu: mudou de estado e parou de falar comigo. Por anos, ela me contaria depois, quando voltamos a conversar, Otávio mandou mensagens para ela por celular. Em todas, dizia que ela era uma mulher nojenta, feia, e que o marido dela a traía com outros homens. Ian, nada disso era verdade, mas é o tipo de coisa que ele faz. Ele vai quebrando seu psicológico, tijolo por tijolo. Minha irmã ficou mal por muito tempo. Otávio só parou quando finalmente me encontrou.

Eu estava namorando um homem chamado Fernando. Não sei quem vai ler essas cartas, então não vou dar o sobrenome dele. Não posso dizer que estava apaixonada por ele, mas estava encantada, digamos assim. Ele era inteligente e engraçado, e eu gostava de sair com ele. Eu dava aula numa escola pequena, ganhava mal, mas estava me encontrando, estava feliz. O Otávio destruiu aquela vida.

Quando ele me encontrou, me seguiu por dias. Aprendeu meus horários, descobriu onde eu trabalhava, me viu sair com o Fernando. Não vou dar informações sobre ele, como sua profissão, e espero que entenda o motivo: ele merece o anonimato. Enfim, um dia eu cheguei em casa depois de dar aula e tudo estava mexido. Não revirado, mas as coisas estavam fora de lugar, estranhas. Uma poltrona no lugar errado, um vaso diferente em cima da mesa, as folhas das plantas tinham sido cortadas com uma tesoura. Eu soube na hora que era ele. Eu me lembro do pânico que senti e entendi o poder que ele ainda tinha sobre mim, de me desestabilizar. Isso nunca mudou. Isso eu nunca consegui mudar.

Fui dormir na casa do Fernando. Ele morava na casa dos pais, que tinham se mudado para uma chácara, então sua vida era relativamente confortável, embora não fosse rico. Precisei falar do Otávio para ele e, claro, ele disse que me protegeria.

No segundo dia em que eu dormi lá...

Eu nunca escrevi sobre isso. Nunca pensei que teria que colocar no papel.

CAPÍTULO 19

Depois

Fabíola sentiu uma pontada de dor quando Ian finalmente apareceu na sala. Por mais que, na noite anterior, ele estivesse sofrendo, pelo menos parecia ter voltado para ela, chorando em seus braços. Agora, era como se voltasse a ser frio com a mãe; ele nem chegou a cumprimentá-la, nem o tio ou o advogado.

Ian sentou-se à mesa de jantar com eles, obedientemente, entrelaçando os dedos machucados depois da surra que dera em Thiago. Fabíola reconheceu o gesto que Raí costumava fazer ao falar de negócios. Desviou o olhar.

— Você está bem? — começou Giovani.

— Estou extasiado, um barril de pólvora no Ano-Novo, uma criança na Disney, tio. Anda logo, o que vocês querem me dizer?

O advogado limpou a garganta e falou diretamente com seu cliente, enquanto Magda entrava com a bandeja e o cheiro de café dominava o ar.

— Certo, você já viu o vídeo do bar, então?

— Já.

— Pode explicar o que aconteceu?

— A gente queria sair um pouco da casa. Vocês não iriam e nem querem entender, mas nós dois, eu e Medeia, somos parecidos. A gente tem medo... — Ele riu um pouco. — A gente *tinha* medo de curtir a vida. E naquela noite a gente se soltou, bebeu e se divertiu. E, sinceramente? Ainda bem que isso aconteceu, porque foram os últimos dias da vida dela.

Ian pronunciou as palavras finais entredentes. Fabíola tomou um gole de café por puro nervosismo.

— Só que isso mudou tudo — Giovani falou devagar. — Veja bem, no inquérito em si não muda nada, porque desde o primeiro dia você foi sincero sobre o relacionamento de vocês. Só que a polícia nunca divulgou isso para a imprensa porque não trabalha assim, não dá detalhes para o público sobre um inquérito em andamento. O problema aqui é que *nós* criamos uma narrativa na qual você é um rapaz bonzinho ajudando uma mulher em apuros, sem nenhum interesse sexual por ela. Parte do público comprou essa história. Agora, com esse vídeo circulando em todas as telas do país, nós parecemos mentirosos. E você parece um...

— Eu não dou a mínima.

— Mas deveria, Ian, porque esse vídeo pode colocar você na prisão — Fabíola não conseguiu se segurar. — As pessoas vão pressionar a polícia para te prender logo, para denunciar você como assassino dessa mulher.

Ian a ignorou e levantou os olhos para o advogado.

— Me explica, na prática, o que vai acontecer.

— Sua mãe tem razão. Eles vão querer mostrar serviço. A única coisa que podemos fazer para ajudar caso você vá a julgamento, e isso *vai* acontecer, é mudar a narrativa. A gente precisa mudar o foco para a Muniz. Ela precisa ser retratada como uma mulher inteligente e manipuladora querendo dar um golpe em você. E você precisa ser um rapaz ingênuo, sofrendo com a morte do pai, caindo nas garras dela, oferecendo dinh...

— Eu prefiro cometer suicídio no meio da rua.

Fabíola apertou tão forte o punho que descolou uma das unhas postiças. Ouvir o filho pronunciar a palavra *suicídio* era algo para o qual ela não estava preparada. Sem saber o que pensar, baixou a cabeça, pressionou a unha contra o adesivo e tentou fazer os olhos secarem antes que os vissem marejados. Foi Fábio quem falou:

— Filho...

— Tio, eu sou seu filho?

— O quê?

— Você já comia a minha mãe em pleno 2003 e engravidou ela?

Fábio não escondeu o choque, e Fabíola cobriu o rosto. Ian continuou:

— Então não me chama assim. Meu pai morreu. Senhor Giovani, eu não vou falar isso da Medeia. Não vou deixar ninguém pensar isso dela, não vou manchar a imagem dela desse jeito. Já disse: prefiro morrer.

— Você entende que irá a julgamento? E antes disso vai ficar preso, se eles conseguirem a prisão preventiva?

— Então faz seu trabalho para que isso não aconteça, ué. Você cobra quanto por hora, novecentos pila? Faz valer a pena.

— Claro, vou dizer que não há base nenhuma para pedir a preventiva. Só que acho que isso está cada vez mais perto de acontecer. E não sei se consigo impedir, depende mais do juiz do que de mim.

— A verdade é que você provavelmente vai para a prisão, meu amor — disse Fabíola. — Então chegou a hora de tomar medidas drásticas. Chegou a hora de sair do Brasil.

Ian ficou pensativo por alguns instantes. Ela apertou os lábios, querendo que ele voltasse a ser uma criança desesperada, chorando, precisando dela. Esse homem à sua frente não estava mais abalado, era como se toda a sua doçura tivesse sido carbonizada pelas chamas que consumiram aquela casa de praia.

— Como vai ser isso? — ele por fim perguntou. — Sair do país?

— Vou precisar de um tempo para arrumar tudo — falou o advogado. — Você vai para um país sem acordo de extradição, caso descubram onde está. Nos primeiros anos, terá que se mudar com frequência, de preferência usando documentação falsa, até o caso esfriar e esquecerem de você. Aí pode se estabelecer com mais tranquilidade; sempre alerta, é claro.

— Ou seja, eu vou virar a Medeia.

Fabíola não fez questão de entender o que ele dizia. Giovani continuou, o tom pragmático de sempre:

— Nós vamos passar as instruções de como você pode usar o dinheiro nos bancos onde seu pai abriu contas. Sua mãe já está cuidando disso. Terá que abrir algumas contas no seu nome, mas não se preocupe, existe sigilo bancário absoluto nesses lugares. Primeiro, você vai para Belize, onde sua mãe já abriu uma conta em seu nome uns anos atrás, quando você era mais novo. Já tem três milhões de dólares lá, e vamos te instruir como movimentar esse dinheiro de forma tranquila e gradual. Depois de uma semana você vai para o Bahrein, e vai ficar por lá por uns meses.

— O Bahrein é perto do Egito, não é?

— Sim, relativamente. Por quê?

— Por nada. Quanto tempo até eu sair do Brasil?

— O suficiente para eu conseguir toda a documentação... um ou dois dias.

— Tá, eu topo.

Houve um momento de desconforto causado pela rapidez com que Ian aceitou seu destino. Fabíola estendeu o braço por cima da mesa, mas ele retraiu as mãos para o colo e permaneceu robótico, com a coluna ereta, encarando o advogado.

— Em algumas horas, um homem vem aqui tirar fotos suas para os novos passaportes. — Giovani se ergueu sem ter tocado o café. — Fabíola, vamos nos falando, mas eu já estou cuidando de tudo. Fica tranquila, tá? Tenta descansar.

Ela deu um beijo na bochecha de Giovani, deixando uma marca de batom e, quando se virou para falar com o filho, Ian já tinha sumido.

CAPÍTULO 20

Depois

Otávio era um colecionador. Era o tipo de informação que teria passado batida por ele ao ler a carta de Medeia, se não fossem os livros que ela indicou. Isso ficou claro para Ian enquanto ele percorria os olhos por *Death of a Bookseller* pela segunda vez. Nos dois livros indicados por ela, os personagens colecionavam alguma coisa. Em um, a vítima colecionava livros. No outro, o assassino colecionava ossos.

Ian não tivera energia ou paciência para ler todos os livros das cartas. Sabia que Medeia esperava que lesse tudo com calma e formasse um plano metódico, mas ele não queria nem podia esperar. Correu os olhos pela maioria, leu resumos na internet e foi juntando as peças.

Esse era o ponto de partida do plano dela: o fato de Otávio colecionar coisas era algo que o tornava relativamente previsível ou, pelo menos, antecipava seu comportamento. Era algo que Ian podia usar contra ele. Uma isca.

Para atraí-lo, ele pensou, arrancando a camiseta suada do corpo. *Para ele ir para algum lugar onde eu vou ter vantagem e vou poder executar o filho da puta.*

— O que você quer que eu faça, amor?

E se Medeia estivesse errada e ele não fosse inteligente o suficiente? E se nas cartas houvesse alguma coisa que ele estava deixando passar?

Isso não importa, Ian. Medeia não sabia, ao escrever as cartas, que você seria o principal suspeito do assassinato dela. Além do mais, ela bolou um plano para que você cometesse um crime perfeito e saísse impune pelo assassinato de Otávio. Ele estava cagando se iria ou não para a prisão desde que o puto morresse. Então não precisava seguir o plano dela à risca.

O que tinha de concreto? Nada, além do fato de que Otávio era um colecionador de raridades esportivas.

Se ele encontrasse uma isca perfeita, algo que o ex-marido dela não conseguiria ignorar, poderia afastar o merda do seu habitat, sua zona de conforto.

Como Ian poderia colocar um anúncio na internet de forma a ter certeza de que Otávio veria? Onde poderia se encontrar com ele? Um lugar remoto, com privacidade, onde pudesse se desfazer do corpo sem interferências.

Ian pensou naquilo pela primeira vez. Teria estômago para se desfazer de um corpo? Deixou seu coração arrastá-lo para o sorriso de Medeia, para o cheiro dela, para o som de sua risada, e sentiu ao mesmo tempo uma queimação nas entranhas e desconforto no peito. Ele se levantou do chão, ouvindo os joelhos estalarem, e caminhou pelo corredor devagar.

As luzes da casa estavam acesas, como geralmente ficavam. Conseguia ouvir a TV ligada na suíte da mãe mesmo através das portas fechadas. Ele passeou sem pressa, desceu as escadas e foi até o bar de madeira ripada cor de amendoim, com adega climatizada e geladeira especial para as cervejas do finado Raí, e buscou nos rótulos algo que pudesse suavizar seu ódio e sua dor, nem que fosse por apenas algumas horas.

Escolheu o Blue Label sem saber o motivo. Despejou até metade do copo, sabendo que estava fazendo merda — nunca via o pai ou os tios beberem mais que três dedos de uísque. Bebeu um pouco e precisou puxar ar pela boca quando a garganta queimou e o nariz pareceu expelir calor pelas narinas. *Puta merda, que coisa horrível.* Bebeu mais, forçando-se a aguentar o cheiro nauseante e a acidez do ato, engolindo também a vontade de tossir.

Pronto. Não havia comido nada além do almoço, nove horas antes, e não estava acostumado a beber. Contava que o uísque faria algum tipo de efeito, mas, para garantir, virou os últimos dois dedos de bebida do copo, que largou no bar, onde a mãe veria. Tirou uma cerveja da geladeira, que pareceu quase água depois do uísque, e foi bebendo devagar enquanto voltava para o quarto.

Trancou-se com duas viradas de chave e tirou as cartas de Medeia do esconderijo: a caixa de plástico no maleiro do armário, onde a mãe havia guardado todos os seus trabalhos de escola de quando era criancinha.

Ninguém mexia naquela caixa havia pelo menos sete anos, e ele sabia que as cartas estariam seguras lá por enquanto. *Uma hora vou ter que queimá-las*, sabia também. Não estava pronto para se livrar das últimas palavras de Medeia, no entanto, e preferia correr o risco. Além do mais, ela tinha sido cautelosa.

Ele pegou a carta oito, que releu.

Ian terminou de esboçar seu plano às 5h22 da manhã do dia 30 de dezembro, quando luzes acinzentadas tocaram sua janela. Ele fechou os olhos e se aconchegou melhor nos lençóis.

Vou usar uma VPN para navegar. Eu crio um e-mail falso no Gmail usando a conta da Medeia, direto do notebook dela. Mesmo se rastrearem esse e-mail, só vão chegar à conta dela, não à minha. Com esse e-mail, crio uma conta no Instagram e coloco algumas fotos relacionadas a esportes. Compro uns dois mil seguidores para parecer legítima ao olhar não treinado. Faço um anúncio no Google contendo todas as palavras-chaves que vão chamar a atenção do Otávio, anunciando a necessidade de vender os tênis do João do Pulo com urgência. Se ele não responder em 24 horas, eu mando um e-mail diretamente para ele indicando que seu nome apareceu em uma roda de conversas com alguns caras que o seguem no Instagram (preciso pegar esses nomes para citar no e-mail).

Otávio vai morder a isca porque Medeia falou que ele iria. Não vai resistir. É assim que será atraído para me encontrar. Essa é a armadilha, a parte E não sobrou nenhum do plano: atrair a vítima para um lugar isolado onde eu vou ter o controle e ele pagará por seus pecados.

Mas antes, a segunda parte do plano: escolher o espaço certo. Tem que ser um lugar isolado o suficiente para que eu consiga matar o desgraçado, mas não tão isolado que soe um alarme nele. Perto o suficiente para valer a viagem dele, mas longe o bastante para não parecer bom demais pra ser verdade. Otávio mora no Rio de Janeiro. Vou alugar uma casa de temporada em São Bernardo do Campo, aonde eu posso ir de carro sem deixar muitos rastros, num bairro mais tranquilo, uma rua sem muito movimento.

Isso vai deixar rastro quando passar pelo pedágio, mas até conseguirem puxar esse registro, já vou estar em Belize. Meu tio disse que, mesmo sendo um paraíso fiscal, Belize tem acordo de extradição com o Brasil, então eu não posso ser pego lá. Preciso ir para o Bahrein assim que der.

Foco, Ian, se concentra.

Em São Bernardo, espero o Otávio. Ele vai estacionar o carro na frente do portão, tocar a campainha. Se eu aparecer, ele vai me reconhecer. Então vou deixar o portão entreaberto, o que não é incomum numa cidade como São Bernardo, e aparecer rapidamente na janela, com um "opa, irmão, entra aí" bem descontraído. Melhor colocar um sonzinho de fundo, um pagode, alguma coisa que faça ele pensar que é só um cara relaxando. Vou abrir bastante a porta e ele vai entrar olhando em volta.

Medeia comentou, vendo filmes, que o assassino não deve usar seringa, como na TV, porque acertar o lugar certo no pescoço num momento de luta ou tendo que agir rapidamente não é tão simples. Ela disse que o melhor jeito é sempre veneno. Só que não vou conseguir oferecer nenhuma bebida ou comida para o Otávio, porque ele vai me reconhecer quando olhar pra mim. Tem que ser um golpe. Rápido. Vai ser uma morte violenta.

Ian estava se acostumando cada vez mais com a ideia.

Eu vou fazer com ele o que ele fez com ela. Vou enfiar uma faca nele. Uma, duas, três, quatro, cinco, seis vezes. No coração, no estômago, na testa. Não, não vou. Ela comentou que um bom assassino evita se sujar de sangue. Sangue é evidência, sangue é prova, sangue é DNA.

Não, eu vou fazer tudo direito.

Vou ser o melhor aluno dela. Ele riu, depois balançou a cabeça.

Um golpe, com toda a minha força, na cabeça. Na pior das hipóteses, ele fica só inconsciente. Se ficar, eu dou um jeito de sufocá-lo. De qualquer jeito, diminui as chances de eu me sujar de sangue. E ele morre. Vou usar uma pedra, nada que possam rastrear. De luvas o tempo todo. E touca. Nunca se sabe quando um fio de cabelo ou um pelo podem soltar do nosso corpo.

Quando o corpo de Otávio Feffer for encontrado, com sorte, muitos dias depois do assassinato, a polícia vai fazer perguntas para os moradores da rua. Então preciso ser invisível quando sair da casa até o carro de Feffer. Para isso, vou ficar parecido com a vítima, exatamente como no livro Murder After Christmas.

Os dois tinham cabelos pretos, embora Otávio tivesse a pele muito mais escura e fosse mais abarrilado e forte. Ian tiraria as roupas dele e vestiria por cima das suas, criando, por alguns segundos, para alguém que olhasse de relance — ou alguma maldita câmera por perto —, um pouco de semelhança com a figura de Otávio. Eram só alguns passos do portão ao carro. Para todos os efeitos, Otávio teria entrado na casa e saído minutos depois. E Ian nunca seria visto entrando na casa antes, pois planejava chegar de madrugada, usando roupas escuras e um boné que cobrisse bem seu rosto.

Parecendo-se com Otávio, ele entraria no carro e voltaria para São Paulo. Teria que largá-lo em alguma rua aleatória da cidade para dificultar ser encontrado, bem longe do bairro onde morava. Ian caminharia por um tempo e, depois de algumas horas, pegaria um táxi até sua casa, pagando em dinheiro. Mesmo se na investigação achassem essa corrida, ela não provaria absolutamente nada.

Em casa, ele destruiria o computador de Medeia, as cartas, os livros, tudo. Faria uma mala leve. No dia seguinte, embarcaria para Belize.

E Medeia estaria vingada.

CARTA 10
Controle

Eu parei de escrever por alguns momentos. Minha mão está doendo e eu não queria ter que lembrar de tudo. Só que você tem que conhecer seu inimigo, essa é a verdade. Então vamos lá, sem enrolação.

Eu e Fernando acordamos poucas horas depois de irmos dormir. Devia ser umas duas da manhã, talvez até antes. Alguém tinha acendido a luz do quarto, então despertamos ao mesmo tempo, meio grogues, e o Otávio estava lá. Armado. Calmo. Debochado. É difícil explicar isso para quem nunca o conheceu. É o jeito como ele olha para você. O controle que parece sempre ter da situação, um tipo de arrogância misturada com confiança que eu daria tudo para ter.

Rolou uma conversa, tipo uma briga. Fernando tentava falar com ele, eu também, mas como se acalma uma pessoa que já está calma? Como se fala com um homem como ele? Eu chorei, o Fernando estava com muito medo de morrer, mas Otávio explicou que não estava lá para matar ninguém. E aí ele explicou o que queria que a gente fizesse, e, acredite, essa conversa durou mais de meia hora, porque não entendemos e tentamos argumentar, mas desistimos quando ele se aproximou e apontou a arma direto para a minha cabeça.

Qual é a sensação? É como se seu sangue ficasse gelado, a mente, em alerta, e seu medo é tão real, tão maior do que o próprio corpo. Seu medo tá em tudo o que você vê, dá para sentir o gosto dele na boca. E Otávio falou que não ia esperar mais e que, se a gente simplesmente fizesse o que ele mandou, ele iria embora.

Então nós fizemos.

Ele queria ver o Fernando e eu transando.

Mas não sei se ele queria mesmo isso. Ele nunca teve ciúme de mim. Nós já tínhamos feito aquele tipo de coisa antes, quando namorávamos e nos primeiros meses de casamento. Só que eu acho que não era um tesão que ele tinha, era quase uma forma de sentir dor. Ele gostava de se ferir, às vezes. E me humilhar, claro, mostrar quem mandava ali, quem tinha total controle sobre minha vida.

O Fernando, obviamente, teve dificuldades. Eu tremia, mas consegui ser mais objetiva, porque sabia que o Otávio iria mesmo embora. Ele voltaria, mas gostava demais do jogo para me matar naquele dia, quando estava só começando. A única forma de fazer funcionar com um homem de pau mole choramingando foi me sentando em cima dele. Otávio deixou bem claro que não iria embora até terminar. Aos poucos, embora estivesse me sentindo um lixo, eu consegui rebolar o suficiente para Fernando ejacular. Não foi um orgasmo, ele me contou depois, foi só um reflexo corporal. Eu não sou homem, não sei a diferença, mulheres não funcionam assim. Eu sei que, depois daquilo, Otávio conseguiu o que queria: eu e Fernando não conseguíamos mais olhar na cara um do outro.

Eu me mudei duas semanas depois. Fui para outra cidade. Ah, Ian, me perdoa, eu não sei se a polícia vai colocar as mãos nessas cartas. Eu não quero que me rastreiem. Eu não quero que conheçam pessoas com quem trabalhei e me relacionei, amigas que, nos primeiros anos, eu me permiti ter. Não quero falar sobre esses lugares e essas pessoas. Não importa mais, isso é passado. Elas são fantasmas, agora, de qualquer forma. A minha vida inteira foi um pesadelo e nada mais.

Não tenho mais tempo. Eu não sei quando ele vem, mas está vindo atrás de mim. Ele me achou aqui neste lugar lindo para o qual você me trouxe. Eu queria contar mais, dar mais detalhes, mas a cada parágrafo me sinto mais tola. O que estou querendo? Acho que, no fundo, não é conversar com você... acho que estou querendo registrar minha vida. Minha patética autobiografia.

Não, acho que só quero que me perdoe. Talvez seja isso. É egoísta, mas eu não quero que você me odeie ou não me entenda.

Você viajou e ele me achou, e foi sorte. Se ele o encontrasse aqui, eu não sei o que eu faria para protegê-lo, porque escrever tudo isso só me fez chegar à conclusão de que, sim, eu amo você, por mais que isso me torne uma mulher ruim.

Eu machuquei o Otávio e fugi dele, mas agora não tenho para onde ir. Como vou sair de uma ilha se nem carro eu tenho? Pegar um táxi, atravessar a balsa e ir a um hotel, e depois disso? Por quanto tempo vou correr? Por quantos anos vou fugir? Eu não aguento mais.

Ah, ainda tem coisa para explicar. Eu vou resumir, desculpe a letra, estou escrevendo com pressa.

Eu fugi dele, tive mais um namorado e ele me achou de novo, anos depois. Aí eu mudei de estratégia. Entendi que tinha que me regrar: passei a viver como fugitiva, me permitindo o mínimo de indulgências necessárias para ser feliz. Aos poucos, minha obsessão por limpeza foi piorando, assim como minha fobia. Percebi que tudo de que eu gostava antes, decorar meu espaço, comer bem, namorar... tudo isso era superficial. Eu passei a morar da forma como você viu: com poucos pertences, poucos móveis, nada de luxo. Eu me permitia refeições deliciosas apenas às sextas-feiras. Eu passei a ter o mínimo possível para ter uma vida funcional. Eu não fiz mais amigos. Não transava mais. Essa foi a Medeia que conseguiu um emprego na Machado de Assis e conheceu você na turma mais chata da escola.

E eu deixei o Otávio vencer. Estava cansada, e quando ele aparecesse e me oferecesse tudo do que eu mesma havia me privado, eu cederia. Porque ele conhecia meu amor pela vida e sabia que uma hora eu iria querer ressuscitar. Uma hora essa vida de privações extremas iria me deixar como minha mãe: uma morta-viva.

Acabou. Eu não quero mais isso. Ele vai voltar a qualquer momento, por isso estou correndo. Quando ele voltar, terei só duas opções: matar ou morrer.

Amanhã pela manhã envio essas cartas pelo correio. E vou me sentar e aguardar pelo Otávio. Só espero que ele venha antes de você voltar.

CAPÍTULO 21

Antes

Ian voltou para o Brasil brandindo um sorriso bobo. Era estranho estar em Paris sem Medeia, um lugar que te força a pensar sobre estar com alguém. Caminhar na Champs-Elysées sob as árvores iluminadas e não ter a mão dela, enluvada, apertando a sua. Sentar-se nos cafés abarrotados de turistas, no ar glacial, e não poder ver o rosto dela sorrindo de volta para ele.

Aquela experiência solidificou o que ele sentia por ela. A cada segundo, ele se via determinado a voltar ali com Medeia, observar suas reações, seu encantamento, seu deslumbramento. Para onde ele olhava, lá estava ela.

Ele ignorou o fato de a mãe e o tio não se importarem mais em disfarçar seus olhares. Eles achavam que o enganavam, inclusive mencionando o quanto Raí gostava da Europa, mas encontrando desculpas para saírem sem Ian à noite. E, por mais que tenham tido a delicadeza de reservar três quartos no hotel Plaza Athenée, Ian tinha certeza de que estavam dormindo juntos todas as noites.

Aquilo não o incomodava. Acentuava sua solidão, no entanto, sua vontade de ter Medeia por perto. E ele aproveitava os momentos sozinho, nos quais a mãe e o tio certamente estavam jantando juntos, para passear e comprar presentes para ela. Um dia, a mãe o abraçou por tempo demais, beijando seu rosto, assegurando-o de que todos os Natais dali para a frente seriam melhores e que, aos poucos, a dor do luto se transformaria apenas em saudade. Ian quis dizer que não estava sofrendo pelo pai, mas ao ver os olhos lacrimosos do tio, impediu-se.

Tomou a decisão de voltar, deixando que o tio e a mãe ficassem sozinhos. Ele não podia deixar a mulher que amava sozinha no Natal, e enfurecer sua mãe não era impedimento forte o suficiente para fazer a coisa certa. Se conseguisse um voo, teria tempo de chegar a São Paulo ainda no dia 23, dormir e estar em Ilha das Pedras na manhã do dia 24.

Ian pisou em São Paulo sentindo o ar quente que contrastava com o clima seco e frio de Paris. Pegou um táxi na saída do aeroporto de Cumbica e adormeceu no trajeto, chegando em casa exausto, onde apagou.

Ao acordar no dia seguinte, às seis da manhã, tomou um banho rápido e fez uma mala pequena para Ilha das Pedras, antecipando aquele Natal com um sorriso tão amplo que era como se todos os seus órgãos sorrissem também. Bitcoin pulou no banco do passageiro do Gol e ofegou, com a língua mole, olhando para Ian com a expectativa de uma *road trip* épica.

Na estrada, Ian ouviu as mesmas músicas que ele e Medeia haviam escutado juntos na ida. Cantou, feliz, desligando o ar-condicionado e abrindo o vidro para sentir o vento no rosto. Afagou o cachorro, conversou com ele sobre o quanto estava fissurado naquela mulher, perguntando se ela iria gostar dos presentes. Bitcoin parecia animado, e Ian respondeu às próprias perguntas como se fosse o cão. Com o estômago roncando, ele parou em um posto, abasteceu, comeu um sanduíche horrível, bebeu refrigerante, ofereceu água para Bitcoin e seguiu viagem. Quando chegou à estrada de terra, mal acreditava que estava prestes a rever Medeia.

Ele assoviou assim que abriu o portão e entrou com o carro. O cachorro balançava o rabo. Quando Medeia apareceu, Ian sentiu o coração afundar. Ela estava de biquíni, linda, mas seu rosto... O que era aquilo? Decepção? Ela não estava feliz em vê-lo?

— Nossa, pensei que você fosse me avisar...
— Eu queria fazer surpresa — ele falou, aproximando-se dela.

Medeia sorriu, mas havia algo a incomodando. Ian teve medo de que ela falasse alguma coisa que mudaria tudo, algo como "Eu não quero você aqui" ou "Preciso de um tempo sozinha". Só que o sorriso dela se ampliou conforme se agachava para beijar Bitcoin.

— Tá tudo bem?

Ela foi para cima dele com um beijo molhado, quente.

— Saudades — ela sussurrou, a mão na nuca dele. Ian esqueceu tudo, sentindo o corpo reagir de um jeito diferente que o pegou de surpresa. Eles se beijaram de novo, movendo-se para dentro da casa, ignorando os latidos do cachorro. Assim que entraram, Ian agiu como o corpo mandava, seus sentidos entorpecidos. Virou Medeia e a dobrou contra a mesa da cozinha, mexendo com pressa na bermuda para libertar o pau latejando enquanto ela baixava a calcinha do biquíni.

Ele contou sobre Paris enquanto os dois bebiam suco gelado no deque. Quando olhava para ela, os óculos escondiam seus olhos e Ian não conseguia traduzir sua expressão. Estava entediada? Preocupada com alguma coisa? Às vezes, ele a pegava olhando em volta.

Perguntou como tinha sido em sua ausência, e ela falou que naqueles dias havia apenas dormido e lido no sol. Ela acariciava Bitcoin, obedientemente sentado ao seu lado, e falava que tinha livros que queria que ele lesse e filmes que queria assistir com ele. Examinou os presentes e agradeceu, estranhando os cremes La Mer, o batom Guerlain e o relógio Cartier.

— A gente pode ir quando você quiser — ele falou. — E, se não quiser ir para Paris, tem tantos lugares legais pra gente conhecer...

Finalmente, Medeia olhou para ele.

— Podemos ir para o Egito?

— Claro. Não conheço, mas não tem por que não.

Medeia sorriu.

— Eu sempre quis conhecer o Egito. Alexandria, Aswan, Luxor, Gizé, Cairo... andar de felucca no rio Nilo ao pôr do sol. Ver o mercado de Khan El Khalili, mergulhar no Mar Vermelho em Sharm El Sheik. Ir ao Vale dos Reis. Ver a esfinge, o Museu do Cairo...

— É só falar quando quer ir. Eu tenho uma grana guardada e com certeza consigo muito mais pedindo para minha mãe.

Medeia se ergueu na espreguiçadeira e se sentou olhando para ele. Tirou os óculos. Ian notou o quanto estava diferente de como a conheceu: bronzeada, mais voluptuosa, mais solta. Mais jovem.

— Acha que podemos ir mesmo? Talvez morar lá e nunca mais ver ninguém daqui? Nunca mais voltar para cá?

Ian franziu a testa.

— Eu não... não sei se consigo nunca mais ver minha família.

Medeia desviou os olhos e levou alguns segundos para cobri-los com os óculos de novo. Ele notou que ela estava chorando, embora tentasse esconder dele. Faria qualquer coisa para que ela parasse.

— Mas... se você qui...

— Esquece, eu falo merda às vezes. É claro que não podemos ir morar no Oriente Médio, eu sou uma idiota. Você tem a faculdade pela frente, tem família aqui, só tem dezenove anos. Esquece o que eu falei, por favor.

— Mas eu não preciso fazer faculdade...

— Ian. Esquece o que eu falei.

Ela ficou tão quieta que ele decidiu não falar mais nada. Alguma coisa estava estranha. Medeia pediu para que ele ficasse lá, ela mesma iria até o centrinho para comprar algumas coisas. Ian não se importou, até porque estava exausto e afetado pela mudança de fuso horário. Ela levou Bitcoin consigo no carro.

Quando voltou, falou sobre coisas que nunca havia mencionado, como o fato de que sua irmã morrera havia dois anos, que ela tinha um sobrinho que raramente via, que sua mãe também havia morrido, de um jeito horrível, e que sentia falta das duas. Ela perguntou a Ian se ele tinha saudade do pai. Ele disse que, em raros momentos, pensava no pai, mas não sabia se lembrar que ele existira poderia ser qualificado como saudade, pois não tinha vontade de voltar a vê-lo.

Medeia estava mais fogosa naquele dia, insistindo em transar com ele naquela manhã, mesmo Ian estando um pouco esgotado.

Meia hora depois, ela ficou elétrica, queria se mexer, sair da casa. Ian sugeriu que passeassem, os dois se vestiram e foram até o centro da cidade. Ele notou uma qualidade sonhadora, distraída, nas maneiras de Medeia, mas forçou-se a abraçar a situação tal como era. Não tinha como saber o que se passava pela cabeça dela, e a melhor coisa a fazer era continuar mostrando que estava lá, que a amava, e quando ela quisesse falar, ele estaria disposto a ouvir.

Almoçaram em um restaurante de frutos do mar, compraram algumas besteiras e passaram o resto do dia vendo filmes. Ao anoitecer, saindo do banho, ela se sentou ao lado de Ian no sofá e abaixou o volume da TV, que transmitia um programa sobre carros.

— Vamos para a cama?

— De novo? — Ele sorriu, encarando-a.

— É, de novo.

Ian desligou a TV e a seguiu para o quarto. Eram seis da tarde ainda, mas ele não ousaria deixar a oportunidade passar. Beijaram-se devagar, quase com preguiça. Ele abriu os olhos e viu que ela o observava. Medeia enfiou os dedos entre seus cabelos. Havia tristeza naquele olhar, algo dentro dela que ele soube com certeza que nunca iria tocar.

— Eu amo você — Ian declarou, sem vergonha.

— ... Eu acho que um dia você vai se lembrar de nós de um jeito diferente. E perceber que isso era só você sendo jovem. Que não é amor de verdade.

— Não. Eu sei o que estou sentindo. Talvez você não me ame de verdade, e tudo bem. Isso não muda nada para mim.

— Ô, menino, não fala assim — ela sussurrou. Ainda acarinhava os cabelos dele. — É que... muitas mulheres se apaixonam por homens mais velhos quando têm dezesseis, dezoito anos... Achamos que já temos maturidade para entender aquele relacionamento. E os homens nos manipulam, dizem que somos mais adultas do que as outras garotas, que idade é só um número e tantas outras besteiras às quais nos apegamos desesperadamente porque nos sentimos especiais. Parece amor. E aí, um dia, quando temos trinta, quarenta anos, a gente olha para trás e só sente... tristeza. Vergonha. Como se aqueles homens tivessem roubado alguma coisa preciosa da gente. Meu maior medo é estar fazendo isso com você.

— Olha, eu entendo o que você tá falando, mas eu juro que não é assim.

— Você tá entorpecido pelo sexo.

— Você não foi minha primeira.

— Não importa. Eu sei que fui a melhor.

Ian a estudou. Ela sorria de um jeito maroto, mas estava sendo sincera. E tinha razão.

— E daí que você foi a melhor? Mesmo se nunca mais pudéssemos transar, eu continuaria amando você.

— Não, isso não é verdade. Escuta: tudo isso é gostoso agora, mas nada muda o fato de que daqui a vinte anos você vai estar no auge da sua vida, com quase quarenta, com a sensação de que é dono do mundo e pode qualquer coisa. E eu vou estar chegando aos setenta. Uma velha. Não existe chance alguma de você olhar para mim nesse contexto e me amar. *Shh*, Ian, eu tô falando. Escuta. Você vai se apaixonar por algumas imbecis depois de mim. Vai trepar com mulheres lindas de corpos durinhos e esculpidos na academia, com cabelos sedosos e tatuagens de borboletas nos tornozelos. E vai enjoar rápido delas. Até conhecer uma mulher que vai te fazer rir, com quem terá conversas intensas de madrugada. E ela terá defeitos, mas vai tolerar os seus, e vocês vão encontrar algo no qual se apoiar nos momentos difíceis. Você vai falar do seu pai e chorar. Ela vai ter um trauma. Ela vai se abrir para você. Não chora, olha para mim. E vocês terão filhos, porque é tão fácil para mim ver você como pai. E sua primeira criança vai ser uma menininha e você vai ser doido por ela. E você e essa mulher vão ter uma vida linda. E netos. E conquistas. E você vai se lembrar de mim e pensar: onde eu estava com a cabeça?

— Isso não é verdade. *Você* é a mulh...

Medeia colocou um dedo sobre a boca dele. Ambos tinham os olhos molhados. Ela ergueu o pescoço e o beijou, e ele relaxou os músculos em cima do corpo dela. Ficaram abraçados. Ela acariciava os cabelos dele suavemente. Sussurrou:

— Só quero que me perdoe quando perceber que isso foi tudo uma ilusão. Uma doce, bela ilusão.

Ian despertou quando já estava escuro. Havia um cheiro estranho no ar, de álcool. Medeia estava exagerando na limpeza desta vez. Ele a encontrou na cozinha, antecipando que estivesse fazendo uma ceia modesta, mas não havia nenhum sinal de que Medeia estivesse pensando no Natal.

— Nossa, o cheiro de álcool e desinfetante tá muito forte — ele falou.

— Ian, eu tô morrendo de cólica. — Ela pressionava a barriga. — Eu já tentei o remédio que tenho aqui, mas tá doendo demais. Você se incomoda de ir comprar um mais forte?

Com sono ainda, ele esfregou o rosto.

— É claro que não me importo. De que você precisa?

— O nome é Feldene, você vai se lembrar?

Ele não sabia, mas confirmou com a cabeça.

— Compra pra mim e compra um pacote de absorvente também, mas tem que ser no centro. As duas farmácias aqui perto já estão fechando por causa do Natal, eu já liguei pra elas. Leva o cartão, o remédio custa uns oitenta reais. Mas vai logo.

— Tá bom.

Ela fez uma cara de dor. Ian pegou a carteira e o celular, assoviou para Bitcoin, e o cachorro o seguiu até a garagem. Ian entrou no carro, colocou uma pastilha de menta na boca e saiu.

Na volta, Ian avistou a fumaça assim que passou pela residência do vizinho, que aparentemente estava dando uma festa. Ele não ficou alarmado, apenas curioso, até notar que a nuvem acinzentada ficava mais densa à medida que ele se aproximava de sua casa. O brilho amarelado que invadia a noite enviou um sinal de perigo para seu cérebro, e quando Ian viu as labaredas e a casa em chamas, pulou do carro sem ao menos desligá-lo.

Ele correu e pulou o portão, seus olhos ardendo da fumaça. Puxou a camiseta sobre o nariz e a boca e entrou pela porta da frente sabendo que estava ignorando tudo o que já tinha armazenado de conhecimento sobre incêndios.

— Medeia!

Procurou por ela através da nuvem na qual a casa estava submersa enquanto sua mente disparava em direções lógicas: *alguma coisa deu errado na cozinha, ela deve ter fugido quando o fogo começou, ela deve estar lá fora me esperando, ela deve estar bem, ela TEM que estar bem, como vou explicar isso para a minha mãe, meu Deus, cadê ela?*

O calor era algo para o qual ele não estava preparado. Lembrou-se do pai mencionando as pessoas que se arremessavam de janelas do vigésimo andar durante incêndios porque não conseguiam tolerar a temperatura. Ele entendeu aquilo pela primeira vez. Era como se não houvesse ar lá dentro. Tudo era ardência, tudo era agonia.

Ele estava tossindo, uma tosse que se agarrava à garganta. Os olhos lacrimejavam. O fogo devorava cortinas, estofados, e subia pelas vigas, lambendo o teto, agarrando-se à madeira da casa, estranhamente silencioso. Ele a encontrou naquele espaço diretamente em frente à porta para a varanda, entre a mesa da cozinha e a salinha de estar.

Ela desmaiou!, foi seu primeiro pensamento, ignorando que agora sentia seus pulmões como carvão em brasa e os olhos pareciam ter sido atingidos com pimenta. Agachou sobre o corpo dela e notou os olhos abertos — vermelhos, cintilando de lágrimas. Os dedos dela agarraram seu braço, e ele teria gritado de dor não fosse o pavor que estava sentindo.

— O Otávio — ela falou, rouca, mas com vontade. Tossiu. — Minha barriga, minha barriga!

Ian olhou para baixo. Entre os dedos dela, sangue colava ao seu abdome a saída de praia florida. Um corte. Ele também viu a faca de cozinha, de cabo preto, a um metro do corpo dela. Instintivamente, como se a ferida o chamasse, Ian colocou as mãos sobre ela. Quente.

Ele teria que arrastar Medeia para fora da casa. Tinha que ligar para os bombeiros, pedir ajuda. Precisava tirá-la de lá. Ele não conseguia mais respirar. Tossiu, podendo jurar que havia fogo no fundo da garganta. Seu corpo implorava por ar. Os olhos dela estavam fechados.

Os momentos seguintes correram desconexos, rápido demais. Ian estava do lado de fora, na garagem vazia da casa, com a boca aberta, buscando ar em goladas, soltando um chiado aflito do nariz. Estava chorando, era isso. A pele agradecia a queda de temperatura. O coração bombeava rápido. Suas coxas haviam perdido a força e, quando ele endireitou as costas, o mundo ficou preto. Ian estendeu o braço e tocou um pilar, o mesmo que ele observava pelo retrovisor ao dar ré para sair da casa. *Eu vou apagar.*

Ele respirou fundo para manter-se consciente. O latido alto, regular, de Bitcoin era como um farol em alto mar, guiando-o, mantendo-o aterrado. O cachorro disparou, deixando-o sozinho.

Ian voltou-se para a casa e tentou entrar, mas não conseguia. A fumaça já estava densa demais, escura demais, o cheiro químico, nocivo, ameaçando apagá-lo mais uma vez. E o calor. Ele não podia deixar Medeia naquele calor. Buscou o celular no carro e percebeu que não fazia a mínima ideia de qual número deveria discar para chamar os bombeiros. Ian discou 190. Desligou, sem saber o que tinha acabado de dizer, mas vagamente consciente de ter dado o endereço à polícia.

Um homem estava falando com ele?

Latidos de Bitcoin, os pelos tão familiares do cachorro pinicando sua perna.

— Você tem que se afastar!

Havia mais gente lá. Os vizinhos. Bitcoin havia chamado os vizinhos. Uma mulher falava ao telefone, parecia, aos berros. Estava chamando os bombeiros, talvez. Ian sentiu mãos agarrando seus braços e, naquele instante, uma clareira de lucidez abriu espaço nos seus pensamentos. *Medeia vai morrer se você não a tirar de lá agora.*

Ele disparou em direção à casa, soltando algo parecido com um rugido, mas foi impedido pelos dois homens cujos rostos eram borrões. Eles berravam: "Não, não, você não pode entrar lá, escuta, calma, calma".

— Ela tá lá dentro! — ele conseguiu articular.

Um dos homens, maior que ele, aproximou-se cautelosamente da porta da frente. Berrou alguma coisa, algo como "aí, moça, moça!" e sumiu entre a fumaça. A mulher que antes falara ao telefone, atrás de Ian, berrou para que o homem tivesse cuidado, e segundos depois passou a implorar que ele voltasse. Ele apareceu correndo, tossindo, com marcas de fuligem próximas ao nariz.

— Tem uma mulher lá dentro! — ele berrou. — Ela tá no chão, cara, eu não consigo chegar perto, é fumaça demais, tá quente demais. Porra, Milena, cadê os caras, porra?!

Ian cobriu de novo o nariz e a boca e arremeteu contra os vizinhos que o seguravam. Estava a meio metro da porta quando o puxaram de volta.

Ao fundo, sirenes.

Em seu peito, dor.

CAPÍTULO 22

Depois

Miro e Lenir haviam pedido um lanche gorduroso na lanchonete da esquina, que agora desembrulhavam com avidez. Tinham combinado que não sairiam dali até definirem os próximos passos daquele inquérito. Comeram sem conversar, pois não precisavam mais preencher o ar com papo furado e cada segundo de raciocínio contava. Compartilharam uma porção de fritas, tiraram os sapatos embaixo da mesa, sugaram ruidosamente seus canudos. Quando, onze minutos depois, amassaram os embrulhos e guardanapos, estavam prontos para conversar.

Lenir pegou um bloco de anotações e escreveu o que descrevia em voz alta para Miro:

— Dia 22 para 23. São Paulo, Jardins, de madrugada, Otávio Feffer procura um pronto-socorro, onde leva doze pontos no tórax e cinco no antebraço no que parecem ser cortes feitos com uma lâmina bem afiada. Nesse mesmo dia, Ian Torres está em Paris com sua família, fato comprovado pelos passaportes, recibos e registro no hotel Plaza Athenée.

— Certo — disse Miro. — Não temos nada que comprove que Feffer esteve em Ilha das Pedras no dia 24, mas ainda não tivemos resposta da PRF. E não conseguimos autorização do juiz para puxar algo sobre a placa do tal do amigo dele. Aliás, ele pode ter usado o carro de qualquer pessoa, não vamos conseguir nada desse jeito. Mas ele pode, Lenir, ter estado aqui na noite do crime.

— Se ele esteve em Ilha das Pedras, só tem um jeito, Miro. A balsa. E não encontramos nenhum de seus carros nas filmagens ou qualquer sinal dele entre os passageiros da balsa.

— Mas você sabe que tem outro jeito de chegar à ilha: de barco. Esse cara tem dinheiro para isso. Podemos falar com os pescadores.

— A gente tem certeza de que o Otávio esteve na casa. Temos as digitais dele na faca. Mas se houve algum tipo de luta entre ele e a vítima, e se ela foi responsável pelos cortes dele, isso ainda não prova que ele esteve lá no dia do crime, que aconteceu dois dias depois. E é o dia do crime que interessa.

— Ele estava aqui no dia 22, teve algum tipo de briga com a vítima, saiu cortado e só foi a um hospital quando chegou em São Paulo. Isso explica o porquê de ter demorado tanto para ir ao pronto-socorro.

— Esse homem dirigiu por três horas sangrando. Se usou o carro de um amigo, deve ter mandado lavar, mas isso também não importa porque, como eu disse, não temos nada que o coloque na casa na noite do crime.

— Só o Ian.

— Só o Ian — ela concordou. — Olha, tenho minhas dúvidas se esse menino seria capaz de fazer isso, mas isso não importa. Já temos o suficiente para fazer uma acusação formal junto ao MP. Ele estava na casa com ela, pode ter saído para comprar o remédio e criar um tipo de álibi, tem digital dele na faca... Deixa os advogados resolverem o resto. Você sabe que depois desse vídeo o público tá pressionando com medo de que ele fuja do país. Vamos pedir prisão preventiva, vamos acabar logo com isso.

Miro coçou a barba por fazer.

— O advogado dele vai falar que ele cooperou até agora e não deu nenhum motivo para acreditarmos que vai fugir.

— Eu sei, mas vamos tentar. Às vezes a gente dá sorte com o Excelentíssimo.

— Ignorando todas as provas, todos os indícios. Olhando para Ian Torres e para Otávio Feffer. O que sua intuição te diz?

— Minha intuição tá enferrujada, Paixão.

— Por favor, só fala.

— O Feffer é o tipo de homem que eu mais odeio. Ele é frio, articulado, sádico... Do tipo que engana todo mundo, menos gente como a gente. E ele mataria a Muniz ou qualquer outra mulher sem sombra de dúvida. Só que eu não posso provar que ele fez isso. E se eu não posso provar, não importa o que sinto.

— Esse caso me incomoda de um jeito que não sei explicar.

— Tenta.

— O Papai Noel na praia, o vizinho disse que viu um Papai Noel na praia, o pessoal da turma dele até zoou com o cara, acenou para ele, ele riu e acenou de volta. Estava indo no sentido da casa dos Torres, pode ter chegado lá mais ou menos uns cinco minutos antes de eles ouvirem o cachorro latir e irem conferir o que aconteceu. Pode muito bem ter sido o Otávio. Só pode ter sido ele.

— E como você vai provar?

— Cadê o maldito caseiro?

Lenir deu de ombros.

— Vamos pedir a preventiva do Ian Torres e acabar logo com isso — ela respondeu.

Otávio mordeu a isca duas horas antes de Ian desistir.

O e-mail chegou às 10h12 da noite do dia 30 de dezembro. Ian estava trancado no quarto e não olhava mais as redes sociais, tinha o mínimo interesse em responder aos ataques ou às mensagens de apoio que estava recebendo havia dias. O mundo exterior não existia mais.

"Caro Roberto Thiessen, vi seu anúncio de um artigo de colecionador que pertencia ao atleta João do Pulo, do qual sou grande fã. Também vi as fotos do artigo quando tomei a liberdade de procurar por você nas redes sociais, com um suposto certificado de autenticidade. Acredito que ainda não tenha vendido o artigo, estou certo? Caso esteja, como podemos fazer essa compra e venda?"

Ian limpou o suor da testa e respondeu, cometendo um ou outro erro proposital:

"Boa noite, sr. Feffer. Já tenho um comprador interessado, que vou encontrar na terça-feira à tarde. Obrigado mesmo assim pelo interesse. Se conseguir novos artigos, entro em contato com o sr. Feliz Ano-Novo!"

E enviou.

Ele notou a perna balançando embaixo da escrivaninha. Às vezes, pegava-se acariciando o teclado do notebook imaginando que células minúsculas de Medeia poderiam ter ficado presas a ele, talvez na forma de pedacinhos microscópicos de sua pele. *Meu amor*, ele pensou, *isso vai acontecer. Ele não vai se safar com o que fez.*

A resposta não vinha, e Ian temeu ter cometido um erro. Cansado de esperar, ele se levantou e foi ao banheiro, depois pegou um copo de iogurte na cozinha vazia. Todos na casa pareciam estar dormindo. *Tá acabando, Ian*, ele falou para si, pensando que não havia nada que quisesse fazer mais do que dormir por meses e acordar sem se lembrar de quem era. Sem se lembrar dela. Doía demais.

Os últimos dois meses haviam definido sua vida. Ele sempre achou que estivesse destinado a uma vida pacata e sem grandes emoções, talvez porque crescera em ambientes seguros e bonitos, sob a vigilância constante de babás, parentes e seguranças. Talvez porque sua vida fora do Brasil tivesse sido confortavelmente monótona e asséptica.

Raí, baleado na rua, na frente de um prédio, em plena Berrini. O clima de tensão que preenchia cada cômodo daquela casa, os sussurros sobre contas offshore, esquemas, lavagem de dinheiro, corrupção, Polícia Federal. Então ela, como uma boia flutuando em alto-mar, oferecendo tudo o que Ian nunca havia experimentado. Medeia era uma energia dentro dele que resgatava algo reminiscente de seu pai, o desafio, o imoral, o proibido. Mas também era doce, divertido, uma fuga. Quando estava com ela, surgia uma versão de si mesmo de que Ian gostava mais; uma versão de si mesmo que ele podia admirar.

Ele falhara como homem quando a deixara lá, sangrando no chão, inconsciente, para ser devorada pelo fogo. Ele falhou como homem quando não estava lá para protegê-la de seu passado. *Ela afastou você de propósito. Ela sabia que ele estava na casa. E só fez isso porque não acreditou que você seria forte o suficiente para enfrentá-lo.*

Voltando ao quarto, encontrou a mensagem esperando por ele. Ian não se sentou de imediato, aproximou-se devagar, fitando o nome em destaque na caixa de mensagens novinha em folha e praticamente vazia de robertothiessen_78.

"Estou ocupado nos próximos dias, senhor Roberto, mas determinado a ter esse artigo. Dê seu preço que eu envio instruções para nos encontrarmos urgentemente."

Não era bem isso que Ian havia planejado.

Calma, uma coisa de cada vez. Calma. Ele digitou:

"Estou precisando de dinheiro por motivos de saúde, então estou vendendo o item bem abaixo do que conseguiria num leilão. Se me pagar à vista 35 mil reais é seu."

Ele apertou enviar e se recostou contra a cadeira *gamer*, notando que suava e nem tinha se dado ao trabalho de ligar o ar-condicionado. Pedira muito? Pouco? Por mais que pesquisasse leilões de artigos de esportes on-line, não conseguia nenhuma informação precisa sobre quanto algo daquele tipo valeria. Leu sobre uniformes de Michael Jordan e Magic Johnson que foram leiloados por duzentos mil dólares, por exemplo, e uniformes e bolas de jogadores de beisebol, como Lou Gherig e Babe Ruth, por 2 ou 3 milhões. Mas estavam no Brasil, e o próprio Ian nunca tinha ouvido falar de João do Pulo antes de encontrar o nome na carta de Medeia. Sentiu-se inculto, é claro, assim que o pesquisou na internet e descobriu ser um dos maiores atletas do país. Mesmo assim, estava brincando dentro de um nicho pequeno, o de pessoas no Brasil com dinheiro suficiente e interesse em memorabilia esportiva além de futebol e Fórmula 1.

O e-mail veio rápido, e ele soube que tinha pedido um valor baixo.

"Tá feito. Se eu constatar que o artigo é legítimo, claro. Consegue estar em São Paulo capital esta semana?"

Ian fechou os olhos por um momento, tentando desacelerar o coração. Digitou:

"Senhor, estou impossibilitado de me mexer muito por conta de uma hérnia. Estou passando as férias na casa de uma irmã aqui em São Bernardo do Campo. Se puder fazer a viagem, posso dar um desconto, fechando em 33 mil reais. O que me diz? Se topar, passo o endereço e ficamos combinados assim. Só preciso saber agora para avisar o outro comprador."

Otávio respondeu que topava, que poderia estar na cidade no dia seguinte, sábado, mas que estava na correria e não queria demorar muito. Acrescentou: "Sou um cara que não tem tempo a perder, seu Roberto, então espero, para o seu bem, que o item seja legítimo." Ian respondeu que ele não tinha com que se preocupar.

Então, procurou casas de temporada no Airbnb e, depois de alguns cliques inúteis, encontrou uma em São Bernardo do Campo disponível até dia 3 de janeiro. Pesquisou o endereço no Google Earth e se deparou com uma rua residencial bastante tranquila. Relativamente arborizada. Com cara de que ficava escura à noite.

Ian fez a reserva usando o e-mail e as informações de Medeia. Enviou o endereço para Otávio no e-mail seguinte.

Ele tinha um dia para cometer o crime perfeito e fugir do país.

Ian criou coragem e acessou seu Instagram. Além de milhares de novos seguidores, havia mais de quatrocentas mensagens o esperando. Seu último post fora uma foto que a mãe insistira que tirassem juntos: o tio clicara Ian e Fabíola abraçados em frente à pirâmide do Louvre. Ian rolou os comentários feitos por estranhos embaixo da foto:
"Assassino."
"O retrato da impunidade."
"*Playboi* filho da puta, *assacino*."
"Olha para onde vai nosso dinheiro, Brasil."
"Justiça para Maria Clara já!"
"Surreal ver essa foto dias antes de matar uma mulher."
"Oi sobrinho, tão lindos, bj."
"Filho de peixe..."
"Ian, quem te conhece sabe a verdade. Tamo junto, brother. A justiça será feita."
"E ainda tem gente defendendo. Impressionante. Vem meteoro."

Ele engoliu o choro. Não conseguia ter raiva daquelas pessoas, talvez fosse uma delas em outro momento. Como queria que soubessem a verdade. Como queria que soubessem que ele a amava e que morreria antes de machucá-la.

Ian clicou na seta para ter acesso às mensagens privadas. Ignorou as centenas de mensagens de estranhos. Clicou naquelas enviadas pelos amigos, os colegas do Terceiro C.

"Ian, toda a turma, com exceção de dois imbecis, está torcendo para vc sair dessa. Sabemos que você nunca machucaria ninguém." Era uma mensagem de Benjamin. Gustavo havia escrito: "Eu acredito em você. Se precisar, é só chamar." As meninas da turma também mandaram mensagens dizendo que sabiam que ele era inocente. Já era alguma coisa. Um conforto pequeno, mas necessário.

Parecia ter acontecido séculos atrás. O ensino médio, aquela turma, as aulas com Medeia. Outra vida. Outro Ian. Ele sabia que só doeria, mas pesquisou o vídeo no Google. Clicou. Viu a si mesmo e Medeia, numa filmagem trêmula e com o som animado do bar, beijando-se naquela mesinha de canto. Era estranho testemunhar um momento tão bom. Era como se ver de fora, como outra pessoa. Ian sentia inveja do jovem no vídeo, um pouco alterado de álcool, embasbacado por aquela mulher, com tantas possibilidades de um final feliz.

E se eu me pronunciasse?, ele pensou. *Quer dizer, só uma pessoa culpada permaneceria quieta diante de uma acusação tão revoltante, certo?* O advogado ficaria furioso e sua mãe provavelmente daria outro tapa na cara dele, mas Ian pegou-se sorrindo. Ainda tinha uma voz. Iria usá-la. O que poderiam fazer, prendê-lo duas vezes?

Sem permitir-se pensar demais, ele trancou a porta do quarto, sentou-se na cama e apertou o botão que abria um portal entre ele e qualquer pessoa que tivesse interesse naquela história mórbida. Sentiu o coração acelerar quando o Instagram anunciou que estava ao vivo. Aguardou alguns instantes, verdadeiramente surpreso ao ver o número de pessoas aparecendo. Doze, 48, 113. Subindo. Os comentários que ele se recusava a ver.

— Vocês falam como se conhecessem a Medeia.

Duzentas e trinta e quatro, as pessoas estavam entrando em massa na *live*, 398.

— Mas onde estavam vocês nos últimos quinze anos, quando ela nem conseguia dormir direito, com medo do ex-marido?

Ian sabia que não podia falar o nome dele, afinal, não poderia acusar publicamente uma pessoa de ter cometido um crime. *Mas e daí, Ian? Quem se importa?* Medeia perdeu a vida mesmo antes de morrer e ele deveria se importar com a reputação, o emprego e o bem-estar do homem que a perseguiu?

— Onde estava todo mundo quando Medeia estava sendo assediada, ameaçada e psicologicamente torturada pelo também branco, também hétero, também cis, também rico Otávio Feffer? Porque é por todas essas características que vocês me odeiam, né? Ou é porque sou filho do meu pai? Vocês todos têm pais perfeitos? Se eu deduzisse que vocês são uns merdas porque os pais de vocês são uns merdas, isso seria justo?

Batidas na porta. Ele sorriu ao ouvir dona Fabíola e seu fiel escudeiro, Fábio, esmurrando a madeira e implorando para que ele os deixasse entrar e encerrasse a live.

— Olha, eu juro que entendo. Eu juro, juro que entendo a raiva de vocês. Porra, quantas vezes eu não fui vocês? Eu entendo. Mas... Quer saber? Eu nem vou me defender. Nem me importo mais. Só queria que vocês soubessem quem ela era.

Ele engoliu o choro, mas por um instante a vista ficou embaçada de lágrimas.

— Ela tomava remédios para dormir porque tinha medo dele.

Os comentários surgiam e sumiam da tela, mas ele conseguiu ver alguns:

"Gente, o que tá acontecendo?"

"Por que a polícia nunca divulgou o nome desse ex-marido?"

"Alá, sempre arrependidos."

"Vai fazer um mea culpa igual o Doca Street?"

"Otávio Fépher, cadê esse cara?"

"Tadinho dele (contém ironia)."

"Pessoal da Civil, que tal esclarecer isso?"

"Tamo junto, Ian."

"Meu pai é fascista, mas nunca roubou dinheiro público, lindão."

Ele ergueu os olhos para a imagem de si mesmo, que odiou. Seiscentas e setenta e duas pessoas na live.

— Mas, quando ela começou a dormir comigo, ela relaxou, e, pelo menos nos últimos dias de vida, a Medeia dormiu de verdade. E até sorria dormindo, chutava enquanto sonhava e... E ela gostava muito de ler. Ela lia de tudo e sempre queria falar sobre as histórias dos livros. Terminava falando: *Você tem que ler esse livro!* Mas gostava mesmo dos livros policiais, e é uma merda, uma puta de uma ironia, que a vida dela tenha sido tão parecida com um deles.

"Reviravolta: tem outro suspeito."

"O roteirista do Brasil não para nunca, gente."

"Vilipêndio de cadáver aqui ó."

"@camilinha99 @feehdelucca @luizjesus_ogrande, olha isso, gente."

"To achando esse guri inocente, sei não."

"Assassino. Morra. Não fale da vítima."

"Começou o 'nem todo homem...'"

"Pronto, Netflix, quero o documentário na minha mesa amanhã."

Fabíola chutando a porta, Fábio berrando para ela se acalmar. Voz da Magda.

— Ela gostava muito do meu cachorro. E ele gostou dela de cara, é impressionante, ele amou a Medeia. Ela corria na praia de manhã, às vezes, e ele ia com ela. Ela não gostava de chocolate. Estranho. Só que amava doce, tipo, cheesecake e doce de leite eram os preferidos dela. Ela comeu dois crepes de doce de leite com canela no dia... no dia em que aquilo aconteceu.

"Mano *perai* que *vo* pega a pipoca."

"Pode isso? Assassino fazendo live? Pq ele não tá na cadeia?"

— *Ian, para já com isso!* — berrava Fabíola.

— Enfim. Queria que vocês soubessem que a mãe dela cometeu suicídio por causa do Otávio, e que ele assediou amigas, namorados e até a irmã dela. Ela sentia saudade das duas. Tipo, nem sempre queria falar de coisas ruins, na verdade quase nunca, mas dava para saber. Com ela, dava para saber quando tava pensando nisso. Eu acho que deve existir uma Medeia alternativa, sabe? Se a vida dela tivesse dado certo, eu fico pensando nisso, como seria? Tem tanta mulher que eu penso em como teria sido se não tivesse conhecido um *filho da puta*, entendem? Tipo a Whitney Houston ou a Amy Winehouse. A Medeia é uma delas. E eu sei que, para vocês, esse filho da puta sou eu, mas espero que um dia vocês saibam a verdade. Não por mim, foda-se eu. Talvez eu até mereça todo esse *hate* porque realmente... — Ele esfregou o olho. Estava cansado. Nossa, como estava cansado. — É fácil me odiar. Eu sei o que represento, juro que sei. Só que, desta vez, *desta vez*, vocês estão errados.

Ian percebeu-se vazio, sem mais nada a dizer.

— *Abre já! Eu mato você!*

"O cara tá chorando, eu não acredito nisso."

Mil duzentas e quarenta e nove pessoas assistindo.

"O Brasil comemorou a morte do seu pai e vai comemorar a sua, pleiba."

"Constrangedor."

"O perfil do tal ex-marido é @fefferesportes, galera."

"Justiça por Maria Clara Muniz."

Duas mil e oito pessoas assistindo.

"Não existe crime passional, isso é feminicídio."

"@biancaluzpaulinio vai se foder, vadia."

"Não acredito nessa live, surreal."

Ian desligou o celular.

A porta se abriu, lascas de madeira caindo no carpete, e ao ver as expressões de revolta, choque e fúria do tio, da empregada e da mãe, Ian abriu um sorriso cheio de dor.

CAPÍTULO 23

Depois

Ian ficou surpreso ao ver o advogado, Giovani, sozinho na sala de estar dos Torres. De terno, mexendo no iPhone, o homem ergueu os olhos quando ele entrou usando jeans e camiseta, de banho recém-tomado e com Bitcoin a tiracolo.

Depois da live, sua mãe saíra de casa histérica dizendo que "precisava de um tempo", e, claro, seu tio fora atrás. O estômago implorava por almoço, mas ainda eram dez da manhã.

— Bom dia, Ian.

— Bom dia, seu Giovani.

— Sua mãe e seu tio já voltam, precisam respirar ar puro. Eles já te contaram?

— Não.

Giovani simulou um: "Ah, que droga, mais uma vez terei de dar as más notícias". Quando encarou Ian, no entanto, havia um peso real em seus ombros.

— A delegada pediu a sua prisão preventiva. Eu já fiz o que estava ao meu alcance. Agora precisamos esperar a decisão do juiz. Se ele conceder, você vai preso.

— Quanto tempo eu tenho?

— Não sei. Horas.

Ian mordeu o lábio. Precisava ir para São Bernardo. Tinha que chegar à noite e preparar tudo, já que na manhã seguinte Otávio estaria lá. E ainda tinha o trânsito do réveillon.

— Eu preciso de mais um dia — falou. — Tenho que endireitar algumas coisas antes de poder fugir.

Giovani o observou.

— O que você vai fazer?

Ian já havia se preparado para as mentiras, mas estava cansado delas.

— Eu sou seu cliente, certo? Você tem que manter segredo das coisas que eu te falo, não é isso?

— Como um psicólogo ou médico, você tem direito a confidencialidade, mas isso não se aplica a tudo. Se achar que você pode vir a fazer algo ilegal...

— Tipo, se eu for matar alguém? Se eu for matar o Otávio Feffer?

Giovani assentiu, devagar.

— Eu preciso de mais um dia para endireitar as coisas. Depois eu saio do país como vocês mandaram. E prometo que fico bonzinho lá fora, tomo cuidado, nunca mais me meto em problemas. Mas preciso de vinte e quatro horas.

O advogado desviou o olhar e se perdeu por um minuto em reflexão. Ele arrancou um pedaço finíssimo de pele do lábio inferior e começou a falar antes de encarar Ian.

— Tem uma coisa que a gente pode fazer para ganhar tempo. Só que aí acaba para você, Ian. Se der errado, acabou. Não tem volta.

Ian assentiu.

— Tá bom. O que eu tenho que fazer?

— Você vai confessar ter matado a Maria Clara.

Miro se levantou da mesa quando viu Ian Torres entrar na delegacia naquela tarde com seu advogado. Ele não foi o único. Alguém saiu correndo para chamar Lenir enquanto as duas celebridades se encaminhavam até a recepção. Miro se aproximou deles sem cumprimentar nenhum dos dois, estudando Ian e se lembrando da bizarra live que ele fizera mais cedo.

— Meu cliente veio confessar o homicídio de Maria Clara Medeia Muniz.

Miro e Ian se estudaram. *Cada vez que eu vejo esse cara ele parece outra pessoa*, pensou. *E cada vez mais tenho certeza de que ele é inocente.*

Lenir se aproximou, estendendo a mão e cumprimentando os dois.

— Senhores, me acompanhem, por favor. — E prendeu o olhar em Miro, ordenando silenciosamente que não a seguisse. Ele observou Ian e o advogado, assim como Luiz Felipe, o escrivão, seguirem a delegada até sua sala e a porta se fechar.

Ian fizera questão de mostrar ao país inteiro que não apenas era inocente, mas que havia outra pessoa com motivação para cometer o crime, Otávio Feffer. Mesmo se, por algum milagre, fosse inocentado das acusações depois de um julgamento que só aconteceria em um ano ou mais, seria processado por Otávio por calúnia, difamação e danos morais. Obviamente, a live havia sido feita por pura pressão emocional. Não é todo dia que um rapaz de dezenove anos é odiado por um país inteiro. Ian estava entrando em colapso, como aconteceria a qualquer um em seu lugar.

Então o que aquela confissão significava? Era obviamente estratégia do advogado, mas por quê? *Porque, com a confissão de Ian, ele não pode ser preso em flagrante.* A confissão garantia que ele sairia livre da delegacia. Mesmo assim, se o juiz decidisse que Ian poderia fugir e autorizasse a prisão preventiva, a confissão só complicaria as coisas para o rapaz. Em um julgamento, ele teria que se declarar culpado do crime, garantindo um tempo — quanto era impossível saber — na prisão. Ian nem tinha feito faculdade, o que o colocaria com outros presos numa cela comum onde não duraria uma semana.

Ele vai fugir.

Isso significava que Otávio Feffer ficaria livre. Que todo o empenho de Miro em encontrar qualquer evidência que o colocasse em Ilha das Pedras na noite do crime teria sido em vão. Que mais de uma década perseguindo a vítima não seria punida. Miro se levantou e foi buscar um café. Precisava fazer alguma coisa.

E por quê? Não é mais problema seu, Paixão, segue a sua vida como sempre seguiu e deixa o sistema funcionar como funciona. Pela primeira vez, aquele papo não desceu bem. Ele apertou a tampa da cafeteira, esguichando um café ralo no copinho de plástico, e bebeu um gole sem açúcar.

Estava começando a ficar puto com aquele caso.

— Paixão, chegou o laudo da científica, mas Lenir pediu para você olhar, ela tá ocupada. Playboy finalmente tá confessando.

Miro caminhou até o computador de Luiz Felipe e se sentou. Laudo do papiloscopista. Impressões digitais recuperadas da haste de alumínio do guarda-sol que ficava no deque, área não atingida — ao menos não destruída — pelo incêndio. Foi identificada. Seu dono tinha passagem pela polícia.

Aquilo não batia. *Porra, esse é um caso simples. Sabemos quem é o autor do crime, Otávio Feffer, só não conseguimos provar.* Mas no fundo sabia que estava mentindo para si mesmo. Havia pontas soltas que ele não conseguia ignorar. O Papai Noel, o caseiro desaparecido e agora isso... Outra pessoa na cena do crime.

Miro puxou o nome do bandido no sistema. Eufrásio Macedo, conhecido como Paçoca, 31 anos. A ficha era extensa. O desgraçado tinha passagens desde os 18 anos por roubo, assalto à mão armada e agressão. Foi preso por porte ilegal de armas, saiu antes da hora, depois foi preso por interceptação de carga roubada. *Um anjo*, pensou Miro cada vez mais confuso. O que um criminoso de carreira como Macedo estaria fazendo na casa de veraneio da família Torres?

Miro se distraiu ao ver Ian, seu advogado e Lenir saindo da sala. *Esse menino acabou de confessar um homicídio que não cometeu.*

Ian trocou olhares com ele, e Miro viu uma frieza em seus olhos, uma serenidade que o fez se aproximar.

— Eu sei que você vai fugir — falou, baixo. — Isso é burrice. Confessar foi burrice. Eu acredito na sua história e acho que tem coisa nesse caso que ainda não elucidamos. Se você tivesse esper...

— Um pouco tarde, não acha? — A voz de Ian era gelo. — Vai descansar um pouco, seu Paixão, você tá precisando.

Miro o observou sair da delegacia com o advogado.

— Acabou, Paixão.

Ele olhou para Lenir. Ela estava diferente com ele, mas ele não sabia o motivo.

— A perícia achou as digitais de um bandido chamado Paçoca na casa dos Torres, Lenir. Isso não é uma coisa que dá para ignorar.

— Ele confessou, entregou o passaporte para mostrar que não vai fugir. Vai pra casa, hoje não é dia da sua folga?

Miro se aproximou dela, e Lenir deu dois passos rápidos e deselegantes para trás. O gesto o pegou de surpresa e ele não soube o que dizer. Era como se ela tivesse nojo dele.

— O que tá acontecendo, chefe? — ele sussurrou, de repente com medo do que ela diria, consciente de si mesmo, sentindo-se exposto.

— Só vai pra casa.

Miro sentiu a respiração rasa, como se os pulmões estivessem com capacidade reduzida de receber ar. Lenir mudou de expressão, passando de tristeza para raiva em um segundo, aproximando-se dele e sussurrando:

— Todo mundo já sabe, tua ex virou militante e tá espalhando por aí que tem HIV. Falando sobre como as pessoas precisam se atualizar e entender esse vírus nos dias de hoje e mais um monte de porcaria. Todo mundo já sabe.

Ele abriu a boca para respirar melhor. Ilha era uma cidade minúscula. Se Helena tivesse mesmo aberto seu diagnóstico nas redes sociais, levaria segundos para que qualquer pessoa que a conhecesse espalhasse a notícia e, claro, deduzisse que Miro também tinha HIV. Já dava para ouvir as vozes: "Foi por isso que se separaram do nada".

— Lenir, eu... — O que diria? Por que negar? *Por que* deveria negar?

— Eu pensei que a gente se conhecia — Lenir falou baixo, os olhos molhados. — Pensei que você fosse outro tipo de pessoa.

— Tipo de pessoa? Eu sou eu, você me conhece.

— Não conheço. Por favor, se afasta.

Ele olhou em volta. É, eles sabiam. Desviavam o olhar e fingiam estar concentrados no trabalho, mas sabiam. Era como aqueles sonhos desesperadores que ele tinha quando era adolescente, como estar nu na escola.

Miro virou as costas para Lenir, ciente de que aquela conversa havia mudado tudo. Nunca mais seria o mesmo, nunca mais se sentiria bem naquele ambiente, com aquelas pessoas. Lenir não seria mais uma companheira divertida, alguém com quem compartilhar reclamações sobre a Ilha, o governo, a polícia.

Do lado de fora da delegacia, ele viu o cenário oposto ao que sentia. O sol derramava seu brilho nos vidros dos carros que deslizavam pela avenida, aquecia famílias a caminho da praia levando cadeiras, guarda-sóis e coolers. Bicicletas. Comerciantes. Buzinas. *O mundo ainda tá aqui, ainda é o mesmo. Você que não se encaixa mais nele. E ele não te quer.*

Ele entrou no carro e ligou o ar-condicionado. Tirou o celular do bolso. Com o coração pesado, digitou o nome dela, Helena Gouveia, identificada como @leninha_go no Instagram. Havia deixado de segui-la para não sofrer e agora sentia-se um imbecil. Helena estava linda, ele sempre a havia achado maravilhosa. O cabelão afro do qual ela tinha tanto orgulho, as sobrancelhas grossas e arqueadas, o batom vinho. Ela costumava ter uns 130 seguidores, não era muito para redes sociais. A mulher que ele via agora era outra, embora fosse a mesma. Onze mil seguidores. Vídeos e posts diários.

Ele fechou os olhos com medo de chorar de saudades. Não, ele não queria ver os vídeos. Ele entendia o que ela estava fazendo: lutando com as armas que tinha. Usando a voz. Miro percebeu que não havia uma foto ou post que sua irmã não tivesse curtido ou comentado. O amor que sentiu pelas duas chegou a pressionar contra sua garganta. Enquanto ele se acovardava, elas estavam lutando juntas, uma com a outra, uma pela outra.

Pela primeira vez em anos, Miro Paixão chorou.

CAPÍTULO 24

Depois

A chave estava embaixo de um vasinho de plantas, como combinado. Ian abriu a porta da casa depois de passar pelos portões simples, recém-pintados de branco. Um imóvel pequeno, decorado de uma forma que faria sua mãe hiperventilar, com adornos por todos os lados, almofadas de crochê vermelho e uma parede pintada de laranja. Um leve aroma de mofo pairava no ar estagnado, e a primeira coisa que ele fez foi ligar o barulhento e empoeirado ventilador de teto.

Depois de passear pela pequena casa e estudá-la, ele trancou tudo e deitou-se na cama de casal do quarto principal. Havia deixado Giovani em uma Movida, onde pegou o carro alugado e dirigiu até São Bernardo sem se irritar com o trânsito de fim de ano, mentalizando seu plano. Deu uma volta para estudar a casa de longe e estacionou na avenida mais próxima da casa alugada.

Era uma madrugada quente e as ruas estavam vazias. Tudo ainda estava decorado para o Natal. Ele atravessou a avenida quando viu um terreno baldio. Depois de vasculhar, encontrou uma pedra de bom tamanho, que conseguiu erguer com um braço. Abraçando-a como se fosse um filhote, caminhou tranquilamente até a casa murmurando "Enjoy the Silence" por vinte minutos.

Precisava dormir. Estava cansado o suficiente para isso, mas a mente corria. Havia se sentado de frente para a delegada Lenir Bruscatto e dito a ela que, na véspera de Natal, havia brigado com Medeia, enfiado uma faca em sua barriga e, para encobrir o crime, ateado fogo na casa, e depois saído para estabelecer um álibi indo até a farmácia local. Comprara remédio e absorventes para reforçar a ideia de que voltaria para sua namorada.

Lenir não parecia acreditar nele. Fez perguntas que ele não respondeu convincentemente, como: "Por que brigaram?", que extraiu a genérica resposta: "Ciúme". Lenir perguntou como ele incendiara a casa, e ele respondeu que jogara álcool nos tecidos e estofados e acendera um isqueiro. Quando ela perguntou se ele fumava e ele respondeu que não, ela quis saber de onde ele tirara um isqueiro. Ian disse que havia um na casa para acender o fogão. Lenir sorriu e disse: "Mas o fogão era de indução, perguntamos para sua mãe".

Mesmo sabendo que ele estava mentindo, não havia muita coisa que Lenir pudesse fazer. O pior momento foi ter que assinar sua confissão, sob os olhares atentos e tensos do escrivão, da delegada e do advogado.

O ventilador de teto girava, fazendo a cordinha de metal pendurada dele dançar como uma minhoca. As pálpebras de Ian pesavam. O ventinho era bom, e ele tirou os tênis com as pontas dos pés, fechando os olhos.

Saudades dela. Quis que ela estivesse lá para acariciar seu cabelo enquanto o sono não vinha. Mas será que não viria? O vento estava tão bom no rosto dele. Se ao menos tivesse energia para apagar a luz tão forte, tão branca daquele quarto...

Ian acordou com a campainha.

Seu coração disparou enquanto ele tentava entender o que estava acontecendo. O sol brilhava fortíssimo lá fora, indicando que já passava das onze da manhã. Como pôde dormir tanto? Ele sabia que, ao abrir a porta, estaria de frente com o homem que matara Medeia. Foi invadido pelas imagens que sua mente criara a partir das cartas dela. Ela correndo com as baratas na pele, o carro batendo contra seu corpo — *thump!* — e fragmentando ossos, rompendo seu baço, quase a matando.

Ian berrou:

— Quem é?

— *Seu comprador. Otávio.*

Só vem, filho da puta.

Ele caminhou com pressa até a porta, onde havia deixado a pedra, sentindo um calor formigante subir-lhe pelo peito. Levantou a pedra acima da cabeça com a mão direita. *Esqueci as luvas na mochila, mas foda--se, jogo a pedra no meio da rua.*

Com a mão esquerda, esticou o braço e tocou a maçaneta. *É isso. Acaba logo com essa merda.* Ele girou a chave e dobrou a maçaneta, abrindo a porta de maneira que ficasse atrás dela. Um pensamento cruzou sua mente, tarde demais: *Peraí, eu tranquei o portão... Ou não tranquei? Tava tarde, eu tava cansado... Tranquei? Ou ele pulou o muro?*

Uma lufada de vento entrou, e Ian ouviu o coração bombear nos ouvidos, sentindo uma gota de suor descer por sua coluna.

Uma sombra, e logo depois seu dono. Ian registrou o cabelo preto, a estatura mais baixa do que a dele, a pele mais bronzeada. Apertou os dentes e enviou o comando ao cérebro, sentindo os músculos flexionarem e a pedra iniciar sua queda.

Otávio virou rápido demais. A pedra poderia ter atingido a testa do desgraçado, mas colidiu com seu braço erguido, machucando-o antes de bater no piso frio e rachar o porcelanato.

— Eu bem que desconfiei...

Ian só percebeu o soco quando já estava no chão. Por um segundo, tudo ficou preto.

— Quem você pensa que é, garoto?

Ian forçou os braços a erguerem seu tronco, mas um chute o atingiu na barriga, queimando, ardendo.

— Tô fazendo isso há muito mais tempo do que você.

Outro chute, antes mesmo que ele pudesse recuperar o fôlego.

— Achou que ia me atrair até aqui e me matar? Isso foi ideia dela? Alguma fantasia de livro de detetive?

O mundo estava branco, leitoso, e era como se seus músculos abdominais estivessem encolhendo de tanta dor. Ele não conseguia respirar. O couro cabeludo pegou fogo quando Otávio o agarrou pelos cabelos e ergueu sua cabeça, olhando com fascínio para seu rosto.

— Bonitão, você tá morto. Vai pagar caro pelo que fez.

No soco seguinte, Ian rolou pelo piso, ofegando, levando as mãos ao rosto para se certificar de que os ossos não haviam rachado, pois era isso que sentia. Abriu os olhos quando tudo o que o corpo queria era a inconsciência. Otávio estava se abaixando e pegando a pedra cor de chumbo do chão.

Apesar da fraqueza, Ian sentiu a descarga de adrenalina que o ajudou a se levantar, tonto. Investiu como um touro, agarrando o torso de Otávio com um urro. Os dois foram ao chão.

A pedra caiu no piso com um *clok*. Ian conseguiu se esgueirar e sentar-se em cima de Otávio. Deu um soco, queimava como se chamas percorressem os dedos e braços. Deu outro. A mão doeu mais do que qualquer coisa que ele havia sentido antes.

Quando deu o terceiro soco, teve certeza de que seus ossos haviam virado polvilho. Ele se levantou, cambaleando.

Otávio estava prostrado, cobrindo o rosto, sangue pingando entre os dedos.

Ian deu alguns passos até a cozinha. *Foda-se o DNA, eu quero ver sangue.* Ele puxou uma gaveta e talheres pularam lá dentro. Puxou a próxima. Pegou a primeira faca que viu. Quando se virou, Otávio havia deixado respingos vermelhos no piso branco, a porta continuava aberta, mas ele não estava lá.

— Não! — Ian berrou, correndo para fora da casa, percebendo vagamente estar descalço. Otávio entrara num sedã branco e estava dando partida. — NÃO!

Ele viu o rosto de Otávio manchado de vermelho, assim como o sorriso que deu antes de o carro arrancar. *Ele gosta de jogos, gosta da caça,* Ian ouviu a voz de Medeia sussurrar.

Ian fechou os olhos. *Burro, o que você achou?* Otávio tinha razão. *Quem você pensa que é?* Ele chutou a porta e soltou um urro curto, rouco. Ofegando, deu passos sem rumo pela casa.

Arrastou os pés até a cama, percebendo as luzes do quarto e o hipnótico ventilador. Sentou-se no colchão pensando no que fazer. Com um gesto cansado, arrastou a mochila no chão até si e tirou seu celular de dentro.

Como vou encontrar esse cara de novo? Ele não tinha mais tempo.

Mensagem do tio, da mãe, do advogado, de Michelle.

Fabíola: "Deu certo, amor, Deus está do nosso lado. O juiz não autorizou a prisão preventiva. Vem pra casa, por favor".

Ian não conseguia se sentir aliviado.

Fábio: "Ian, por favor volta pra casa, sua mãe tá preocupada. Te amamos muito. Vamos superar isso juntos".

Giovani deLuca: "Você já confessou, então sabe o que temos que fazer".

Sim, ele ainda teria que fugir. *Você deveria ter me instruído melhor*, ele falou com Medeia em pensamento. *Não me ensinado a matar, porque pelo jeito eu sou burro demais para isso, mas a fugir, sua especialidade.*

De forma mecânica, ele clicou em Michelle e leu a mensagem:

"Não se entregue à escuridão, Ian. Você é uma pessoa do bem. Ela mexeu com a sua cabeça, mas você não é um cara que bate nas pessoas. Eu vi o vídeo do que fez com o Thiago e não te reconheci."

Ah, vai se foder, Michelle. Ele quis atirar o celular na parede, mas respirou fundo. Uma notificação do Instagram apareceu na tela, uma que ele quase ignorou até seu cérebro registrar: Otávio Feffer. Sentindo uma taquicardia quente, quase eufórica, Ian clicou sobre a mensagem e leu o que Otávio acabara de mandar pelo direct.

"A gente tem tanto o que conversar, garoto. Você quer me matar e eu também tô começando a ficar de pau duro imaginando seu enterro. Vamos ver se você é digno de ser meu inimigo. Se quiser me encontrar, é só usar a cabeça. Você tirou tudo de mim. Me encontra lá."

Ian soltou os músculos e se inclinou para trás, sentindo os lençóis pinicantes e sintéticos contra as costas e os braços. Fitou o ventilador, o girar das pás, o rastro que elas deixavam. Onde Otávio estaria esperando?

Onde ela morreu.

Ele sorriu, sentindo o nariz arder e os olhos lacrimejarem. *Pelo menos eu vou morrer no mesmo lugar que ela.*

Miro havia tirado os sapatos e dobrado a barra da calça. Sentado na areia, ele corria os olhos pela linha do horizonte, onde os tons de azul do céu e do mar se encontravam. Era curioso que as pessoas pudessem sentir raiva e paz ao mesmo tempo, revolta e libertação. Talvez sentimentos fossem como cores, e quando você os juntava vinha a clareza absoluta.

Ele tirou o celular do bolso e ligou para a irmã. Não achou que ela fosse responder, certamente estava trabalhando, mas Teresa atendeu no segundo toque.

— Oi, Terê.

— *Tá tudo bem?*

Não, não estava. Nunca estaria "tudo bem" e todo mundo sabia disso. Talvez por isso usassem tanto essa expressão.

— Tá tudo bem — ele falou, apertando as pálpebras quando duas nuvens ralas descortinaram o sol. — Escuta, eu queria agradecer a força que tem dado pra Helena. Eu dei uma olhada no Instagram dela e entendi o que ela tá fazendo.

Houve um momento de silêncio antes de Teresa responder:

— *Não me agradece, Miro. Fala com ela. Ela te ama e encontrou um propósito em tudo isso. Ela tá em paz, cara, ela tá feliz. É contagiante estar perto dela e você tá perdendo tudo.*

— Eu ando pensando muito na Vitória, no quanto ela é vulnerável, ando pensando em tudo o que você vive falando. As regras são diferentes mesmo, Terê, você tem razão.

Teresa respondeu com a voz embargada:

— *São. Para mim, como mãe dela, e para o pai dela... regras diferentes. Para você como homem e para mim como mulher, regras diferentes. Para os brancos e para os pretos, regras diferentes. É tudo injusto pra caralho.*

Miro assentiu. Ele sempre achara que no dia em que admitisse a falta de justiça no mundo se sentiria inferiorizado, indefeso. Talvez por isso tivesse ingressado em uma carreira na polícia, para não precisar se sentir assim. Talvez houvesse confundido o distintivo com um colete à prova de balas, esquecendo-se de que um colete não cobriria a cor da sua pele. Ele se despediu da irmã e, com um suspiro, ligou para Helena. No começo, ela não o atendia, mas ele sentia que algo havia mudado — nos dois.

— *Oi, paixão.*

Miro sorriu e fechou os olhos, sabendo que aquele "paixão" fora pronunciado com um "p" minúsculo. Os sons do mar e o cheiro de sal e pastel se intensificaram, assim como o calor que torrava sua pele.

— Oi, Lena. Eu quero te ver.

— *Que bom, porque eu também quero te ver, negão.*

— Eu quero te ver na cama quando eu acordar, todos os dias. Você acha que tenho chance?

— *... Acho que sim, depois de algumas boas conversas.*

— Muitas conversas, Lena. Muitas. Você tem muita coisa para falar. E eu quero te escutar.

— *Eu tô pronta.*

— Eu também.

CAPÍTULO 25

Depois

A única mala estava pronta. Continha documentos bem escondidos em compartimentos ocultos, muitos milhares de dólares espalhados dentro de meias, cuecas, carteira e outros compartimentos secretos, e algumas roupas e eletrônicos.

Fabíola estava enrolada como uma bola na sala de TV, um maço de papel higiênico apertado num punho, o rosto vermelhíssimo do choro que ela não fazia questão de esconder.

Chegara a hora de se despedir da mãe. Pela primeira vez naquela semana, Ian sentiu-se como uma criança. Teve medo de ficar longe dela, mesmo com ódio por tanta coisa. Ao contrário do que sentira pelo pai, era fácil encontrar amor pela mãe dentro de si. Ele entrou na sala onde passara boa parte das férias jogando video game. Era o único lugar da casa que, apesar de luxuoso, era convidativo e confortável, onde ele se sentia humano.

— Mãe, tô indo.

O peito dela pulou e ela apertou os olhos assentindo, incapaz de falar. Ian se aproximou mordendo o lábio inferior, sem saber o que dizer.

Ela o abraçou soluçando. Ele colocou os braços ao redor de seu corpo. Quis dizer que sentia muito, mas não era verdade. Se pudesse, não teria feito nada diferente, porque o que havia vivido com Medeia valia até mesmo toda essa dor.

— A gente vai se ver, mãe — ele falou baixo. — Calma, a gente vai se ver. Você sempre disse que invejava as mães americanas quando os filhos saem de casa para a faculdade, então só tem que enxergar dessa forma.

Ela assentia, mas não falava nada.

Na porta, Fábio estava parado, visivelmente emocionado. Ian direcionou a mãe para ele e viu o tio abraçá-la. Ele saiu de perto sem dizer uma palavra e caminhou até a porta de casa, onde a mala estava esperando. Giovani não estava por perto, e Ian achou curioso sentir falta dele. O advogado era alguém que estava ao seu lado para ajudar nos piores dias de sua vida, mas a trabalho, por dinheiro. Ian não tinha raiva disso, notou, mas a percepção do que Giovani representava o lembrou do quanto, às vezes, ele ainda era ingênuo. Como Raymond, de *O crime da Quinta Avenida*.

Ele ouviu um fungado, daqueles que as pessoas resfriadas soltam, e virou o rosto, encontrando Magda acanhada, próxima da gigante árvore de Natal que ela mesma e as outras faxineiras haviam montado sob as ordens de Fabíola. Era um pinheiro em tons de branco e dourado, as cores preferidas da mãe, estranhamente morto e sem alegria.

Magda não falou nada. Seu rosto bolachudo, de bochechas flácidas, demonstrava sua tristeza. Ian sentiu o coração afundar e deu dois passos até ela.

— Tchau, Magda.

— Adeus, seu Ian.

Ele sorriu ao perceber que não havia chorado ao se despedir da mãe, mas agora seus olhos estavam úmidos. Era importante para ele que aquela mulher soubesse que ele não havia machucado Medeia. Mas não conseguiu dizer isso a ela.

— A gente se divertia — ele murmurou. — Contava umas piadas legais, né? Tirávamos sarro da minha mãe, dos meus tios... lembra?

Magda assentiu, cabisbaixa.

— Vou sentir saudade.

Ela não disse nada. Ian caminhou até a porta e a abriu, consciente de que era seu último segundo naquela casa, de que deixava todos os seus pertences, incluindo as cinzas das cartas de Medeia e os livros que havia lido por ela, relíquias que queimara no jardim sem sentir nada. O notebook seria incinerado mais cedo ou mais tarde por Fábio sob as ordens de Giovani, sem dúvida. Ian deixava anos de sua vida ali e, por um segundo, achou que não conseguiria sair.

O tio passou por ele limpando lágrimas do rosto, saindo da casa em direção ao carro. O plano era simples: Ian iria deitado no banco de trás coberto com um lençol preto, que também estaria escondido por sacolas e outros objetos. Ao sair do condomínio, era provável que conseguissem bater fotos do carro, mas seria impossível provar que Ian estivera nele, mesmo se desconfiassem.

Um jatinho particular alugado por Fabíola estaria à espera em Congonhas para levá-lo ao Paraguai.

Bitcoin se aproximou como se soubesse. Ian não conseguiria se despedir dele e, se começasse, talvez nem tivesse forças para ir embora. Por isso, deu um único beijo na cabeça do cão sem dizer nada.

— Vá com Deus — falou Magda suavemente. Ele olhou para ela.

— Fique a senhora com ele, dona Magda. Você o merece mais que eu.

E ele não pode entrar no inferno, Ian pensou ao cruzar o limiar da porta e encarar o sol da tarde, *e é para lá que eu vou.*

Fábio não falou uma palavra enquanto saíam do condomínio. Não estava tão cheio de equipes de reportagem, provavelmente devido à data, mas eles não escaparam das luzes fortes e alguns berros, com repórteres jovens correndo atrás do veículo por alguns metros. Mergulhando na avenida, ele murmurou para Ian:

— Pode sair daí, fi... Ian.

Alguns segundos depois, o garoto, afobado, se sentava no assento de passageiro ao seu lado e colocava o cinto de segurança.

— Chegando lá, vamos até o hangar. Sua mãe deixou tudo pronto e você só vai decolar daqui a duas horas, mas é legal chegar antes, você vai ficar isolado e seguro.

Ian olhava pela janela do carro e ficou em silêncio por um tempo.

— Só conseguimos um Cessna, eu sinto muito.

Ian riu.

— Vocês acham mesmo que eu dou a mínima para o tipo de avião que vai me levar para o Paraguai?

— ... Desculpa. Eu, olha, não é só você que está nervoso.

— Se eu me atrasar eles vão esperar?

Fábio parou num sinal vermelho e encarou o sobrinho. As luzes da cidade agitada, mais viva do que nunca, contornavam os traços de Ian de um jeito distorcido, dando ao sobrinho uma carranca melancólica, algo saído das coxias de um teatro.

— Como assim?

— Eu vou para o Paraguai, exatamente como vocês me mandaram, mas antes eu preciso fazer uma coisa. Você vai tentar me convencer a não ir e não vai adiantar, vou é pegar ódio por você. Só responde: eles vão me esperar?

Fábio desviou o olhar. Não, não conseguiria dissuadir aquele moleque, que havia mudado tanto em tão pouco tempo. Sentiu uma tristeza íntima no centro do estômago, como se estivesse prestes a perdê-lo. Apenas assentiu.

— Se eu pedir, eles esperam. Quer dizer, sua decolagem já está agendada no aeroporto, mas posso ver quando é o próximo horário disponível com a companhia e, sei lá, vou ver o que faço. Que horas você vai estar no aeroporto?

— Daqui a seis ou sete horas.

Fábio quase sentiu o gosto de bile. O menino iria para Ilha das Pedras. O que queria encontrar lá? A mulher que pensava amar já estava morta. Estranhamente morta, pois Fábio nunca vira um corpo ser consumido tão rapidamente pelo fogo.

— Eu dou um jeito.

E, como se tivesse perdido qualquer força para lutar contra o menino que amava tanto, ele encontrou um trecho livre de meio-fio e encostou o carro, ganhando buzinadas que nem ouviu direito. Tirou o cinto sob o olhar confuso de Ian, sem se dar ao trabalho de desligar o motor da Land Rover, e murmurou um "adeus" sem coragem de olhar para ele por um segundo mais, com receio de que fosse chorar de dor e exaustão.

Fábio caminhou em direção à avenida, de onde pediria um Uber quando seu coração se acalmasse. Ouviu a porta do carro bater e, um segundo depois, o veículo passar por ele. Não era de rezar, mas as palavras se formaram em seu coração: não deixe esse garoto morrer.

Miro sentia-se nervoso pela primeira vez em anos. Abriu as portas para as lembranças de quando começara a sair com Helena, que o inundaram. A excitação, o frio na barriga, nada no mundo importava naqueles dias. Ele se preocupava com a roupa que vestiria, com seu perfume, com o lugar para onde a levaria, e Helena não dava a mínima: o que ela gostava era da conversa. Por mais que tudo fosse bom entre os dois — o sexo, a rotina, as brigas, o banho, o sono —, nada superava suas conversas.

Ele se sentia assim agora, dirigindo com o vidro abaixado e deixando o vento quente da noite na Ilha acariciar seu rosto. Vitória estava de férias na casa do pai, Teresa tinha um turno duplo e trabalharia à noite, e ele teria a madrugada inteira para reconstruir as pontes que queimara com Helena. Não pensava em sexo, só queria a conversa. Queria estar perto dela, ouvir sua voz, sentir seu cheiro e ouvi-la. Escutar atentamente o que ela tivesse a dizer e fazer as pazes com o grande amor da sua vida. Ela estaria lá, havia prometido ao telefone, às oito da noite, e levaria comida.

Miro olhou o relógio do carro: 6h42 da noite. Tinha um pouco de tempo. Queria dar uma arrumada de leve no apartamento, trocar os lençóis — *até parece que você não está pensando em sexo, velho*, ele se repreendeu — e tomar um banho antes que ela chegasse. Queria arrumar a mesa, deixar tudo bonito como Helena merecia. Mas... tinha um tempinho. *Deixa essa merda, esse caso tá encerrado.* Alguma coisa fisgou dentro dele, como se tivesse engolido um espinho. Parou o Citroën no semáforo, admirando os tons de salmão que o pôr do sol irradiava no céu, e, quando a luz ficou verde, virou o volante para a direita.

A avenida Enil Reis se tornou uma estrada de terra que Miro percorreu com certa ansiedade. Ao avistar o espaço onde antes havia uma bela casa de veraneio, percebeu-se incomodado. Não sabia se queria continuar sendo investigador. O suspeito número um confessara o homicídio. Então por que não deixava para lá? Nunca tivera crises de consciência antes, sempre entendera que seu trabalho era colocar a cabeça para funcionar, checar dados, compilar informações e executar as diligências exigidas por sua superior. Fazer justiça era para advogados e juízes, os policiais eram apenas ferramentas para facilitar o trabalho deles. *Não, não desta vez.*

Miro saiu do carro, deixando a porta aberta e se permitindo encarar as garras escuras e retorcidas que o fogo deixara.

Ele se aproximou pisando no que antes havia sido um lar e agora não passava de carvão. O cheiro que se desprendia dos escombros era de papel, madeira e tecidos queimados. A única iluminação que havia era a de dois postes na praia, a 35 metros de distância um do outro, que acenderam assim que o sol se pôs. Caminhou devagar, não esperando encontrar alguma coisa, e sim *sentir* alguma coisa.

O que aconteceu aqui naquela noite? Miro não conseguiria farejar a verdade no ar, isso era fato. Mesmo assim, ele se permitiu passar por onde antes era a cozinha, depois pelas portas estouradas de vidro, esmagando cacos com as solas dos sapatos e descendo os degraus do deque enegrecido até pisar na areia.

O mar estava tranquilo, oferecendo ondas baixas e as arrastando de volta, provocativo. Miro virou o rosto por cima do ombro para a casa. Ela guardaria seus segredos, não revelaria nada. O investigador moveu-se em direção às duas embarcações viradas, tão imóveis e decorativas agora quanto na primeira vez em que as vira. *Eu fiquei de olhar vocês de perto, mas não tive tempo. Tá na hora de fazer isso.*

Apesar da dor na coluna e nos joelhos, Miro se agachou e olhou por baixo da maior delas, pintada de amarelo e laranja. Não havia nada ali, claro, além de areia. Mas, caramba, que lugar bom para se esconder.

Ele se inclinou, o rosto quase tocando a areia, e delicadamente correu a mão pelo espaço logo abaixo do côncavo da canoa. Nada, só a areia geladinha e macia, uma pedrinha e...

Miro fechou o punho sobre algo que, por um segundo, temeu ser um caco de vidro, mas que, embora pinicasse, não cortou seus dedos. Ele puxou a mão de volta e deixou a areia cair em cascata, revelando algo delicado que brilhou em sua palma. Uma correntinha com uma cruz.

Ele ouviu o clique seco no exato instante em que algo duro, que instintivamente soube ser um revólver, foi pressionado contra sua cabeça. Miro reconheceu o pânico contido dentro de si e respirou fundo para se acalmar, erguendo os braços no clássico gesto de rendição.

— Levanta aí, maluco.

A voz de um homem, uma que ele não conhecia. Grave, perigosa, arranhada. Miro desdobrou os joelhos lentamente e se ergueu, pensando em Helena. *Não, não agora.* Ele tinha que estar lá hoje à noite, tinha que vê-la. O homem estava diretamente atrás dele, dava para ouvir sua respiração e até sentir o cheiro de suor, ligeiramente azedo.

— Paçoca? — Miro arriscou, fechando os olhos com medo de ouvir o disparo da arma. Dizem que a bala é mais rápida do que o som, mas também dizem que a audição é o último sentido que se vai na morte, de forma que talvez Miro conseguisse ouvir o disparo.

— Te conheço?

— Não. Não conhece. Mas acho que sei quem você é.

— Foda-se, eu quero saber o que você tá fazendo aqui, tá espiando o quê?

Miro quase riu da ironia da coisa toda. Passara as últimas semanas achando que a morte estava sorrindo para ele na forma do HIV quando, na verdade, ele estivera bem vivo. Agora, sim, ela sorria para ele: a morte era um revólver na mão de um homem.

Sentiu o outro se aproximar.

— Se se mexer, leva bala. — O sussurro de Paçoca saiu como um jato quente em sua nuca e ele ouviu o coldre sendo aberto e sua arma sendo puxada. Por mais que o som fosse quase imperceptível, também ouviu a arma cair na areia, a pelo menos dois metros de distância, atrás de si, e Paçoca sabiamente dar alguns passos para trás, se afastando.

— Eu sou investigador da Polícia Civil — Miro falou, talvez orgulhoso de dizer aquilo pela primeira vez desde que fora nomeado no concurso, aos trinta e dois anos. — E você é o cara que matou o deputado Raí Torres e se escondeu aqui na casa dele, como a viúva tinha prometido, só até as investigações esfriarem e o caso ser arquivado, né? Aí você ia pegar a grana que ela te prometeu também e sair fora.

Silêncio. Miro se sentiu idiota por não ter percebido antes. Não existe misticismo, são sempre os mesmos motivos. Grana, ciúme. Fabíola devia ter os dela, fora o dinheiro do marido. Talvez tivesse se cansado de ser tratada como uma prostituta de luxo por um homem que só conseguia ver isso nas mulheres. Queria se separar, mas estava acostumada demais com o dinheiro e o conforto. Além disso, estaria fazendo um favor para o povo brasileiro ao tirar da jogada um de seus políticos mais pilantras. Sorrindo de volta para a morte, Miro continuou, até porque resolvera seu último caso e precisava verbalizar a conclusão.

— Só que aí o menino ligou e você não entendeu nada. É esperto, teve que ser para sobreviver, e quando entendeu o que estava rolando, conversou com Ian fingindo ser o caseiro. Limpou a casa, eliminou os vestígios da vida tranquila que tava vivendo aqui e, quando terminou, ligou para a dona Fabíola e contou o que estava acontecendo. Ela mandou você acabar com a mulher que estava seduzindo o filho dela e você aproveitou o Natal, usou o disfarce perfeito de Papai Noel e veio dar um presente à viúva. O menino, infelizmente, tinha voltado das férias mais cedo, destruindo o próprio álibi. A mãe achava que ele estaria em Paris e não correria o risco de ser suspeito do crime.

A respiração de Macedo ficou mais rápida. Estava considerando atirar, pensando se era possível os vizinhos ouvirem.

Não, eles não vão ligar, rapaz. É Ano-Novo. Se você atirar, vão achar que alguém está soltando fogos adiantado. Miro falou:

— Só me diz uma coisa: por que matar a Maria Clara? Por que incendiar a casa? Eu só não consegui entender isso.

— Vira e olha pra mim, maluco.

Ele não me deixaria ver o rosto dele se tivesse intenção de me deixar sair daqui. Miro se virou. O mesmo homem da ficha. Um ser humano endurecido pelas vidas que tirou, pela infância de merda que certamente teve, pelo ódio que o ajudou a sobreviver em um lar abusivo, na prisão e num mundo que o odiava. Era mesmo um revólver, um calibre 38 *made in Brazil* provavelmente sem número de série, irrastreável. E estava cheinho de balas.

— Não matei a piranha, não. Mas você sabe demais, parça.

Miro fechou os olhos. *Feliz Ano-Novo, Paixão.*

O tiro soou alto, seco, explosivo, estranhamente parecido com uma criança estourando um saco vazio de salgadinhos.

Miro sentiu o corpo dar um pulo com a intensidade do barulho. Respingos quentes, quase imperceptíveis, bateram contra seu rosto. Eram como aquelas gotas que fazem você ter esperança: será que vai chover mesmo?

Então Miro abriu os olhos. Quem olhava de volta era Ian Torres.

Macedo estava caído, imóvel, entre os dois na areia, sua cabeça estourada pela bala da Taurus calibre 40, arma que pendia da mão de Ian, a arma de serviço de Miro.

Ele levou alguns segundos para entender que estava vivo. Havia prendido a respiração, que soltou agora, inspirando o ar mais deliciosamente quente e salgado de sua vida. O coração ainda batia. *E o pulso ainda pulsa*, como dizia a música.

Ian também levou alguns segundos para perceber que havia acabado de matar alguém. *Sim, pela primeira vez*, Miro teve certeza. Ele estendeu a mão para o moleque, que entregou a arma suja de areia como se fosse um inseto. Ian não vomitou, mas Miro percebeu a ânsia do garoto quando ele fechou a boca e inspirou fundo. Ele respirava em movimentos grandes, aflitos.

— Respira — Miro falou firmemente.

Ian olhou para o corpo e deu dois passos para trás. Então voltou o rosto para Miro.

— Eu ouvi o que ele disse. Eu tava escondido.

— Esperando por quem, Ian?

— Não você.

— Esperando um cara que não vem, que o enviou aqui só para tirar uma com sua cara, fazer você sofrer... Porque é assim que ele é.

Miro colocou a mão no ombro dele. Os olhos de Ian cintilavam.

— É verdade isso mesmo? Sobre meu pai? Minha mãe?

— Eu não sei, garoto, mas é o que faz sentido. Sinto muito.

Ian assentiu olhando em volta para a casa, o mar, as palmeiras.

— Ela não vai voltar — Miro falou —, mas deixou uma lembrança.

Ele estendeu a correntinha para Ian e viu o reconhecimento no rosto que se enrugou e conteve as lágrimas. Ian abriu a palma da mão e Miro deixou a corrente escorregar para ela.

— Sai do país, rapaz.

Ian balançou a cabeça.

— Não, eu tenho que terminar isso primeiro.

— Você não vai ganhar de um homem como o Otávio Feffer, essa é a real. Ele vive para isso. Para brincar de gato e rato com as pessoas, para assustar, para perseguir. Ele vai te enlouquecer, isso se não te matar primeiro.

— Ele matou a Medeia antes mesmo dela morrer.

— Isso não é mais por ela, não é, Ian? É por você.

Ian o encarou com ódio.

— Obrigado — Miro falou. — Você salvou a minha vida, mas não vai poder ser um herói, não agora que confessou o assassinato. Mesmo se eu chamar a Civil aqui e contar tudo o que aconteceu, e mesmo esse porra na areia sendo um bandido, você já tá na prisão, só não sabe ainda. Agora toma, porque vai ser difícil explicar essa merda para a delegada. Você vai me dar um tiro.

— Quê?

— Nunca viu filme? Você vai me dar um tiro e fugir. É sua única chance. Pelo menos assim minha história vai fazer sentido quando eles chegarem. Meu sistema imunológico não é grandes coisas e eu sou velho, então só de raspão, e aí é rezar pelo melhor. Pode ser aqui no braço, mas anda logo antes que eu perca a coragem. E não pode ser à queima-roupa... isso, sim, vai ser suspeito.

Ian não se mexeu.

— Moleque, o tempo tá passando.

Depois de alguns segundos, Ian pegou a arma.

— Por que tá fazendo isso por mim?

— Não é por você. Você usou minha arma de serviço para matar esse cara pelas costas, isso é algo que eu não consigo justificar. Eu até posso ligar para eles e contar o que houve, mas aí você já sai daqui algemado.

— Então é por mim também.

— ... Talvez seja um pouco, Ian.

Ian deu alguns passos para trás e ergueu a arma. Miro tinha perdido o medo. *Pelo jeito, o moleque também*, ele teve tempo de pensar quando o garoto ergueu o braço e, sem hesitar, meteu uma bala no braço esquerdo dele, o cotovelo dando um tranco com o coice.

Miro caiu sentado soltando um grunhido. *Puta que pariu*, pensou, o mundo ficando turvo por alguns instantes. O braço queimava como se alguém tivesse enfiado um pedaço de carvão na ferida, mas, ao respirar um pouco, ele conseguiu dimensionar o real dano do tiro. Não foi exatamente de raspão, a bala ficara alojada no seu úmero e o sangue empoçava no buraco, escorrendo morosamente até gotejar do seu cotovelo.

Ian deixou a arma cair na areia e se virou para ir embora.

Segurando o braço, Miro gritou de dor.

Ian olhou para trás, uma figura agora encoberta pelas sombras em pé onde Maria Clara estivera apenas sete dias atrás, quando foi esfaqueada. Miro precisou pronunciar aquelas palavras:

— Talvez a melhor coisa que tenha acontecido com Maria Clara foi morrer, sabia? Você ia acabar virando o novo Otávio na vida dela.

Ian virou as costas e sumiu na escuridão.

Miro aguentou a dor, olhando para o homem cujo sangue tingia a areia de vermelho. Não espalhava como nos filmes, Miro notou. A areia absorvia o sangue como se estivesse sedenta por ele. Ele tinha que ligar para a delegacia, depois para Helena, falando que se atrasaria. Pelo menos veria Teresa no hospital. Ele só decidiu esperar alguns minutos para dar a Ian Torres um pouco de vantagem.

A correntinha dela parecia pequena e frágil em sua mão. Ian sabia que havia traços de pólvora, invisíveis, entre as minúsculas dobras de pele naquela palma e dedos, mas não conseguia mais ficar preocupado. As poucas pessoas que passavam por ele no hangar, arrastando malas e conferindo documentos, não olhavam para o rapaz cabisbaixo sentado no canto, aguardando os trâmites para poder embarcar no jatinho. No final, parece que o tio pagara uma multa obscena e conseguira um novo voo, desta vez em um Bombardier Learjet. Era estranho pensar que, mesmo naquelas circunstâncias, sua mãe devia estar feliz pelo upgrade.

Ele abriu a correntinha e a fechou atrás da nuca, prometendo nunca mais tirá-la. Assim que tivesse chance, iria para o Egito. Ficaria mais próximo de Medeia assim, em um lugar aonde ela sempre quisera ir.

Saber que Otávio não a havia matado não aliviava a dor — pelo contrário.

Seu pai merecia a prisão, talvez, mas não uma morte tão perniciosa, tão suja, encomendada pelo irmão e a esposa, pessoas que choraram em seu velório. Ian não se lembrava mais de uma época em que não sentia ódio. Se não fosse pelas intrigas dos pais, Medeia poderia estar viva. Miro não havia falado, mas Ian sabia que seu tio estava envolvido.

Saber que teria de deixar o país e que Otávio deveria estar em casa — na casa que havia construído para viver com Medeia — fazia Ian suar. Reclinando-se contra a cadeira desconfortável, ele enfiou a mão no bolso e tirou a chave que ela havia deixado para ele abrir sua caixa postal, a qual pegara ao se despedir do seu quarto em casa.

A chave.

Ian fechou os olhos. Estivera ali, o tempo todo. Ele quase riu. Sentira-se abandonado por ela ao ler as cartas e não entender a porra do plano, não entender bem o que precisava fazer. Compreendia a necessidade dela de ser discreta e enigmática, porque havia chances de a polícia encontrar as cartas antes dele, ou mesmo durante a investigação. Mas Medeia não seria tão vaga... E não, ela não foi. Ela deixou um plano, ou pelo menos o esboço de um plano. Só que Ian não tivera tempo (*não se iluda, idiota, você não teve a inteligência*) de decifrá-lo.

Quais eram as palavras? Ele praticamente decorara aquelas cartas de tanto ler e reler cada uma. Se ela havia mandado todas juntas, com exceção da primeira, por que teria numerado as cartas? Para quê dar títulos a cada uma?

Amour. Reivindicação. Casa. Marcas. Otávio. Finada. Defeito uterino. Ruptura. Trilha sonora. Controle. Aquilo poderia parecer um resumo da vida dela, mas era muito mais do que isso.

Ele não decifrara a mensagem porque achava não ter a chave para isso. A chave que havia estado lá o tempo todo. 58346.

Ian olhou em volta procurando papel. Encontrou uma revista de papel grosso e brilhante da empresa que alugava os jatinhos. Na relativa escuridão do hangar, levou um tempo para achar uma caneta na mochila. Na primeira folha da revista, anotou o número: 58346.

Graças a Medeia, havia lido *O Código da Vinci. Pensa, Ian.*

Ele foi interrompido pelo já exausto, porém sorridente, piloto chamando-o a bordo. Ao entrar no minúsculo avião, uma comissária se apresentou e devolveu a ele o passaporte falso. Ian não ouviu o que ela dizia enquanto guardava sua mala. Ele insistiu para manter a mochila entre os pés, e ela se afastou para o cockpit.

Sentando-se, estranhou ser o único passageiro num avião e afivelou o cinto.

Dez cartas, dez títulos, cinco números. Ok. Na primeira carta, ele circulou a quinta letra. R. Por isso Medeia não havia escrito simplesmente "amor" e optado, em vez disso, pela versão em francês. Na segunda palavra, Ian circulou a oitava letra: I. Na terceira, circulou a terceira letra, S. Chegando à sexta carta, Ian não demorou a entender que era só repetir a chave.

1: 5 — R
2: 8 — I
3: 3 — S
4: 4 — C
5: 6 — O
6: 5 — D
7: 8 — U
8: 3 — P
9: 4 — L
10: 6 — O

O filme que Medeia fizera tanta questão de que Ian assistisse. Medeia sabia que estaria em sua mente. Ela mesma o havia usado como exemplo de crime perfeito. *Como pude não ver isso?* Ian entendia que não estivera em condições propícias para resolver o enigma nos últimos seis dias, mas não conseguia deixar de se culpar. Tá, então o que ela queria?

Atrair o Otávio, exatamente como você fez, mas não para uma casa qualquer. Para um barco. Medeia não tinha como saber que Otávio reconheceria você e usou o fato de que vocês não se conheciam como base para seu plano. Mesmo se eu tivesse decifrado, não teria dado certo. Era para ser algum tipo de consolo? Não estava adiantando. Ian ainda queria o desgraçado morto.

Atrair Otávio para um barco, propor um passeio regado a bebidas enquanto discutiam negócios — algum artefato a ser vendido, claro, tão parecido com *Disque M para matar* — e, na hora certa, fazer Otávio desaparecer no mar. Sem testemunhas, sem corpo. Os detalhes ele podia ajustar, talvez até pular do barco e sumir também. Era uma base melhor do que o plano apressado dele, com certeza. Se tivesse tido tempo, se não estivesse sendo investigado, com o rosto circulando pelas redes sociais... Sim, ele poderia ter bolado o plano perfeito.

Ian percebeu que havia se perdido em pensamentos quando ouviu o piloto anunciar que estavam prontos para a decolagem. Era hora de escolher entre uma nova vida ou a prisão. Se ficasse, seria julgado pelo assassinato dela (injustamente, assim com o Libby em *Risco duplo*), mas teria sua vingança, porque sabia que não descansaria até destruir aquele filho da puta.

O que papai faria? Ele enrugou o rosto em uma careta de dor e divertimento. Não, essa era a pergunta errada. O que sua *mãe* faria?

Ian sorriu, puxou o celular do bolso e fez sua última ligação antes de o jatinho decolar.

CAPÍTULO 26

Depois
Fevereiro, 2023

Fábio levou um susto quando a recepcionista, Larissa, abriu a porta do consultório. Já havia falado umas mil vezes para ela bater primeiro, mas quando ele estava sem pacientes, ela entrava de modo súbito. *Talvez queira me pegar fazendo algo errado*, pensou. *Ou batendo punheta, para poder se oferecer de novo. Como se eu tivesse interesse em qualquer outra mulher fora a minha.*

— Doutor, a dona Fabíola ligou, avisou que está vindo te encontrar para irem almoçar juntos.

— Ótimo, obrigado. E lembre de bater na porta da próxima vez, por favor.

Ela deu um tapinha na testa e sorriu, mas não foi embora.

— Ô, doutor, agora há pouco estava falando sozinho?

— Não.

Larissa se demorou, mas finalmente foi embora, fechando a porta. Fábio franziu a testa. Estivera falando sozinho? Ele olhou para o esqueleto em exibição no consultório, seus ossos conectados por pregos. O crânio com seu sorriso eterno parecia fitá-lo com as órbitas profundas.

Ele se levantou para sair, removendo o jaleco com o bordado "Fábio Torres — Ortopedista" e o pendurando no gancho.

Às vezes, sentia saudade do sobrinho, mas então era invadido pelas sensações do que tivera que fazer para se redimir com Ian. E, nessas horas, arrependia-se profundamente por ser tão emocional e ter confessado seu crime ao menino que ele queria, mais do que qualquer coisa, que fosse de fato seu filho.

Raí nunca mereceu a família que teve. O irmão sempre fora sortudo. Enquanto Murilo e Fábio estudavam, Raí era mimado pelos pais e pulava de balada em balada. A esposa de Murilo era uma oportunista, e a ex-esposa de Fábio era apática e triste, mas Raí havia conhecido e conquistado Fabíola. Os filhos de Murilo nem davam bom-dia para o pai, e Fábio e sua ex-mulher nunca conseguiram conceber. Enquanto isso, Raí tinha Ian, o rapaz que fazia amizade com as empregadas, se esforçava na escola, era um atleta inato e de natureza boa. *Era, Fábio... Era.*

Não foi difícil mandar matar Raí. Fabíola já não o aguentava havia anos e fizera o que pôde para manter Ian afastado. As traições ficavam mais explícitas e vulgares, com Raí chegando a enviar fotos de si mesmo na cama com quatro prostitutas para os melhores amigos. De vez em quando, quando estava estressado, dava um tapa na cara dela, a agarrava pela mandíbula e a xingava. E Fábio já estava apaixonado demais pela cunhada e com ódio do irmão havia tantas décadas que não teve problemas em planejar tudo. Não foi difícil. Fabíola topou na hora.

O problema foi Ian ter escolhido ir para aquela maldita casa com Maria Clara. Por sorte, o menino havia ligado para a casa atrás do caseiro. Fábio nunca chegou a perguntar a Macedo o que ele tinha feito com o caseiro, mas sabia que o rapaz havia desaparecido para que não desse com a língua nos dentes. Macedo foi esperto e sumiu da casa, mas estava furioso quando ligou para Fábio: "Não foi esse o combinado, parça. O deputado e o caseiro é uma coisa, mas agora a parada complicou. Vou me esconder, mas vai te custar caro. Arranja logo um lugar pra mim ficar".

Fábio acabou não levando esse problema para Fabíola. Era melhor que ela não se envolvesse com as consequências da morte de Raí. Era melhor que pudesse apenas seguir em frente e esquecer as coisas ruins. Ele tomou as rédeas da situação, prometendo a si mesmo que tudo estava sob controle e ficaria bem, e fez a transferência do dinheiro que calaria a boca de Macedo.

Infelizmente, Fábio agiu com emoção e acrescentou: "Aproveita e dá um susto nessa mulher. Finge ser assaltante, qualquer coisa, mas dá um susto nela. Espera o Ian viajar com a gente e, quando ela estiver sozinha, ameaça ela. Aí ela vai embora e a gente corre menos risco. Também não é bom para o Ian se envolver com uma pessoa em segredo assim. Se a Faby descobrir, vai ser um problema".

Ele se arrependeu assim que falou aquilo. Não era do seu feitio, ele não era como seu irmão. Mas, se Ian estava envolvido secretamente com alguém a ponto de mentir para a mãe, isso era um indicativo de problemas. O que parecera "matar dois coelhos com uma cajadada só" se transformou rapidamente em: "Espero que esse louco não machuque essa moça".

Ian acabou estragando tudo quando voltou da França antes da hora. Fábio não conseguiu mais entrar em contato com Macedo. Nunca entendeu por que ele faria algo como matar a mulher e incendiar a casa, mas supôs que o susto acabou levando a uma briga, a situação escalou e ele precisou matar para calar a boca da professora. Talvez tivesse incendiado a casa para encobrir rastros; afinal, seu DNA estava por toda parte depois de ter morado lá por dois meses, e o bandido devia ter improvisado.

Quando Ian telefonou no réveillon, estava furioso e chorava. Foi o segundo pior momento da existência de Fábio.

"Seu filho da puta!", berrara o sobrinho. "Foram vocês! Você e a minha mãe! Vocês mataram o meu pai! E, por causa de vocês, a minha namorada morreu!"

Fábio também foi às lágrimas, desesperado para explicar o ocorrido a Ian, que se recusou a escutar e desligou o telefone.

Fábio lembrou-se do seu terror. Precisava que Ian saísse imediatamente do país para não ser preso. Não fazia a mínima ideia de como ele havia descoberto Macedo e o que acontecera no Natal. Quatro horas depois, Ian ligou mais calmo de dentro do jatinho. Estranhamente calmo. E o que ele falou atormentava Fábio até hoje.

"Escuta bem: eu já estou voando e vou fazer exatamente o que vocês querem. Vou sumir. Mas você causou tudo isso, destruiu minha vida, então vai pagar o preço: você vai acabar o que eu comecei. Vai cometer o crime perfeito. Os detalhes pouco me importam. O que aprendi foi que um crime cometido por alguém que não conhece a vítima é o melhor. E aprendi que, sem corpo, as chances de você se safar são ainda maiores. Então você vai achar o Otávio Feffer, vigiar o puto e descobrir as fraquezas dele. E um dia vai entrar furtivamente na casa dele, aquela que está em construção, e esperar no escuro. Vai dar um jeito de imobilizar aquele merda e tirar o corpo da casa sem deixar rastros, sem deixar sangue e muito menos impressões digitais. Aí vai levar o corpo para um lugar calmo, onde você esteja no controle. Você vai se livrar de qualquer vestígio do Otávio, e vai fazer isso por mim. Se não fizer, eu volto para o Brasil. Vou preso, mas você e a minha mãe também."

E foi assim que Ian se despediu de Fábio.

Passado o choque, veio a culpa. Passada a culpa, veio o medo. Fabíola se entupiu de remédios para dormir e apagou antes da virada, sem saber da conversa. Fábio ouviu os fogos de réveillon e complementou o plano de Ian com o conhecimento que só ele tinha.

Sim, poderia drogar Otávio. Poderia aproveitar a escuridão e a presença de entulho e caminhonetes carregando material de construção e tirar o corpo sem ser notado pelos porteiros ou câmeras do condomínio. Levar Otávio para um lugar recluso: os Torres prezavam por sua privacidade e tinham muitos imóveis em lugares isolados. Usaria besouros dermestídeos. Era a melhor maneira de limpar os ossos. Ácidos capazes de dissolver carne corroeriam também o esqueleto, e Fábio precisava guardar os ossos, até por garantia. Se Ian um dia duvidasse de sua lealdade, do pagamento de sua dívida, Fábio sempre teria a prova. E quem veria qualquer coisa além de um esqueleto num consultório médico? Quem desconfiaria?

Fabio abriu a gaveta e enfiou um calmante na boca. Queria parecer tranquilo durante o almoço com Fabíola. Ela andava melancólica e ia à igreja com frequência. Em casa, não saía do lado de Bitcoin e tinha passado a tratar o animal como filho.

Às vezes, Fábio acordava com refluxo, sentia-se enojado e pensava naquela noite.

Entrar na casa foi ridiculamente fácil, uma vez que o condomínio ainda nem estava fechado por completo e quase não havia moradores. Drogar Otávio foi mais fácil ainda, bastou misturar clonazepam na creatina que ele tomava religiosamente. Fábio aguardou como Ian mandara: nas sombras. Otávio desmaiou, e se ele não tivesse sido rápido — e não estivesse em forma —, teria caído e batido com a cabeça na ilha da cozinha. Por sorte, Fábio amorteceu a queda com o coração disparado e, após um trabalho descomunal que levou vinte minutos, conseguiu arrastar Otávio para o carro.

A chácara já estava pronta quando ele chegou de madrugada na caminhonete. Fábio deixou os besouros trabalharem. Impressionante o que se podia comprar na *deep web*. Lavou o carro por dentro e por fora. Tomou banho. Chorou na cama antes de pegar no sono.

Pela manhã, partes do cadáver de Otávio já haviam sido devoradas, mas levaria mais alguns dias para que os besouros terminassem o serviço. Ele esperou, tentando se distrair com televisão, livros e exercícios físicos. À noite, bebeu um pouco de uísque em silêncio. Buscou fotos antigas no celular, encontrando algumas do sobrinho, outras do irmão, muitas de Fabíola. Sentiu saudades dela, naquele horário, provavelmente sedada na cama.

Dois dias depois, Fábio se surpreendeu ao encontrar o esqueleto de Otávio no recipiente dos besouros. Havia subestimado a fome delas ou exagerado na quantidade. De qualquer forma, aparamentou-se e retirou os ossos com cuidado. Realizou mais uma limpeza com carbonato de sódio e tomou outro banho. Com o esqueleto devidamente embalado em uma caixa, Fábio regou os besouros com álcool, riscou um fósforo e esperou que queimassem. Depois ensacou as cinzas, que jogou na estrada na volta a São Paulo.

No dia seguinte, montou o esqueleto em seu consultório, já pintado com uma fina camada de verniz transparente. Era uma forma de se punir, certamente, mas também de lembrá-lo do porquê de ter cometido seus crimes: por amor.

Antes de sair da salinha, ele desligou o ar-condicionado e pousou o olhar no esqueleto de Otávio Feffer. O crânio o fitava. Fábio murmurou:

— Amanhã a gente termina a nossa conversa, amigo.

CAPÍTULO 27

Cairo, Egito

Ian entrou na felucca, sentindo-a balançar. Era uma embarcação pequena de madeira com uma vela que a permitia deslizar suavemente pelo rio Nilo, tripulada por apenas um homem; tinha a pele escura e enrugada pelo sol, como os demais, e estava sentado confortavelmente à frente do barquinho usando uma galabeya — o tradicional "vestido" de tecido grosso e claro que os homens egípcios usam.

— *Just me, ok?* — falou Ian, gesticulando para ele. Havia pagado duzentas libras egípcias por um passeio individual de duas horas. O homem disse: "*Ok, ok, yalla*", e Ian se acomodou no banco. Havia assentos dos dois lados e uma mesa bem no centro, e ele já vira diversos grupos de pessoas levando comida para o passeio, assim como coolers com bebidas.

Não era a primeira vez que Ian passeava de felucca, mas era a primeira vez que partia de Maadi e não de Zamalek. Havia se tornado um vício ver o sol se pôr no Nilo, distanciar-se do caos que era o Cairo. Já estava lá havia três semanas, hospedado no Marriott. Encontrara uma casa de bom tamanho, ampla e aerada, com um pequeno jardim, no bairro residencial chamado Maadi, onde a maior parte dos gringos morava devido à presença da Cairo American College. Ainda estava no processo de compra, auxiliado por um corretor que falava inglês, mas não tinha dúvidas de que seria sua em breve.

Ele abriu uma Stella Egyptian Lager, uma cerveja horrível que ele passara a amar, e virou um gole da garrafa verde.

— *What's your name?* — perguntou ao homem. *Ele vai falar Mohamed, Ahmed ou Abdul*, pensou.

— Tarik.

Ah, esse é especial, deve ser meu dia de sorte.

Ian ofereceu a Stella, mas o homem sorridente fez que não. Ele estava se preparando para sair com a felucca quando alguém entrou no barco. Ian não queria companhia, não tinha mais saco para trocar experiências com turistas, mas notou que era uma mulher. Loira, de cabelo Chanel, bronzeada e esbelta. Ian desviou o olhar, desinteressado, e abriu a boca para dizer que a felucca era sua quando ouviu a voz dela.

— Oi, Ian.

Não a encarou de imediato. Estava imaginando coisas, como um idiota. As palavras dela pareceram vibrar no ar, e ele se forçou a virar o rosto.

Era ela. E abriu um sorriso.

Não, cara, não pira. Ele tentou esboçar alguma reação e pedir desculpas, certamente estava tendo algum tipo de alucinação. A mulher passou por ele e conversou baixo em inglês com Tarik, terminando com um *"shukran"* bem pronunciado, e então se sentou ao lado de Ian e pegou as mãos dele.

— Respira. Calma. Sou eu mesmo. Sou eu. Eu tô aqui.

Tarik já havia colocado a embarcação em movimento. Ian olhou para as mãos que acariciavam as suas, assustado com o quanto eram sólidas, quentes. As unhas não estavam pintadas, e ele achou curioso as reconhecer. Eram ligeiramente longas, lixadas de forma oval, bem curvadas. Era ela.

Quando olhou para cima, os olhos dela cintilavam e ela mordia o lábio inferior. Tocou o rosto de Ian, mas ele se esquivou, com medo real de estar perdendo a sanidade.

— Eu sei que é difícil me ver. Eu vou explicar. Prometo que vou explicar.

A voz dela. Não tinha como ser uma mulher parecida, não poderia ser ninguém além de Medeia. Antes que ele formasse o próximo pensamento, ela grudou os lábios fechados nos dele e os segurou ali por alguns segundos antes de se afastar. Medeia tocou a correntinha em volta do pescoço dele de boca aberta.

Ian voltou a respirar, os pensamentos arredios se embaralhando antes que pudessem fazer sentido. Ela estava falando, mas ele não ouvia. Tentou fazer a tontura passar e se concentrar.

— Eu não acredito que te achei. — Ela sorria. — Assim que eu li as notícias de que você tinha saído do Brasil, senti que viria para cá. Lembra de quando você ficava na livraria esperando eu aparecer? — Medeia riu. — Eu tava aqui, lá em cima naquele cafezinho, tá vendo? Bebendo 7Up e Stellinha te esperando. Eu até fumei narguilé, que aqui eles chamam de *xixa*. Só te esperando, desde janeiro.

— Não pode ser você. Você queimou. Acharam seus ossos.

Medeia procurava o rosto dele, como se esperasse outra reação. Então seu sorriso se desfez e ela umedeceu os lábios.

— Eu sei que dói. Você pensou que eu estivesse morta, você... pagou caro por isso. Eu sei. E eu sinto muito. Nunca foi minha inten...

Ian se levantou.

— Explica pra mim. Como isso é possível?

Ela assentiu. E começou a explicar.

NOITE DO CRIME

Ilha das Pedras

No dia 22, quando Medeia criou coragem para voltar para casa depois de se esconder na loja da Americanas, percebeu que Otávio não estava lá. Ela o procurou por horas, chegando até a olhar embaixo das canoas, mas ele realmente havia ido embora. Seu alívio durou pouco, porque, trancada na casa e deitada na cama, ela percebeu que não teria escapatória: ele estava voltando. Pensou em fugir. *Eu não tenho mais energia para fugir dele*, concluiu. *Eu não aguento mais essa vida.*

Era fato: Otávio voltaria a qualquer momento.

Medeia precisava deixar alguma coisa. Se estava prestes a morrer, precisava ao menos que alguém soubesse como tinha vivido. Então, passou boa parte da madrugada escrevendo cartas para Ian. Enquanto relembrava seus piores dias e sensações, mais raiva ela acumulava. Chorou ao se lembrar da mãe e da irmã, do sobrinho que nunca mais vira. Percebeu vergonha em suas entranhas da noite em que se sentiu violentada ao ter que fazer sexo com Fernando para o divertimento sádico de Otávio.

A mágoa fazia com que seu coração parecesse algo carcomido e definhado, um órgão em entropia desde que se apaixonara por aquele homem. Então, Medeia rasgou as cartas e fechou os olhos. O plano se formava. Ela queria vingança.

Escreveu novas cartas. Brutalmente honestas. Sem medo de julgamentos por parte dele, sem medo de magoá-lo, ela contou toda a verdade. Não poderia criar um plano para Ian, porque as variáveis eram muitas. Ele precisava bolar o plano de assassinato sozinho, usando a própria imaginação, os próprios recursos. A única coisa que ela podia fazer era indicar os livros e filmes que lhe ofereceriam conhecimento e ideias. Ian precisava saber que, se o plano desse errado, precisaria improvisar, como Tony em *Disque M para matar*.

Às três e meia da tarde do dia 23, Medeia escreveu a última palavra e saiu correndo da casa, encontrando um táxi e entrando na agência dos Correios pouco antes de fechar. Enviou um envelope grosso, por Sedex, à própria caixa postal.

No dia 24 de dezembro, ao acordar, ela escreveu a última carta, aquela que teria que enviar para a residência dele, a que o levaria a sua caixa postal.

Medeia se sentiu uma idiota ao constatar que não sabia o endereço de Ian. Sem seu notebook, pesquisou os arquivos salvos no celular, mas em nenhum deles encontrou endereços de seus alunos. Ela jogou "Raí Torres + endereço" no mecanismo de busca, percorrendo algumas notícias sobre o assassinato do homem que, em outra realidade, poderia ter sido seu sogro. Estava prestes a desistir quando, em uma notícia, se deparou com o nome do condomínio.

Jogou o nome do condomínio no Maps e o encontrou com facilidade, bem próximo ao colégio Machado de Assis. Teria de arriscar. Anotou o endereço e inventou um número de casa na esperança de que os porteiros percebessem o erro ou o destinatário reconhecesse o nome Ian Torres e encaminhasse a carta para a residência correta. Estava prestes a tirar o biquíni para vestir uma roupa antes de ir aos Correios quando ouviu o portão se abrir.

A princípio, pensou ser Otávio e, com os ossos gélidos, correu até a janela. Era Ian. Mas como, se ele estava em Paris? Ela o recebeu aliviada e percebeu que a alegria que sentia ao vê-lo provava que, apesar de tudo, estava mesmo apaixonada por ele. Ele tinha voltado mais cedo por ela. Para passarem o Natal juntos.

Depois que transaram, ele disse que precisava descansar um pouco. O fuso horário, o tempo no avião e as longas caminhadas em aeroportos, além das três horas de carro para ir até Ilha das Pedras, estavam afetando Ian. Assim que ele adormeceu, ela reescreveu a primeira carta ajustando o texto. Com Bitcoin, foi até o centro da cidade e a postou.

Sentou-se em um café com o cachorro e pensou no que faria.

Otávio estava vindo atrás dela. Ian estava na casa.

Ela havia guardado a faca com as digitais de Otávio e ainda tinha o plano B, o plano "se tudo der errado", que carregava consigo havia dois anos: a maleta de metal contendo os restos mortais de Aretuza. Lembrou-se de quando fizera o pedido para o marido da irmã.

"O que eu vou pedir vai doer, e eu sinto muito, mas é caso de vida ou morte. Preciso que os restos da Arê sejam exumados." Ela chorou tanto que ele, conhecedor de sua história, disse apenas: "A Arê não está naquele cemitério, Medeia. Minha esposa está viva em outro plano, eu tenho certeza. Se fazer isso vai lhe dar alguma coisa para se proteger contra aquele homem, eu dou permissão. É o que sua irmã iria querer que eu fizesse."

Medeia pensou em Ian. Eles mereciam mais tempo juntos. *E se fugirmos assim que eu chegar lá? E se eu contar que Otávio me encontrou e a gente fugir do país?*

Então pensou no que ele dissera: não conseguiria viver sem sua família, sem seus amigos. *Meu Deus, Medeia, o que você está fazendo? Você vai destruir a vida desse menino. Já fez isso. Ao pedir para ser vingada, você já fez isso.*

Medeia correu para a agência dos Correios. Pediu a carta de volta, eles disseram que já tinha sido enviada. Sentiu falta de ar. As pessoas olhavam para ela com um pouco de deboche e divertimento.

A certeza da morte se instalava nela, adensava-se em sua cabeça. Era um pensamento desesperador. Nada mais existiria para ela, só a escuridão, eterna. Ela havia machucado Otávio, mas era pior do que isso: tinha *rejeitado* Otávio.

E ele voltaria para se vingar.

Medeia estava determinada a não ir embora com ele. Ele passara os últimos quinze anos trabalhando como um louco, dedicando-se a criar a vida que queria ter com ela. Quando apareceu, dois dias antes, ela viu nele o alívio e a esperança de que finalmente ficariam juntos.

Ele provavelmente já tinha planejado um novo pedido de casamento, exagerado e cafona, com direito a um anel de compromisso e serenata. Provavelmente já fizera um *mood board*, colando fotos de vestidos de noiva, bolos, decoração... Ele já deveria estar percorrendo lojas de móveis em busca de berços.

Pegando Bitcoin pela coleira, Medeia caminhou pela orla e o plano foi se formando.

Tire o Ian da casa. Ele tem que estar longe quando tudo acontecer.

Jogue álcool em tudo.

Faça uma bolsa com uma muda de roupa e seus documentos, nada além disso. Coloque um par de tênis, pois vai ter que andar muito. Guarde a bolsa dentro da pia da cozinha para o fogo não a consumir antes que você possa fugir.

Abra a maleta. Coloque os restos mortais — cinzas e ossos — da Arê no chão.

Risque um fósforo.

Suma dali.

Saia do país. Suas economias servem para alguns meses.

Seja livre.

Ela amarrou Bitcoin em um poste e entrou numa lojinha de produtos de limpeza, de onde saiu com dezenove garrafas plásticas de álcool e uma caixa de fósforos — tudo pago em dinheiro vivo.

Quando Medeia chegou à casa, tudo estava diferente. Por mais que doesse saber que não veria mais Ian, sentia-se leve. *Eu sou uma fantasma, agora*, pensou. A Medeia de Schrödinger, viva e morta ao mesmo tempo.

Estar morta intensificou o sabor da comida quando almoçou com Ian. Estar morta deu outro tom ao sol e um timbre delicioso às vozes das crianças que riam e gritavam no centro da cidade enquanto eles passeavam. Estar morta fez com que seu corpo inteiro se tornasse sensível aos beijos e toques dele. Quando treparam, sujos de areia e suados na cama de casal daquela casa, ela sentiu cada estocada dentro dela e cada lambida em sua pele. Ouviu a respiração dele como se ampliada, vibrando em seus ouvidos. Quando o orgasmo veio, foi como ser tocada por eletricidade.

Ela fingiu pegar no sono para que ele fizesse o mesmo. A estratégia funcionou, e ela lhe deu o último beijo nos lábios e se levantou. Ia preparar uma pequena ceia. Pediria para que ele fosse embora e lhe desse um tempo para ficar sozinha. Ian ficaria magoado, talvez até furioso com ela, mas ela não tinha dúvida de que obedeceria. Seria difícil, mas era para o bem dele.

Na cozinha, Medeia ouvia a música da casa ao lado, carregada pela ocasional lufada de vento. Como seria celebrar daquela forma, com uma família grande, amigos, bebidas e gargalhadas? Dava para ouvir adolescentes cantando num potente sistema de karaokê. *Essa não é uma vida para você.*
Thump.
Medeia ergueu a cabeça. Estava prestes a tirar um peito de frango da geladeira quando ouviu aquele som.
Otávio.
Ela caminhou devagar até a sala. As luzes no deque estavam apagadas. Havia alguém do lado de fora, na escuridão.
Não vai dar para esperar, ele chegou.
Seu corpo pedia para que se encolhesse num canto, mas Medeia forçou-se a começar. Sua boca salivava e ela achou que fosse vomitar. As pernas estavam fracas. Ela abriu a primeira garrafa de álcool e entornou seu conteúdo no sofá onde ela e Ian haviam assistido a tantos filmes juntos.
Tum.
O coração dela saltou e seus olhos se encheram de lágrimas.
— *Piranha, vem aqui, quero falar com você.*
A voz saiu deformada pela estranha barba de Papai Noel. Por que estava vestido assim? Ele estava embriagado? Drogado? Ela não fazia ideia. Não sabia do que mais Otávio era capaz. Tinha pouco tempo, logo ele ficaria nervoso e arrebentaria a porta de vidro. Ian tentaria fazer alguma coisa e acabaria morto. Medeia correu para o quarto e o viu lá, profundamente adormecido.

De volta à sala, apagou as luzes da casa para que Otávio, de fora, não conseguisse vê-la, e continuou espalhando álcool, dessa vez com mais dificuldade, contando mais com o tato do que com outros sentidos. Despejou álcool nos pilares de madeira, cortinas e tudo o que era feito de plástico. Então ouviu Ian acordar. O cheiro devia tê-lo despertado.

Ela acendeu uma única luz, a da cozinha, e fingiu estar mexendo em uma das gavetas.

— Nossa, o cheiro de álcool e desinfetante tá muito forte — ele falou.

— Ian, eu tô morrendo de cólica. — Ela pressionou a barriga. — Eu já tentei o remédio que tenho aqui, mas tá doendo demais. Você se incomoda de ir comprar um mais forte?

Ainda com sono, ele esfregou o rosto.

— É claro que não me importo. Do que você precisa?

— O nome é Feldene, você vai se lembrar?

Ele confirmou com a cabeça, sonolento.

— Compra pra mim e compra um pacote de absorvente também, mas tem que ser no centro. As duas farmácias aqui perto já estão fechando por causa do Natal, eu já liguei pra elas. Leva o cartão, o remédio custa uns oitenta reais. Mas vai logo.

— Tá bom.

Ela simulou uma expressão de dor. Ian pegou a carteira e o celular, assoviou para Bitcoin e o cachorro o seguiu até a garagem. Medeia suspirou de alívio quando ouviu o carro sair depois de Ian fechar o portão.

— *Eeei... vem aqui, piranha. Tenho um presente pra você.*

Ela estranhou a fala. Otávio nunca a havia chamado assim. A possibilidade de ele estar sob a influência de alguma coisa — bebida, drogas — a assustou. Medeia sentiu o estômago se contrair e pegou o celular. Ligou para a polícia.

— Tem um homem na minha casa, por favor, venham.

Propositalmente, não deu o endereço. Eles levariam um tempo para localizá-la e, mesmo sendo apenas alguns minutos, lhe dariam vantagem.

Você vai me matar agora, amor, ela pensou, mordendo o lábio. *E vai ser preso.*

Ela pegou as outras dez garrafas de álcool e, aos poucos, abriu todas elas. No quarto, jogou algumas roupas na bolsa que já continha seus documentos e calçou os tênis. Guardou a bolsa de pano dentro da pia da cozinha, tirou da mala a caixa metálica com os ossos de Aretuza e espalhou os restos mortais da irmã no piso da sala. Ofegava ao regar os dois banheiros e três quartos com álcool. O cheiro a estava deixando entorpecida, tonta.

Possibilidade 1: Eu e Otávio morremos no fogo. Eu venço.

Possibilidade 2: Eu morro e ele vai preso. Eu venço.

Possibilidade 3: Nem se atreva a ter esperança, Medeia. Ele vai preso ou morre, mas eu consigo fugir. Eu venço.

Riscou o fósforo número um, deixando-o cair no piso do quarto de casal. Riscou o fósforo dois no banheiro da suíte. Outro fósforo, esse quase incendiou seu braço, respingado de álcool. Mais um fósforo. A casa estava em chamas, viva, alerta.

O senso de urgência se apoderou de Medeia, e ela pegou a faca que deixara separada das outras na gaveta. Apertou a mandíbula e as pálpebras e, sem permitir-se tempo para pensar, pressionou a faca contra a barriga. Empurrou-a três centímetros para dentro sentindo uma dor aguda e nova, algo que ela nunca havia sentido antes. Lembrou-se do impacto do carro do vizinho na noite das baratas, lembrou-se dos ossos quebrando e do baço partindo. Arrancou a faca, que caiu no chão com um tilintar.

Suas pernas cederam, talvez pela visão do sangue nas mãos ou pelo cheiro do álcool, e ela se permitiu deitar em cima dos ossos da irmã. Eles se partiram facilmente sob seu peso. *Eu vou morrer, isso não vai dar certo*, pensou, os olhos lacrimejando, a pele aquecendo com o calor.

Não fazia diferença. Pelo menos não teria mais que fugir.

Medeia drops the mic.

Era reconfortante ter um pouco de sua irmã consigo, mesmo na forma de ossos. Tossiu e notou que a fumaça já se diluía no ar. Lembrou-se da época em que tudo era possibilidade; mesmo em um lar bagunçado e sujo, pequeno, com as brigas violentas dos pais, ela e Arê eram felizes. Brincavam na rua, ignoravam os comentários vulgares feitos tanto por vagabundos quanto por policiais e protegiam uma à outra. Foram adolescentes soltas, livres, com péssimas notas na escola e muitas noites de farra.

Não conseguiu encontrar outras lembranças de sua vida sem a sombra de Otávio. O quanto o havia amado. O quanto fora feliz com ele. A ferida ardia e ela colocou a mão sobre ela. *Sua burra*, ela riu chorando. *Você cortou alguma merda aí dentro. Calculou mal e cortou fundo demais. Talvez tenha sido o ovário que nunca serviu para muita coisa. Talvez o útero, igualmente inútil. Ou o rim? Melhor ainda, o baço que os médicos conseguiram reparar. Parece que Ian não é o único com dificuldades em biologia.*

Era libertador estar morta.

Ela começou a rir, mas a barriga ardia demais quando os músculos se contraíam. Onde estava o filho da puta? Logo agora que ela ansiava para que ele aparecesse e a polícia o encontrasse tentando tirar o corpo dela da casa, logo agora que ele poderia queimar com ela ou ser preso por seu assassinato... *Ah, Medeia, você não é nenhuma Garota Exemplar. Além de não ser linda, não é inteligente. E isso não é um livro policial: planos dão errado, ninguém age como o esperado, é tudo uma merda.*

Ela fechou os olhos, que ardiam com a fumaça, e tentou berrar de ódio. O fogo não fazia muito barulho, apenas crepitava ao enegrecer os móveis, estourar pequenos vidros, derreter plástico. O berro saiu:

— Otávio! Vem!

Ele não viria. Tinha fugido. O covarde finalmente a abandonara, vinte minutos tarde demais. *Eu ainda posso fugir*, ela pensou. Então ouviu um som que a apavorou.

Não, não, não...

— Medeia!

Não, Ian, não.

Ele apareceu através da fumaça, tossindo dolorosamente. Inclinou-se sobre ela apavorado. *Eu preciso explicar para ele.*

— O Otávio — ela falou, rouca, mas com vontade. Tossiu. *O Otávio estava aqui, vá atrás dele.* Não conseguiu ar o suficiente para dizer aquilo.

— Minha barriga, minha barriga!

Ian olhou para baixo. Tocou seu ventre.

Me tire daqui, ela pensou em dizer. *Chame o pessoal da casa ao lado. Me arraste até a piscina, vamos!*

O fogo era tudo o que restava na casa, era a impressão que ela tinha. Quente demais, tarde demais. Ian tossia. *Ele precisa sair daqui.*

Ela sentiu tontura, como se o piso abaixo de si e os minúsculos ossos que a pinicavam não existissem mais.

Bitcoin latia em algum lugar. Ian não estava mais na casa.

— *Você tem que se afastar!* — alguém falou do lado de fora.

— Ela tá lá dentro! — Ian berrou.

Havia alguém próximo.

— Aí, moça, moça!

Era um homem se aproximando, tossindo. Ele sumiu na fumaça.

— *Tem uma mulher lá dentro!* — ele berrou ao longe. Falou mais coisas, mas Medeia não as ouviu.

Sirenes.

Ela fechou os olhos. Aretuza sorria para ela. Era mesmo a Arê? Era uma mulher parecida com ela, mas diferente. Loira. O sol estava atrás da mulher, de forma que seus raios machucavam o rosto de Medeia. Mas não é o sol, é fogo. O calor não era do sol, era das chamas. A mulher falou com a voz de Arê: *Então você vai deixá-lo vencer?*

Os pulmões imploraram por ar. Medeia abriu os olhos. Forçou os músculos do estômago, sentindo como se estivessem sendo arrebentados pelo esforço, mas conseguiu se sentar.

A ferida já não sangrava tanto quanto antes. *Foi só gordura e músculo, sua idiota, você não vai morrer disso.* Precisaria de pontos, mas... *Não chegou a minha hora ainda.*

Com a porta aberta, lufadas de ar alimentavam o fogo, mas também dispersavam a fumaça por alguns segundos. Ela se levantou, puxou a saída de banho sobre nariz e boca e tentou respirar. Os olhos ardiam tanto que não conseguia enxergar. Seus pés, ao dar alguns passos, chutaram alguma coisa. Ouviu alguns dos vidros das janelas estourarem lá dentro. Era questão de tempo até que o mesmo acontecesse com os grandes. Ela tinha que sair dali.

A faca. Medeia a pegou, soltando um grunhido com o movimento, e pensou em Otávio. Se ele estivesse lá fora, pelo menos ela o mataria antes de desmaiar.

Tá esquecendo alguma coisa?

Medeia procurou em volta e viu a bolsa dentro da pia da cozinha.

A mão suja de sangue queimou e escorregou ao virar a pequena chave e abrir as pesadas e gigantes portas de vidro. Seus dedos arderam, uma reação em *delay* à temperatura alta da chave metálica. Com a circulação súbita, o fogo se revirou lá dentro. Tonta, arfando, tentando encher o corpo de ar, ela desceu a escada do deque tossindo, sentindo a garganta em carne viva. Os pés encontraram algo fofo. Areia.

Ela olhou para trás. A sensação de estar num pesadelo, de pura incredulidade, se apossou dela. A casa ardia em chamas.

Sirenes.

Eles estão aqui. Você tem que morrer se quiser viver.

Medeia se arrastou na areia, escondendo-se debaixo da canoa maior, onde estava mais frio, onde estava escuro.

Algo estava perto dela. Um latido, dois. Pelo vão, ela viu Bitcoin olhando para ela, abanando o rabo. E foi aí que Medeia chorou mais.

— Meu amor, sai daqui — ela sussurrou. — Não chama o seu dono, não chama ninguém. Eu não quero que me achem.

Bitcoin latiu.

Ela estendeu a mão e tocou em seu pelo macio. Ele se aproximou farejando o rosto dela com o focinho molhado, querendo carinho. Ela fungou.

— Por favor, meu lindo... Eu te amo, eu te amo, mas vai embora.

Bitcoin deve ter ouvido algo que ela não escutou, porque se ergueu e disparou aclive acima, dando a volta na casa.

Ela sairia quando a polícia e os bombeiros tivessem ido embora. Sairia em uma oportunidade melhor. Se pudesse dormir... se pudesse descansar... Fechou os olhos.

Medeia despertou rápido, arregalando os olhos e puxando ar pela boca. Outra onda de tosse. O coração bombeou rápido, enviando adrenalina gélida para suas extremidades. Uma luz débil invadia o côncavo uterino da canoa. A barriga doía. Ela ouvia pássaros. Amanhecia.

Ela estava finalmente morta, se conseguisse sair daquela praia sem ser vista. Havia dormido com a cabeça apoiada na pequena bolsa de pano contendo seus documentos: RG, CPF, certidão de nascimento e passaporte. Tinha dinheiro vivo. Não muito, mas o suficiente para a fuga pronta havia anos. Ela estava prestes a sair da canoa quando viu o caminhar lento e inclinado de uma barata a trinta centímetros do seu rosto.

O grito morreu na garganta quando ouviu vozes próximas, dois homens conversando.

— *Caralho, queimou tudo mesmo, Nelson.*

— *Falei.*

Ela tremia, seu corpo inteiro se encolhendo de nojo, de terror. Ouviu um soluço sair dos lábios. Aquele inseto cor de merda se aproximava, parava, dançava as antenas.

— *Que coisa, hein? Vazamento de gás? O que será que foi?*

— *Ó lá, já tá chegando carro de notícia. Seis hora da manhã, os maluco atrás de tragédia. Vambora, a Neia pediu para levar pão para a turma toda. Daqui a pouco o neném acorda.*

A angústia era uma bola presa em sua garganta. Medeia arreganhou os dentes fazendo esforço para não se mexer, os olhos embaçados e o nariz ardendo. A barriga começou a se contrair num ritmo rápido, tremelicando. Ela tapou a boca e um choro se esticou dentro da palma quente.

As vozes ficavam distantes. A barata olhava para ela.

Medeia se mexeu num espasmo, atirando a bolsa contra o inseto, que fugiu. O choro saiu dela junto com a raiva. O bicho voltaria. Ela tinha que sair dali. Pelo vão entre a borda da canoa e a areia, observou a praia deserta. Um dia claro e ensolarado se anunciava no horizonte.

Precisava chegar à próxima praia sem ser vista. Ela tinha de correr antes que uma das pessoas lá em cima — policiais, bombeiros, dois ou três curiosos —, do outro lado da casa, a visse. Só que correr chamaria atenção. Então Medeia pegou a bolsa sem se importar que tivesse tocado na barata e caminhou devagar pela praia, em direção ao lado das pedras, para que não fosse vista no condomínio ou pelos vizinhos. Precisava urgentemente se limpar e se trocar.

Enquanto caminhava, a mão apertando a barriga, pensava em Ian.

Se quisesse ser mesmo considerada morta, teria que esquecê-lo.

O sol se erguia, mas Ilha das Pedras ainda estava adormecida naquela manhã de Natal. Ela se sentiu mais calma a cada passo. Teria que dar um jeito de sair do país, talvez de ônibus até o Paraguai. Poderia pegar um voo dali.

Para o Egito.

Não sobraria muito dinheiro, mas Medeia já havia sobrevivido a obstáculos maiores. Chegando lá, encontraria um hotel barato, para turistas jovens e mochileiros, até descobrir o que fazer.

Ela parou de caminhar, sentindo a pontada na barriga, e olhou para o mar, afastando os cabelos que o vento chicoteou em seu rosto. *Cadê a faca?* Ela havia soltado no deque. *Viram você ferida. Vão achar a faca com as impressões do Otávio e prendê-lo.* Talvez não conseguissem uma boa amostra de DNA dos ossos, talvez a amostra de Arê não batesse com a de Medeia. Tudo era possível. Só que ela não podia mais pensar nisso. Precisava deixar o passado no passado.

Ah, o clichê da fênix, renascendo das cinzas cada vez mais forte. Não, ela não queria aquilo para si. Não tatuaria uma fênix na nuca e se autoproclamaria uma guerreira. Que tipo de guerreira passa a vida fugindo?

Fênix renascem, Medeia. Você está morrendo. Ela sorriu.

Voltou a caminhar, deixando a mente divagar, tossindo de vez em quando. Estava coberta de fuligem, imunda, mas não se importava mais. Em um trecho de praia, quando o sol ficou mais forte, ela largou a bolsa na areia e tirou os tênis e a saída de praia ensanguentada, sofrendo com cada movimento. Entrou no mar gelado e nadou. Limpou a ferida com a água salgada, soltando gemidos agoniados. Abriu os braços e pernas e se permitiu flutuar. *Vou ter eu mesma que costurar esse corte.*

Lembrou-se da primeira tarde lá, nadando com Ian, rindo dele devido ao medo irracional de tubarões. Lembrou-se do que lhe dissera sobre seu futuro: ele conheceria a mulher dos seus sonhos, teria filhos com ela e seria muito feliz. Medeia seria para sempre uma lembrança confusa. Ele teria ereções culpadas, envergonhadas, pensando nela. Talvez fizesse terapia e conseguisse "ressignificar" aquele rápido e intenso caso de amor com uma mulher mais velha. Talvez contasse vantagem a um amigo íntimo em uma noite de bebedeira.

Pelo menos estaria seguro.

Ian ouvia a história sem se mover. Tarik os observava discretamente, com curiosidade. O sol estava se pondo, mergulhando provocativamente no Nilo, mas Ian não estava olhando. Notou que Medeia havia terminado seu relato e esperava que ele dissesse alguma coisa. Sentiu frio nos braços, como era comum naquele horário em uma felucca.

— Eu nunca pensei que fossem envolver você na investigação — ela falou.

— Você...

— Eu vim para cá. Conheci uma colombiana que também não tinha muito dinheiro e dividimos um apartamento em Mohandesseen. Ela ganhava a vida com *OnlyFans*, e comecei a usar o computador dela para trabalhar como revisora freelancer de textos, pagando uma porcentagem para ela até conseguir comprar meu próprio computador. Claro que tive que... Bem, é só olhar para mim. Tô diferente, né? Você gostou?

Ian não conseguia entender o que ela estava dizendo, seu jeito leve de contar tudo aquilo para ele. Ela não sabia pelo que ele tinha passado? Não tinha visto os comentários sobre ele, como fora crucificado?

— Como você pode estar sorrindo? — ele perguntou, sem encará-la.

Medeia levou as mãos juntas ao rosto, como em uma prece. Os olhos estavam molhados.

— Me desculpa — ela sussurrou. — Desculpa, eu sei o que você passou. Vi o que disseram sobre você. O quanto aqueles idiotas que não sabem de nada, que não conhecem a sua história ou a minha, o odiaram. Eu sofri, Ian, mas sabia que você não seria preso. O que você quer que eu diga? Agora você sabe tudo sobre mim.

Ele estudou o rosto dela. Mais magra, os cabelos num tom de loiro mel, as sobrancelhas diferentes, mais arqueadas, mais finas. A pele tão bronzeada. Mas ainda era ela. Ian enfiou a mão no cabelo dela e empurrou seus lábios para beijarem os dele com força. Ela abriu a boca e devolveu o beijo com a língua quente, esfregando na dele, mas afastou-se rapidamente, sussurrando de olhos fechados:

— Não estamos num dos piores países do Oriente Médio, mas não deixa de ser um país muçulmano. Melhor não atrair esse tipo de atenção. Aprendi a ser discreta por aqui. Vamos ter tempo.

Ian teve duas certezas ao olhar para ela quando o sol finalmente desapareceu: tudo pelo que havia passado por causa daquela mulher valera a pena; e a partir dali ele nunca mais a perderia de vista.

EPÍLOGO

O sol bateu nas pálpebras de Ian, fazendo com que tremessem. Ele resmungou e virou o corpo na cama, sobre os lençóis abençoadamente frios. Esticou o braço, mas não encontrou Medeia no colchão. Ergueu o tronco alarmado, sentando-se.

— Medeia!

— *Aqui na cozinha!*

Aliviado, Ian esfregou o rosto e olhou para o smartwatch na mesa de cabeceira. Dezesseis de abril, 2023, 10h24 da manhã. Pensou na noite anterior com um sorriso, sentindo o pau reagir.

Medeia andava ocupada com a decoração da casa em Maadi. Ele compreendia: uma mulher como ela não conseguia ficar parada, e agora que ele a convencera de que trabalhar, mesmo pela internet, não era uma boa ideia, além de não ser financeiramente necessário, ela focava a atenção em todos os detalhes do lar que dividiam. Queria tudo do que se privara nos anos de fuga de Otávio: quadros bonitos, plantas em cada canto, flores. Ian a abraçara e dissera: "Faz o que quiser, gasta o que quiser".

Para provar que agora estavam juntos, Ian abriu contas conjuntas com ela em dois bancos diferentes, em paraísos fiscais. Medeia comentou que paraíso fiscal era um termo nascido de uma tradução malfeita que confundiu *haven* (refúgio) com *heaven* (paraíso). Ele deu um beijo nela e disse: "Foda-se como se chama, o importante é que é tudo seu".

Ela voltava para o quarto carregando uma bandeja com o café da manhã. Ian sorriu e se ajustou na cama enquanto ela pousava a bandeja em cima dele.

— Fui no Degla — ela comentou, sentando-se na cama e o observando. Degla era o mercado próximo à casa deles. — Comprei as tâmaras que você queria.

— Falei que era besteira ter medo de tâmaras só porque se parecem com baratas. Até porque tem tâmara em cada esquina por aqui.

— Aham.

Ian viu suco, café, um sanduíche no pão de forma e alguns dos cookies de pasta de amendoim que ela fazia e ele tanto amava.

— E não quero você indo no Degla sozinha, porra, Medeia, já falei mil vezes. Você não sai sem mim. — Ele tomou um gole demorado de suco.

Ela ficou sentada ali, quieta, observando-o.

— Eu sei o que você vai dizer. — Ian a encarou. — Que agora tá tudo bem. Mas eu cometi muitos erros com você e não quero repetir nenhum. Estamos juntos, agora, você é minha mulher e vou te proteger.

— Como você fez?

— Como eu fiz o quê?

Ela deslizou as costas de forma que, embora seus pés tocassem o chão, ficasse deitada na cama, o olhar fixado no teto.

— Como você matou o Otávio?

— Eu já disse que não matei o Otávio. — Ele baixou a voz. — E não sei como o meu tio fez, mas tá feito. Ele jurou. E pela voz dele quando me contou, eu acredito. Você não tem mais com o que se preocupar, eu cuidei de tudo.

— Eu *sinto* que ele morreu — ela falou suavemente.

Ian a observou. O cabelo loiro estava espalhado no lençol branco, e ela usava um longo vestido florido de mangas curtas e tecido leve.

— Não quero falar sobre isso — Ian disse, e mordeu o sanduíche. — O que você quer fazer hoje?

— Acho que vou andar a cavalo — ela falou, do mesmo jeito distante e pensativo de antes. — Lá em Giza.

Medeia estava começando a falar como os locais, que não pronunciavam Gizé, e sim Giza, para se referir à área com as pirâmides mais famosas e a esfinge, não tão longe dali. Ela fizera amizade com floricultores, vendedores de frutas, os donos dos mercadinhos da Rua 9, todos os

Mohameds. Incorporara *shukran*, *yalla* e outras palavras a seu vocabulário com naturalidade. Sorria sempre. E tinha chegado em casa com um cachorro semana passada, que batizou de Watson.

— Eu não sei se quero andar a cavalo de novo. — Ele bebeu o resto do suco. — Tá ficando meio chato isso. Sim, são pirâmides, sim, são antigas, mas quantas vezes você vai querer ficar olhando para elas?

Watson latiu no jardim uma vez só, provavelmente para alguém que passava na rua. Medeia virou o rosto para Ian.

— Então eu vou sozinha.

Ele fez uma careta para ela. Não queria brigar de novo. Tinham tido duas brigas na última semana, e ele percebeu o quanto lhe fazia mal ficar bravo com ela e vê-la também chateada.

— Medeia...

Algo mudou no rosto dela. Lágrimas. Uma escorreu pela têmpora e sumiu entre seu cabelo. Ian tossiu, sentindo um gosto residual amargo que o fez dar um gole no café adoçado.

— Eu te amo tanto... — ela sussurrou, olhos cintilando, fixos no teto. As mãos repousando sobre a barriga. — Quer dizer... eu amo o Ian.

Irritado, ele franziu a testa e mordeu um cookie.

— Tá doida? Eu sou o Ian.

— Não, não é mais. Já faz um tempo que não é. Desde que chegou. Você tá tão parecido com ele...

— Eu não quero brigar de novo. E você pode me chamar de qualquer coisa, menos me comparar com aquele filho da puta. — Ele sentiu o rosto queimando e ficou com raiva dela por estragar tudo. Ela continuava lá, deitada, com os olhos molhados, fitando o teto.

Então Medeia se sentou e o encarou, o cabelo fazendo um movimento bonito ao acariciar seu rosto.

— Os efeitos são rápidos, eu prometo, mas vai doer um pouco e você vai perder o controle do intestino e vomitar, então prefiro não ver. As autópsias aqui são muito precárias, então tá tudo bem. É um cogumelo que achei em Sharm El Sheik, *amanita phalloides*, que contém amatoxina, fatal. Eu vou falar que você estava reclamando de febre e dor de barriga fazia muito tempo. Vão achar que foi alguma bactéria. Me perdoa. Mas eu não vou passar por isso de novo.

Com um impulso rápido, ela apertou os lábios contra a testa dele num beijo demorado e se afastou chorando.

— Eu te amo, menino.

Ela pegou a bandeja e saiu do quarto.

Ian abriu a boca, mas uma dor súbita o fez perder o ar. Era como se uma mão apertasse seu estômago. Ele ouviu a torneira aberta, Medeia lavando o copo, e então a porta da casa se fechar e o carro ser ligado na garagem. Ele se contraiu num espasmo violento. O esôfago queimou.

Medeia estava certa. Foi uma morte rápida.

Agradecimentos

Nenhuma arte é feita sem a *collab* de anjos e demônios.

Sendo assim, aproveito este espaço para agradecer aos meus demônios pessoais, pesadelos e traumas de infância pela infinidade de material que me fornecem — o suficiente para mil livros — e aos anjos da minha vida: Leandro, Cauê, Morgana e Eduardo.

Um salve especial ao companheiro Luca Creido pela leitura crítica ácida. Qualquer coisa que não seja "exatamente como na vida real" no que diz respeito ao comportamento dos policiais e metodologias de investigação é de única e exclusiva culpa minha, apesar das puxadas de orelha dele.

À Renata Nunes, pelas informações, sabedoria e generosidade. Sem você, não haveria Miro Paixão.

Adriano Vendimiatti: sem você, este poderia ter sido um dos piores anos da minha vida. Obrigada por ser um amigo e cientista incrível e por tornar todas as mortes deste livro mais interessantes.

Como não poderia deixar de ser, imortalizo aqui meus mais sinceros agradecimentos às pessoas que, direta ou indiretamente, pela sua amizade, esforço ou inspiração, tornaram este livro possível: Stefano Volp, Raquel Cozer, Diana Szylit, Chiara Provenza, Adriana Chaves, Juliana Daglio,

Ana Carla Froes, Lia Cavaliera, Giselle Ortmann, Lucas Dallas, Everaldo Rodrigues, Oscar Nestarez, André Vianco, Tays Alcantara, Caco Souza, Jorge Alexandre Moreira, Larissa Padovan, Pedro Cruvinel, Violet leVoit, Maria Freitas, Tito Prates, Pam Gonçalves e todos os leitores que estão comigo nessa jornada há uma década. Aos Lemes que sempre estiveram ao meu lado: obrigada pela rede de apoio.

Este livro foi impresso pela Cruzado, em 2023, para
a HarperCollins Brasil. O papel do miolo é pólen
natural 70g/m² e o da capa é Cartão 250g/m².